Maren Frank

Liebe an Bord

Maren Frank

Liebe an Bord

Roman

édition el!es

Internet: www.elles.de

E-Mail: info@elles.de

Umschlaggestaltung und Satz: graphik.text Antje Küchler

Umschlagfoto: © by-studio – Fotolia.com

ISBN 978-3-941598-40-9

1

Es tut mir wirklich sehr leid.« Dr. Raschkes braune Augen sahen Diana voller Bedauern an.

Diana schluckte. Sie hatte es ja schon gewusst, aber die Worte nun zu hören, schien etwas in ihr, das gerade noch wackelig gestanden hatte, zum Einsturz zu bringen. »Wann schließen Sie die Praxis?«

»Freitag ist unser letzter Arbeitstag.« Er stand auf und kam um seinen Schreibtisch herum. »In zwei Wochen regiert dann die Abrissbirne.« Bekümmert reichte er ihr einen Umschlag. »Hier. Ich habe Ihnen ein gutes Zeugnis geschrieben. Mit Ihren Qualifikationen finden Sie bestimmt rasch eine neue Anstellung. Wobei ich mir wünschen würde, dass Sie endlich Ihr Studium wieder aufnehmen.« Er hob aufmunternd die Augenbrauen.

Diana seufzte. »Wenn das so einfach wäre, würde ich es tun.«

Er legte ihr väterlich eine Hand auf die Schulter. »Darf ich Ihnen als alter Mann, der ich bin, einen Rat geben?« Diana schaute ihn etwas zweifelnd an, sagte aber nichts. »Lassen Sie sich nicht davon abhalten, das zu tun, was Sie wollen. Egal, wie viele Hindernisse sich auftun, es gibt immer einen Weg.«

Sie haben gut reden, dachte Diana. *Sie gehen mit einer schönen Rente nach Spanien und setzen sich in der Sonne zur Ruhe.*

Aber sie mochte Dr. Raschke viel zu sehr, um diese Gedanken laut auszusprechen. Sie hatte gern bei ihm gearbeitet, und er war immer freundlich zu ihr gewesen. Dass die Stadt dieses Viertel, in dem seine Praxis lag, nun dem Erdboden gleichmachen wollte, um neue, profitablere Geschäftshäuser hochzuziehen, dafür konnte er ja nichts.

»Ich werde darüber nachdenken«, sagte sie.

»Tun Sie das.« Er nickte und ging hinter seinen Schreibtisch zurück. »Man sollte immer das tun, woran das Herz hängt«, fügte er lächelnd hinzu. »Glauben Sie mir, es lohnt sich.«

Diana atmete tief durch. Sie wünschte, sie hätte Dr. Raschkes Zuversicht. »Wenn sonst nichts mehr ist, mache ich jetzt dann Feierabend.«

»Ist gut.« Dr. Raschke blickte ins leere Wartezimmer. »Bei diesem Baulärm kommt sowieso kein Patient mehr.«

»Dann bis morgen«, erwiderte Diana und verließ sein Büro, um ihren Mantel vom Haken zu nehmen und auch die Praxis zu verlassen. Nachdenklich ging sie zur Bushaltestelle und blätterte in einer liegengelassenen Zeitung, während sie wartete.

Bei den Stellenangeboten war nichts für sie dabei. Es gab die üblichen Annoncen für Callcenter-Mitarbeiter, außerdem wurden Umzugshelfer gebraucht, und eine Tankstelle suchte jemanden auf 400-Euro-Basis als Aushilfe, besonders für nachts. Diana hatte sich zwar rasch abgewöhnt, wählerisch zu sein, aber die Vorstellung, mitten in der Nacht allein in der Tanke zu stehen, verursachte ihr Gänsehaut.

Umzugshelfer konnte sie genauso vergessen. Das war kaum etwas für eine Frau mit knapp fünfzig Kilo und etwas über einssechzig.

Sie las weiter. »Nette Kolleginnen für ein Dienstleistungsunternehmen«, murmelte sie halblaut. Na danke, dahinter verbarg sich garantiert irgendetwas Sexuelles.

Die letzte Anzeige auf der Seite weckte jedoch ihr Interesse. Sie war so gefesselt davon, dass sie fast die Ankunft des Busses verpasste. Schnell riss sie die Seite ab, stopfte sie in ihre Jackentasche und stieg ein, bevor er ohne sie abfuhr.

Im Bus holte sie die Anzeige wieder heraus und las sie noch einmal. Kreuzfahrtschiff. Arbeiten auf dem Wasser. Eigentlich hatte sie noch nie darüber nachgedacht, dass es auch dort Jobs gab, nicht nur an Land.

Ein träumerisches Lächeln überzog ihr Gesicht. Kreuzfahrt, das klang nach Urlaub. Jeden Tag an einem anderen Ort. Und sicherlich an einem sonnigen. Hier in Deutschland war noch nicht einmal Frühling, gerade erst Ende Januar. Jetzt in die Karibik ...

Sie seufzte sehnsuchtsvoll. In einer Hängematte zwischen zwei Palmen liegen, deren Palmwedel leise im Wind schaukelten, in der Hand einen farbenfrohen exotischen Drink, dessen fruchtiger Duft sich mit dem salzigen Aroma des Meerwassers mischte, und gleich rechts von ihr lächelte eine schöne Frau ihr verführerisch zu. Diana erwiderte das Lächeln. Die Fremde war betörend schön. Die Sonne ließ ihre gebräunte Haut glänzen, und ihre perfekte Figur wurde von einem dünnen Tuch kaum verdeckt. Leichter Wind spielte in ihren langen Haaren. Mit leiser Stimme forderte sie Diana auf näherzukommen, legte ihr, kaum dass sie in Reichweite war, die Arme um den Körper, zog sie zu sich hinunter und ...

»Goethestraße!«

Diana fuhr hoch. Das war ihre Station. Sie sprang auf, die Zeitung noch immer in der Hand, und sprintete zum Ausgang. Der Busfahrer wartete ganz bestimmt nicht auf Karibikträumerinnen. Im letzten Moment erreichte sie die Tür. Direkt hinter ihr schloss sie sich, und der Bus fuhr weiter.

Für einen Moment stand Diana auf der Straße, ohne sich zu rühren. Dieser Übergang war so abrupt gewesen, dass sie fast noch die Sonne auf der Haut spüren konnte, die Hände der betörenden Schönheit.

Aber es war nur ein Traum. Sie, die kleine Krankenschwester Diana Melling aus dem Ruhrgebiet, passte da nicht hinein. Sie war noch nie auf die Idee gekommen, über eine Kreuzfahrt nachzudenken, das war ohnehin nur etwas für Rentner. Die konnten sich so was ja auch leisten.

Erneut warf sie einen Blick auf die unsauber herausgerissene Anzeige. Verlockend war es natürlich schon. Dort arbeiten, wo andere Urlaub machten. Und was für einen Urlaub.

Außerdem, was hatte sie schon zu verlieren? *Lassen Sie sich nicht davon abhalten, das zu tun, was Sie wollen,* hörte sie Dr. Raschkes Stimme. Er hatte damit Dianas Biologiestudium gemeint, das sie wieder aufnehmen sollte, aber eine Kreuzfahrt fiel sicher auch in diese Kategorie.

Sie schüttelte lächelnd den Kopf. Ach nein, lieber doch nicht. Das war ein zu großes Risiko.

Während sie die Stufen in den fünften Stock hinaufstieg, zu ihrer kleinen, gemütlichen Dachwohnung, konnte sie dennoch die Gedanken nicht abschütteln. Wie ein leiser, bohrender Schmerz setzte sich die Aussicht in ihr fest. Allem entfliehen, ganz weit weg, alle Sorgen hinter sich lassen.

Sie kam oben an und schloss die Tür auf. Die Sorgen. Sie atmete tief durch. Ach, wäre das schön. Endlich einmal wieder frei sein.

Sie hängte ihren Mantel auf und ging in die Küche. Sie hatte nicht eingekauft, heute musste es eine Dosensuppe tun. Noch einmal rauszugehen, dazu hatte sie keine Lust.

Sie leerte die Dose in einen Topf und schaltete die Platte ein. Während sie mit einem Löffel umrührte, starrte sie in den Topf, als könnte sie dort etwas anderes sehen als Erbsensuppe. Die Gedanken in ihrem Kopf verdichteten sich auf verwirrende Weise, als ob ein Bienenschwarm immer näher käme.

Auf einmal ließ sie den Löffel fallen, ging zum Telefon und wählte die Nummer aus der Zeitung.

Nach dem zweiten Klingeln meldete sich eine weibliche Stimme. »Kreuzfahrten *Südseeträume*.«

Nervös schluckte Diana und umklammerte den Hörer so fest, dass das Gehäuse leise knackte. »Diana Melling. Guten Tag. Ich interessiere mich für Ihre Anzeige, als Krankenschwester, für die Kreuzfahrt.«

»Sie möchten sich bewerben?« Eine sehr knappe Frage.

»Ja, gern«, erwiderte Diana so gefasst wie möglich. »Wenn Sie nicht schon jemand haben.«

»Eine Krankenschwester fehlt uns noch.«

Diana hätte am liebsten laut gejubelt. Der erste Schritt war getan. Jetzt bloß keinen Fehler machen!

»Sprechen Sie Fremdsprachen?« Die Stimme klang sehr geschäftsmäßig, nicht persönlich interessiert. Wahrscheinlich hatte diese Sekretärin schon einiges an Bewerbungen abarbeiten müssen und war es müde, zu allen nett zu sein.

»Mein Englisch ist ziemlich gut«, sagte Diana, »auch für den medizinischen Bereich. Französisch ... na ja, geht so. Ich kann mich verständigen.«

»Spanisch?«, fragte die Stimme. »Portugiesisch? Russisch?«

Wie wäre es mit Kisuaheli? dachte Diana sarkastisch. Wie viele Sprachen brauchten die denn? »Weniger«, sagte sie. »Aber ich kann alles lernen, was verlangt wird.«

»Das wird sich zeigen«, sagte die Frau, von der Diana immer noch nicht wusste, wie sie hieß. Sich am Telefon vorzustellen war wohl außer Mode gekommen. Und als Sekretärin nahm sie sich eine ganze Menge heraus.

»Ich bin gern zu einem Test bereit«, erwiderte Diana etwas aufmüpfig. So unterbuttern lassen wollte sie sich denn doch nicht, »Frau ...?«

»Kemp«, kam die Antwort knapp und effizient wie das ganze bisherige Gespräch. »Wichtiger als Sprachen sind in erster Linie Ihre medizinischen Kenntnisse. Können Sie morgen vorbeikommen, mit Ihren Unterlagen?«

Puh, das ging ja schnell. Diana war etwas überrascht. Es schien, als suchten sie sehr dringend nach einer Krankenschwester, und das Angebot war anscheinend nicht groß. *Gut für mich,* dachte sie. *Das heißt, wenn sich das Ganze als realistisch herausstellt. Eine Stimme am Telefon kann mir viel von Südseeträumen erzählen.* »Ich bin momentan noch arbeitsmäßig gebunden«, erwiderte sie so kühl, als hätte sie tausend Jobangebote und dieses eine würde sie gar nicht interessieren, »aber morgen Nachmittag ist die Praxis geschlossen. Da ginge es.«

»Gut.« Eine Frau der großen Worte war diese Dame nicht. »Die Adresse steht in der Anzeige. Oder soll ich sie Ihnen noch einmal durchgeben?«

Diana hatte das Gefühl, hätte sie jetzt ja gesagt, wäre sie durchgefallen. »Nein«, lehnte sie ab. »Nicht nötig. Ich habe die Adresse.«

»Dann morgen um fünfzehn Uhr«, entgegnete Frau Kemp. »Pünktlich, wenn möglich.«

Diana hätte fast nach Luft geschnappt. »Ich bin immer pünktlich«, erwiderte sie. »Schon im Interesse der Patienten. Es könnte ja etwas Lebensbedrohliches sein.«

»Bis morgen.« Frau Kemp ging nicht mehr auf das ein, was Diana gesagt hatte, sondern legte einfach auf.

Na, wenn sie ein Beispiel für das Betriebsklima ist, kann es ja heiter werden, dachte Diana.

Aber wen interessierte schon die Sekretärin? Die würde sicher nicht auf der Kreuzfahrt dabei sein.

2

Das Büro befand sich im zweiten Stock eines riesigen Gebäudes. Alles wirkte sehr modern, mit vielen großen Fenstern und futuristisch anmutendem Design. Diana atmete tief durch, ehe sie hineinging und auf den Fahrstuhl zusteuerte. Nervös strich sie über ihren Hosenanzug. Der Aufzug kam fast sofort, und nachdem sie auf der zweiten Etage ausgestiegen war, blickte sie sich um.

Der Flur war mit dunkelgrauem Teppich ausgelegt. Rechts und links befanden sich eine Menge Türen. Alle geschlossen. Langsam ging sie den Korridor entlang und las die Beschriftungen. Ein Makler, eine Versicherungsgesellschaft ...

Die dritte Tür war mit einem großen Schild versehen. Oben lockte verschnörkelt der Schriftzug *Kreuzfahrten Südseeträume*, darunter befanden sich bunte Bilder von einer Insel mit Palmen, einem schönen weißen Schiff und einer lachenden Sonne.

Noch einmal tief durchgeatmet, dann betätigte Diana den Klingelknopf. Fast sofort ertönte ein Summen, und die Tür ließ sich aufdrücken. Eine verlassene Rezeptionstheke begrüßte sie.

Ja, ja, pünktlich. Diese Sekretärin hielt das wohl nur für andere für notwendig, nicht für sich selbst.

Von links erklangen Schritte, dann erschien eine Frau in einem dieser typischen Bürokostüme mit taubengrauem Rock, weißer Bluse und passendem Blazer. Ihre Gesichtszüge wirkten kantig, aber vielleicht entstand dieser Eindruck auch nur dadurch, dass ihr dunkles Haar so streng nach hinten frisiert war. »Sie sind Diana Melling, richtig?«

»Ja.« Diana nickte. Ein *Guten Tag* war wohl zu viel verlangt. Also verzichtete sie ebenfalls darauf. »Frau Kemp?«

Ein knappes Nicken. Frau Kemps Verhalten entsprach offensichtlich ihrem Sprachstil am Telefon. »Kommen Sie bitte mit.« Sie deutete nach links.

Diana folgte ihr in ein geräumiges Büro. An den Wänden hingen farbenfroh leuchtende Poster. Tahiti, Samoa, die Fidschi-Inseln, Tonga. Alles Traum-Urlaubsziele. Und auf einmal schienen sie so nah.

»Haben Sie Ihre Unterlagen mitgebracht?« Frau Kemp drehte sich um und schaute Diana mit einem durchdringenden Blick an.

»Ja, selbstverständlich.« Diana nestelte an ihrer Tasche und zog die Bewerbungsmappe heraus, die sie gestern noch auf den neuesten Stand gebracht hatte.

»Setzen Sie sich.« Frau Kemp wies auf einen Stuhl, nahm den Hefter und setzte sich hinter den Schreibtisch in der Ecke des Raumes. Sie überflog die Seiten. »Sie haben ja einen sehr bewegten Lebenslauf.«

Das klang nicht gut. Diana räusperte sich. »Ja, ich – Ja«, erwiderte sie unsicher. »Nach der Ausbildung zur Krankenschwester –«

»Sie brauchen das nicht zu wiederholen. Ich kann lesen«, unterbrach Frau Kemp sie. »Erfahrungen auf verschiedenen Gebieten sind nicht von Nachteil auf einem Kreuzfahrtschiff.«

Na, Gott sei Dank! Diana wischte sich innerlich den Schweiß von der Stirn. Diese Frau machte sie fertig. Wenn das die Sekretärin war, wie sah dann der Boss aus?

Frau Kemp blickte auf und musterte Diana, als wollte sie sie ausziehen. Diana fühlte ein Kribbeln über ihren Körper laufen. Das war doch kein Date hier! Aber Frau Kemps durchdringender Blick, so hell und so rätselhaft emotionslos, brachte Diana fast zum Zittern. »Wenn Sie noch Fragen haben –«

»Keine Fragen.« Frau Kemp unterbrach sie erneut und schüttelte den Kopf. »Oder vielleicht doch. Eine.« Ihr Blick ließ Diana nicht los. »Wie sind Sie auf die Idee gekommen, sich ausgerechnet auf einem Kreuzfahrtschiff zu bewerben? Krankenschwestern werden überall gesucht.«

Diana schluckte. War das eine Frage, die sie beantworten musste? Es gab da doch so Regeln. Wenn man schwanger war, musste man nicht die Wahrheit sagen. Aber sie war nicht schwanger. »Ich …« Sie räusperte sich erneut. »Ein wenig Abwechslung kann nie schaden. Und wie Sie schon sagten: Erfahrungen auf verschiedenen Gebieten …«

»Sie haben also keinen speziellen Grund? Wollten nicht immer schon mal zur See?« Die hellen Augen schienen bis auf den Grund von Dianas Seele zu blicken.

Diese Vermutung war so überraschend, dass Diana auf einmal lachen musste. Die Spannung löste sich unkontrolliert. »Zur See? Nein, das könnte ich nicht sagen. Bevor ich Ihre Anzeige las, ist mir der Gedanke nie gekommen.«

Etwas wie die Andeutung eines Lächelns huschte über Frau Kemps Gesicht. Oder war es nur Einbildung? »Sie sind wenigstens ehrlich. Was ich da schon gehört habe …«

»Ist das ein Ablehnungsgrund?« Jetzt wurde es Diana doch etwas mulmig. »Davon stand nichts in der Anzeige.«

»Nein, nein.« Frau Kemp schüttelte den Kopf. »Kein Grund für eine Ablehnung. Werden Sie seekrank?«

Der abrupte Wechsel zur nächsten Frage ließ Diana sich wie auf einem Rennparcours vorkommen. Sie wusste langsam nicht mehr, ob sie das nächste Hindernis noch nehmen konnte. »Ich glaube nicht«, sagte sie. »Ehrlich gesagt beschränken sich meine Erfahrungen da auf Baggerseen und Butterfahrten. Dabei hatte ich nie Probleme.«

Nun spielte eindeutig ein zuckendes Lächeln um Frau Kemps Mundwinkel. »Dann wollen wir mal hoffen, dass das reicht«, erwiderte sie.

Diana zögerte, dann rang sie sich zu einer Entscheidung durch und befreite ihre trockene Kehle durch ein erneutes Räuspern. »Schwankt ein Kreuzfahrtschiff denn so?«, fragte sie. »Ich dachte immer, solche großen Schiffe gleiten ganz ruhig auf dem Meer dahin.«

»Sie haben zu viele Titanic-Filme gesehen«, entgegnete Frau Kemp genauso trocken, wie Dianas Hals sich anfühlte. »Aber eine Titanic ist unser Schiff nicht.« Sie lachte leicht. »Hoffentlich nicht. Es ist ein umgebauter russischer Frachter.«

»Ach, deshalb Russisch«, antwortete Diana unwillkürlich.

»Weniger wegen des Schiffes als wegen der Teilnehmer an Kreuzfahrten«, erläuterte Frau Kemp auf einmal merkwürdig zuvorkommend. »Heutzutage sind viele Russen darunter. Die haben das meiste Geld.«

»Sehr interessant«, brachte Diana hervor und versuchte ihr Entsetzen zu verbergen. Ein ehemaliger russischer Frachter? Und auf solch einem Pott sollte sie Wochen oder vielleicht sogar Monate verbringen?

»An Bord gibt es selbstverständlich sämtliche Einrichtungen, wie sie auch auf anderen Kreuzfahrtschiffen zu finden sind«, erklärte Frau Kemp weiter, als hätte sie Dianas Gedanken gehört. »Die Kabinen sind eher zweckmäßig, aber da verbringt man ja auch nur einen kleinen Teil der Zeit.«

Diana hörte ihren Ausführungen zu und zweifelte nun doch daran, dass diese Stelle wirklich etwas für sie war.

Frau Kemp musterte sie erneut. »Habe ich Sie jetzt abgeschreckt? Viele Leute machen sich falsche Vorstellungen, deshalb rede ich da lieber Klartext. Es hat keinen Sinn, wenn Sie dann unterwegs merken, dass das Ganze nichts für Sie ist. Und wir verlieren eine Krankenschwester.«

Wobei letzteres vermutlich der wichtigste Gesichtspunkt ist, dachte Diana, *nicht mein Wohlbefinden.*

Frau Kemps Blick wurde fragend und wirkte leicht ungeduldig. »Immer noch Interesse? Oder sollen wir das Gespräch lieber hier beenden?«

Diana konnte nicht sofort reagieren. Es war alles ein bisschen zu viel für sie.

»Ich würde vorschlagen, Sie schlafen noch mal eine Nacht darüber«, fuhr Frau Kemp fort. »Solche Entscheidungen sollte man nicht übers Knie brechen. Wenn Sie morgen immer noch wollen, unterschreiben wir den Arbeitsvertrag.«

So schnell? »Sie haben keine andere Krankenschwester, die sich beworben hat«, vermutete Diana. So etwas Ähnliches hatte Frau Kemp ja auch schon gestern am Telefon gesagt.

»Eine.« Frau Kemp wirkte, als wollte sie das Gespräch möglichst schnell beenden. »Aber wir brauchen zwei. Wenn Sie nicht zusagen, müssen wir weitersuchen.« Es schien, als wäre das ein Vorwurf, der direkt an Diana gerichtet war.

»Das kann ich ja kaum verantworten«, erwiderte Diana. Sie wusste, dass ihre Augen in diesem Augenblick mutwillig blitzten. Aber das sollte diese Sekretärin ruhig mitbekommen. Was sie konnte, konnte Diana schon lange. Diese Frau Kemp hatte ihren unsichtbaren Chef – Diana fragte sich, wo er war – bestimmt ganz schön unter dem Pantoffel. »Wenn Sie wollen, unterschreibe ich den Vertrag gleich jetzt. Wer kann einem russischen Frachter schon widerstehen?«

»Ich hoffe, Sie bewahren sich Ihren Humor dann auch auf der Reise«, entgegnete Frau Kemp erneut so trocken, dass Diana sofort einen Hustenreiz verspürte. »Das hilft über vieles hinweg.«

Diana fragte sich, über was ihr Humor ihr wohl würde hinweghelfen müssen, aber sie entschied sich, lieber nicht zu fragen. Immer mehr erschien ihr dies als eine Chance, als ein Tor zu neuen Ufern, mit dem sie nicht im entferntesten gerechnet hatte. Diese Chance nicht zu nutzen hätte sie sich nie verziehen, das wusste sie jetzt schon. »Ich kann auch morgen wiederkommen, wenn Sie möchten«, sagte sie. »Aber ich glaube nicht, dass meine Meinung sich ändern wird. Wenn ich mich einmal für etwas entschieden habe, bleibe ich meistens dabei.« *Bis auf Ausnahmen,* dachte sie, *die ich jetzt einfach mal ausklammere.*

Frau Kemp musterte sie in der für sie typischen Art, die Diana eine Gänsehaut verursachte.

Vielleicht hast du die anderen Krankenschwestern abgeschreckt, dachte sie trotzig, *aber bei mir wird dir das nicht gelingen. Ich bin kein Mäuschen, das einfach klein beigibt. An mir wirst du dir die Zähne ausbeißen.*

»Gut«, sagte Frau Kemp in diesem Moment. Sie griff zu einem dünnen Papierstapel. »Dann müssen wir das hier nur noch ausfüllen.« Auffordernd schob sie die Blätter zu Diana über den Tisch.

Diana betrachtete die Blätter für einen Augenblick verwundert, als ob sie noch nie einen Arbeitsvertrag gesehen hätte. Diese ganze Situation erschien ihr auf einmal unwirklich.

Ihr Blick schweifte zu den Postern, die ihr nun ganz anders erschienen als zu Beginn. Das waren keine unerreichbaren Traumziele mehr, die sie sich nie würde leisten können, das war ihre nahe Zukunft. Sie würde tatsächlich dort unter Palmen liegen, den Drink in der Hand – und die betörenden Südseeschönheiten in greifbarer Nähe.

»Unterschreiben Sie nun oder nicht?«, unterbrach Frau Kemps Stimme harsch ihre Gedanken. »Ich habe noch eine Menge zu tun.«

Das bereue ich bestimmt, dachte Diana unvermittelt. Doch ohne richtig hinzusehen unterschrieb sie den Vertrag.

3

Diana saß auf der Couch, blickte auf die Unterlagen und konnte immer noch nicht ganz glauben, dass sie diesen Job wirklich hatte.

Frau Kemp hatte ihr neben dem Vertrag auch Fotos und Prospekte mitgegeben. Bisher hatte Diana solche Werbung ignoriert, da sie sich eine Kreuzfahrt sowieso nicht leisten konnte. Nun aber würde sie in den Genuss kommen. Und das schon bald. Am ersten März sollte das Schiff vom Hamburger Hafen auslaufen.

Das waren noch gut vier Wochen. Diana lehnte sich zurück und starrte in die Luft. Die Wände ihres kleinen Wohnzimmers verschwanden. Zuerst verwandelten sie sich in die Wände von Frau Kemps Büro. Oder eher in die Poster an den Wänden. Wie Alice im Wunderland durch ihren Spiegel konnte Diana durch diese Poster hindurchsehen und dann auch hindurchgehen, bis sie am Strand stand.

Ihre Träumerei aus dem Bus setzte sich fort. Wieder spürte sie die warme Luft auf ihrer Haut, den salzigen Geschmack des Meeres auf der Zunge und die hellen Sonnenstrahlen, die sie dazu veranlassten, sich die Hand über die Augen zu halten.

Das hier war ein Traum. Sie wusste, dass es ein Traum war, und doch erschien ihr die Umgebung so real, als ob sie schon da wäre. Konnte es so ein Paradies überhaupt geben? Vielleicht waren alle diese Poster nur Fälschungen, um die Touristen anzulocken, und in Wirklichkeit sah es dort völlig anders aus.

Aber sie hatte Berichte über solche Kreuzfahrten im Fernsehen gesehen, über die Schiffe, über den Luxus und auch über die Strände. Und was war mit dem *Traumschiff*? Die schipperten doch auch immer in solchen Gegenden rum.

Nein, das musste schon eine reale Grundlage haben, auch wenn Diana sich das mit dem grauen Ruhrpotthimmel über sich nicht vorstellen konnte.

Ein Geräusch störte die paradiesische Ruhe am Strand. Obwohl Diana zuerst irritiert war, weil das Geräusch so gar nicht in die Umgebung passte, erkannte sie es nach einer Weile. Ihr Telefon klingelte.

Die Fantasie verschwand, und Diana kehrte in ihre eigene Wohnung zurück. Wollte Frau Kemp noch etwas von ihr? Diana dachte, sie hätten alles besprochen. Für einen Moment erschienen Frau Kemps graue Augen vor ihrem Gesicht. Diese durchdringenden Augen, die keines Gefühls fähig schienen.

Diana nahm ab. »Ach, Tante Magdalena.« Fast hätte sie erleichtert ausgeatmet. Noch einmal mit Frau Kemp sprechen zu müssen, war ihr nicht sehr verlockend erschienen. Gut, dass sie sie nie mehr wiedersehen würde.

»Du hast dich lange nicht gemeldet«, sagte ihre Tante. »Ich wollte mich nur mal erkundigen, wie es dir geht. Und Brigitte«, fügte sie mit offensichtlichem Widerwillen hinzu.

Diana atmete tief durch. »Brigitte wohnt nicht mehr hier.«

»Na, Gott sei Dank!«, rief ihre Tante begeistert aus. »Endlich!« Nach einer kleinen Pause fuhr sie misstrauisch fort: »Oder ist sie nur ausgezogen, aber –?«

»Nein.« Diana schüttelte den Kopf. »Sie ist . . . weg.«

»Ich atme wirklich auf«, Tante Magdalena konnte ihre Freude nicht verbergen, »dass du sie endlich los bist.«

»Tante Magda . . .« Diana runzelte die Stirn.

»Nun komm.« Ihre Tante ließ sich nicht bremsen. »Du weißt genau, dass ich recht habe. Ich wollte dir nicht reinreden, schließlich ist es dein Leben, aber diese Brigitte war einfach nur furchtbar. Sie hat dich nach Strich und Faden ausgenutzt. Du wolltest es aber nicht sehen.«

Hin und wieder habe ich es gesehen, aber ich wollte nicht allein sein, dachte Diana. *Verstehst du das nicht?* Sie hatte sich immer noch nicht von der Trennung von Brigitte erholt. Auch wenn sie wusste, dass es absoluter Blödsinn war, sich Brigitte zurückzuwünschen, tat sie es manchmal. Besonders, wenn sie nachts allein im Bett lag.

»Dann geht es dir jetzt auf jeden Fall besser«, vermutete ihre Tante. »Das freut mich.«

Diana wollte ihrer Tante nicht widersprechen und keine alten Diskussionen heraufbeschwören, deshalb schwieg sie zu dieser Aussage. »Dr. Raschke schließt am Freitag seine Praxis«, sagte sie. »Er geht in Rente.«

Ihre Tante war für einen Moment sprachlos. »Und dein Job?«, fragte sie dann.

»Futsch«, erwiderte Diana. Dann schlich sich ein Lächeln in ihr Gesicht. »Aber ich habe einen neuen.«

Sie hörte das Luftholen ihrer Tante am anderen Ende der Leitung. »Jetzt hast du mir aber einen Schreck eingejagt«, sagte sie. »Wieder bei einem Arzt? Oder in einem Krankenhaus?«

»Auf einem Kreuzfahrtschiff«, sagte Diana und versuchte sich zu beherrschen und so ruhig wie möglich zu erscheinen.

»Wie bitte?« Ihre Tante war genauso überrascht, wie Diana es erwartet hatte. »Auf einem Schiff? Ist das ein Witz?«

»Ich neige nicht zu Witzen«, entgegnete Diana, aber sie musste schmunzeln. »Das weißt du doch.«

»Ja, eigentlich …« Ihre Tante wusste wohl immer noch nicht, was sie sagen sollte. »Also meinst du das ernst?«

»Ich habe eben den Arbeitsvertrag unterschrieben«, bestätigte Diana. »Am ersten März geht es los. Südsee, Karibik …«

Ihre Tante schüttelte ganz sicher ungläubig den Kopf. »Das sieht dir gar nicht ähnlich«, sagte sie.

»Darf man denn immer nur das tun, was einem ähnlich sieht?«, fragte Diana, obwohl sie es selbst noch nicht glauben konnte. »Hast du das getan?«

Ihre Tante lachte. »Nein. Ein Kreuzfahrtschiff, sagst du? Welches? So eins wie das *Traumschiff*?«

»So ähnlich.« Diana wollte ihre Tante nicht mit dem umgebauten russischen Frachter schockieren, das musste sie nicht wissen. »Ich werde auf der Krankenstation arbeiten. Kreuzfahrt in der Südsee und dafür noch bezahlt werden. Da kann ich doch nicht nein sagen.«

»Das ist allerdings schwer«, gab ihre Tante zu. »Am liebsten würde ich dich begleiten. Aber leider kann ich mir das nicht leisten.«

»Ich verstecke dich als blinden Passagier an Bord«, schlug Diana grinsend vor.

»Das fehlt noch.« Ihre Tante lachte. »Na, das ist ja eine Überraschung, und ausnahmsweise einmal eine gute.«

Das gab Diana einen Stich. »Habe ich dich bisher denn immer nur negativ überrascht?«, fragte sie enttäuscht.

»Aber nein.« Sie konnte das freundliche, wohlwollende Gesicht ihrer Tante jetzt geradezu vor sich sehen. »Du weißt, wie ich es meine. Du hast eben einfach Pech gehabt. Und jetzt hast du Glück. Freu dich und genieß es.«

Diana lächelte. »Das tue ich. Ich kann es nur immer noch nicht glauben. Es ist alles so frisch. Gestern habe ich die Anzeige gelesen, heute hatte ich das Vorstellungsgespräch und habe auch gleich den Vertrag unterschrieben, und in vier Wochen bin ich schon unterwegs. Das geht alles ziemlich schnell.«

»Wie lange geht die Kreuzfahrt?«, fragte ihre Tante.

»Sechs Monate.« Ein halbes Jahr. Diana dachte darüber nach, was in einem halben Jahr alles passieren konnte. Was *vor* einem halben Jahr noch gewesen war.

»Eine ganz schön lange Zeit«, stellte Tante Magda fest. »Behältst du deine Wohnung?«

»Oh.« Diana wachte aus dem Traum, in den sie schon wieder halb versunken war, auf. »Darüber habe ich noch gar nicht nachgedacht.«

»Du kannst vielleicht untervermieten«, schlug ihre Tante vor. »Wenn du die Wohnung nicht ganz aufgeben willst.«

»Ich hätte schon gern etwas, wohin ich zurückkehren kann, wenn die Kreuzfahrt vorbei ist«, gab Diana nachdenklich zu. »Andererseits muss ich dann die ganze Zeit Miete zahlen, obwohl ich nicht hier bin. Und falls die Untermieter nicht zahlen –«

»Bleibt es an dir hängen«, beendete ihre Tante den Satz. »Du weißt, du kannst jederzeit zu mir kommen. Meine Tür steht dir immer offen.«

Diana wären fast die Tränen in die Augen getreten. »Das weiß ich«, sagte sie gerührt. »Aber so groß ist deine Wohnung ja auch nicht.«

»Ach, für dich ist immer noch Platz«, erwiderte ihre Tante gelassen, »klein und zierlich, wie du bist. Aber vielleicht entschließt du dich ja auch ganz dafür, auf dem Schiff zu bleiben, gleich für die nächste Kreuzfahrt.« Wahrscheinlich zwinkerte ihre Tante jetzt mit dem linken Auge, wie sie es immer tat, wenn sie Diana aufziehen wollte.

Diana lachte. »Pass bloß auf, was du sagst. Nachher tue ich es noch.«

»Wenn du damit glücklich bist«, erwiderte ihre Tante. »Man sollte immer das tun, was einen glücklich macht.«

»So etwas Ähnliches hat Dr. Raschke auch gesagt«, bemerkte Diana nachdenklich. Das waren immerhin schon zwei lebenserfahrene Leute, die Diana zurieten. Vielleicht glich das ihre eigenen Zweifel aus.

»Aber vorher kommst du noch mal bei mir vorbei«, verlangte ihre Tante streng.

Diana wusste, dass diese Strenge nur gespielt war. Ihre Tante war der liebste Mensch auf Erden. Wenn Diana sie nicht gehabt hätte nach dem Tod ihrer Eltern, hätte sie nicht gewusst, wohin. »Aber natürlich«, sagte sie. »Wir müssen doch Abschied feiern. Es sei denn, du willst nach Hamburg kommen und dem Schiff beim Auslaufen nachwinken.«

»Sei mir nicht böse«, antwortete ihre Tante, »aber um mir im kalten Wind die Beine in den Bauch zu stehen, dazu bin ich zu alt. Lass uns lieber gemütlich Kaffee trinken.«

»Gern.« Diana lächelte. »Sobald ich das wichtigste erledigt habe, komme ich. Ich glaube, ich muss mal eine Liste anlegen, sonst vergesse ich noch was. Und wenn man erst mal auf dem Schiff ist, kann man nicht einfach so zurücklaufen und etwas holen.«

»Wenn überhaupt, müsstest du wohl schwimmen«, meinte ihre Tante lachend. »Du kannst mir ja dann alles erzählen, wenn du kommst. Ich freue mich schon darauf.«

Nach der Verabschiedung legte Diana auf. Ihre Tante wohnte

nicht in derselben Stadt, deshalb musste sie für die Fahrt zu ihr etwas mehr Zeit einplanen, aber das würde erst zum Schluss kommen. Für den Moment musste sie sich erst einmal um ihre Papiere kümmern, ihren Pass verlängern lassen, alles besorgen, was sie auf dem Schiff brauchen würde.

Und sich mit dem Gedanken an die Südseeschönheiten anfreunden.

4

Viel war es nicht, was Diana eingepackt hatte. Als sie nun im gigantischen Hamburger Hafen stand, kamen ihr ihre Reisetasche und der Koffer, der ihr zu Hause noch so groß erschienen war, auf einmal winzig vor.

Sie fühlte sich etwas verloren. Es war so früh am Tag, dass es gerade erst hell wurde, aber überall leuchteten Lichter, von den Schiffen, die vor Anker lagen, von der Hafenanlage. Und so viele Menschen um sie herum. Keiner beachtete den anderen, alle strebten auf ihr eigenes Ziel zu. Arbeiter, wichtig aussehende Anzugträger, aufgestylte Frauen. Diana überlegte, ob darunter wohl auch Passagiere für die Kreuzfahrt waren, während sie ihnen mit den Blicken folgte.

Sie ging an mehreren Schiffen vorbei. Wie groß diese Schiffe waren. Bis man die ganze Länge hinter sich gebracht hatte, dauerte es eine Weile. Langsam wurden ihre Arme vom Schleppen des Gepäcks lahm.

Doch dann sah sie es endlich, ihr Kreuzfahrtschiff.

Königin der Wellen stand am Rumpf. Als Diana jedoch ganz genau hinsah, erkannte sie im Lichtkegel der Laterne unter der Farbe noch die Umrisse von russischen Buchstaben. Davon abgesehen wirkte die *Königin* nicht mehr wie ein Frachter. Sie war zwar nicht so hoch wie die Kreuzfahrtschiffe, die Diana im Fernsehen bewundert hatte, aber bestimmt genauso lang. Und sie strahlte genauso weiß mit einigen rot abgesetzten Linien. Eine deutsche Flagge bewegte sich am Heck leicht im Wind.

Diana ging weiter und sah einen Matrosen an der Treppe stehen.

Er grinste sie an. »Moin!«

»Guten Morgen. Ich bin Diana Melling.« Sie nickte in Richtung des Schiffes. »Frau Kemp hat mir gesagt, dass ich jetzt schon an Bord könnte.«

»Klar.« Er machte eine Geste in Richtung der Gangway, die direkt vor Diana aufragte.

Diana blickte hinauf. Das Schiff wäre nicht so hoch, hatte sie gedacht? Na, um an Bord zu gehen, war es hoch genug.

Oben angekommen warf sie einen Blick zurück auf den Pier. Der lag nun weit unter ihr. Eine Perspektive, die ihr auf einmal den Unterschied zwischen diesem Job und jedem anderen, den sie bisher gehabt hatte, klar machte.

Sie schaute sich um. Wo sollte sie nun hin? Sie wusste nicht, wo ihre Kabine lag. Überhaupt kannte sie sich auf dem Schiff nicht aus. Sie hätte vielleicht doch die Prospekte mitnehmen sollen.

»He, du siehst so neu aus!« Ein lachendes, sommersprossiges Gesicht strahlte sie an, als sie sich umdrehte. Anscheinend war hinter ihr noch eine junge Frau an Bord gekommen.

Diana verzog etwas verlegen das Gesicht. »Ja, stimmt, ich bin neu. Diana Melling.« Sie streckte der anderen Frau die Hand hin. »Ich soll auf der Krankenstation arbeiten.«

Die junge Frau mit den Sommersprossen nahm die Hand und schüttelte sie. »Dann bist du die andere. War schon gespannt, wie du aussiehst.«

»Die andere?« Diana runzelte die Stirn.

»Die andere Krankenschwester.« Ein herzhaftes Lachen begleitete diese Aussage. »Wir sind Kolleginnen.«

»Dann weißt du, wo wir hin müssen?«, fragte Diana hoffnungsvoll.

»Aber klar. Ich war gestern schon mal hier und habe den Hausdrachen kennengelernt.« Die Frau schüttelte den Kopf. »Wird nicht einfach, mit der zu arbeiten.«

Diana war verwirrt.

»Also ich bin Melly«, stellte die andere sich endlich vor. »Und mit Hausdrachen meine ich unsere Schiffsärztin. Du wirst dich wundern. Es sei denn, du hattest schon mal so eine Xanthippe als Chefin.«

»Kann ich nicht sagen«, antwortete Diana, während sie Melly, die vor ihr herging, folgte. »Ich war eigentlich immer ganz zufrieden.«

»Bin mal neugierig, ob du das hier auch schaffst.« Melly drehte sich fröhlich blinzelnd kurz um. »Dann bist du wirklich gut.« Nachdem sie Diana durch diverse Gänge und einige Treppen hinunter in immer engere Gefilde geführt hatte, blieb sie abrupt stehen. »So, und das hier ist unser Reich.« Mit einer theatralischen Bewegung stieß sie eine Tür in einem schmalen Gang auf. »Treten Sie ein, junge Frau, aber treten Sie mir nicht auf die Füße!« Erneut begleitete diese Aussage ein herzhaftes Lachen.

Und Diana begriff sofort, was Melly meinte. Sie zwei sollten sich anscheinend eine Kabine teilen, die schon für eine Person fast zu klein wirkte. Zwei Kojen waren an der linken Seite übereinander angebracht. Dagegen erschien selbst die Hängematte, von der Diana geträumt hatte, bombastisch.

»Tja, Kreuzfahrt mit Spareffekt. Hast du was anderes erwartet?«, fragte Melly offensichtlich diebisch amüsiert. »Die Schiffseigner haben sich wohl gedacht, das Personal braucht nicht viel Platz, soll lieber arbeiten. Aber wir sind ja jung und brauchen das Geld.« Sie nahm das alles ganz klar von der humorigen Seite.

Diana fühlte sich etwas geschockt. *Zweckmäßig* hatte Frau Kemp gesagt. Das verstand sie also darunter. Welchem Zweck auch immer das dienen sollte, einer gemütlichen, entspannten Reise bestimmt nicht. »Gibt es denn keine Einzelkabinen?«, fragte sie.

»Doch, klar. Für die oberen Zehntausend. Aber nicht für uns. Die Passagiere sollen es gut haben. Wir brauchen das nicht.« Melly grinste. »Bist du wohl nicht gewöhnt, was? Prinzessin auf der Erbse?«

Diana schüttelte irritiert den Kopf. So hatte sie noch nie jemand genannt. »Nein, gar nicht«, sagte sie. »Wird schon gehen. Welches Bett willst du?«

»Oben«, beschied ihr Melly. »Wenn du nichts dagegen hast.«

»Mir ist es egal.« Diana stellte ihre Reisetasche auf das untere

Bett. Wo sie mit dem nun wieder riesig erscheinenden Koffer hinsollte, wusste sie noch nicht.

»Deine erste Kreuzfahrt?«, fragte Melly.

»Merkt man das?« Diana verzog schief das Gesicht.

Melly grinste erneut. »Fast gar nicht. Bei mir ist es schon die dritte. Hab es nicht bereut. Bei dem, was man hier verdient, kann man nicht meckern. Halbes Jahr Arbeit, halbes Jahr Urlaub. Wo geht das schon?«

»Ja, stimmt, der Verdienst ist nicht schlecht«, bestätigte Diana. »Kost und Logis ist frei, und viel Geld kann man an Bord nicht ausgeben.«

»Kann man schon«, widersprach Melly. »Bei den Passagieren ist das sogar sehr gewünscht. Aber unsere Möglichkeiten sind da eher beschränkt. Es wird nicht gern gesehen, wenn wir uns wie Passagiere benehmen.«

»Ach ja?« Diana suchte nach Möglichkeiten, ihre wenigen Habseligkeiten irgendwo unterzubringen.

»Ach ja«, bestätigte Melly.

Wie Diana entdeckte, hatte Melly ihre Sachen schon in einen der beiden Spinde eingeräumt, also nahm sie den anderen.

»Wenn du denkst, dass du hier quasi auf Urlaub bist, bist du schief gewickelt. Hab ich beim ersten Mal auch gedacht, aber so einfach ist die Sache nicht.« Melly kletterte auf das obere Bett, um Diana nicht beim Einräumen im Weg zu stehen. »Wir sind hier nur die Sklaven.«

Diana lachte überrascht auf. »So schlimm wird es schon nicht sein.«

»Schlimmer«, behauptete Melly. »Wirst schon sehen.«

»Warum machst du das dann schon das dritte Mal?«, fragte Diana. »Wenn es dir nicht gefällt?«

»Das habe ich nicht gesagt.« Melly legte sich auf den Bauch und lümmelte zu Diana herunter. »Je nachdem, was für Männer an Bord sind, gefällt es mir schon.«

»Ach so.« Diana schmunzelte. »Deshalb.«

»Vor allem sieht man die Kerle hinterher nie wieder«, griente Melly. »Besonders die verheirateten.«

Diana hob die Augenbrauen. »Obwohl die Frauen dabei sind?«

»Das macht doch nichts«, behauptete Melly. »Dadurch wird

es nur spannender. Aufregender. Du verstehst?«

»Nicht so richtig«, erwiderte Diana. »Ich glaube, das wäre nichts für mich.«

»Hast du einen Freund zu Hause, dem du treu bleiben willst?« Melly hielt sich fast den Bauch vor Lachen.

Diana zögerte. »Nein«, sagte sie dann. »Wir haben uns getrennt.«

»Das ist doch toll!« Melly war begeistert. »Dann findest du hier bestimmt Trost. Schneller als du gucken kannst. Du hast so was ...«, sie musterte Diana abschätzend, »Sissimäßiges.«

»Was?« Diana drehte sich ungläubig um.

»Nimm es als Kompliment«, ergänzte Melly. »Die Kerle mögen so was, dieses Unschuldige, Zarte. Als ob du noch nie – na, du weißt schon. Die lassen sich das ganz schön was kosten.«

»Ich dachte, wir wären als Krankenschwestern engagiert«, bemerkte Diana misstrauisch. Langsam kam ihr der Verdacht, dass sie vielleicht auf die falsche Anzeige geantwortet hatte.

»Sind wir ja auch.« Melly winkte ab. »Aber das heißt doch nicht, dass wir nicht auch ein bisschen Spaß haben können.«

»Wenn du dich schon auskennst«, Diana blickte Melly fragend an, »erzähl mir doch mal, wie es jetzt weitergeht. Sind wir heute schon im Dienst?«

»Immer«, erwiderte Melly und sprang locker vom oberen Bett herunter. »Vierundzwanzig Stunden am Tag. Wenn die Passagiere an Bord kommen, müssen wir uns in Montur schmeißen. Aber jetzt noch nicht. Wenn du willst, können wir uns das Schiff ansehen.«

5

Die Schiffstour ließ Diana nur staunen, was ein ehemaliger Frachter alles bieten konnte. In diesem Punkt erfüllte das Schiff all ihre Erwartungen. Mehr als das. Das Kreuzfahrtgefühl, das sie nach Besichtigung ihrer Kabine für eine Weile verlassen hatte, kehrte zurück.

»Willst du deinen Arbeitsplatz auch noch besichtigen?«, fragte Melly, nachdem sie sämtliche Decks abgegrast hatten, so dass Diana sich wie auf einem Karussell vorkam. Sie zweifelte sehr daran, dass sie sich hier allein würde zurechtfinden können. Die Gänge, die Treppen, alles ähnelte sich auf eine verwirrende Weise.

»Wäre ganz gut«, antwortete sie.

Melly verzog das Gesicht. »Ich könnte noch eine Weile auf ein Wiedersehen verzichten.«

»Wenn du mir sagst, wo es ist, gehe ich allein«, schlug Diana vor, obwohl sie sich lieber von Melly hätte führen lassen.

»Ist nicht schwer zu finden«, erklärte Melly. »Du folgst einfach den Schildern.« Sie wies auf ein Zeichen, das auf die Bordwand vor der Treppe gemalt war, an der sie gerade standen.

»Ist gut.« Diana nickte. »Dann bis später.«

Melly hüpfte los wie ein Kind, das Seilspringen spielt, und lachte. »Ich check noch mal den Jungen im Maschinenraum!«

Diana schüttelte leicht lächelnd den Kopf. Gegen Melly kam sie sich doch schon sehr erwachsen vor. Sie betrachtete das Zeichen für die medizinische Station. Dann mal los.

Trotz der eigentlich eindeutigen Zeichen verlief sie sich jedoch schon bald. Die Gänge sahen wirklich alle gleich aus. Wie sollte man sich da zurechtfinden?

Nachdem sie erneut dem Zeichen eine Treppe hinab gefolgt war, deutete es plötzlich wieder hinauf. »Können die sich mal entscheiden?«, murmelte Diana leicht verärgert. So würde sie die Krankenstation nie finden. Und was das betraf: wahrscheinlich noch nicht einmal ihre eigene Kabine.

Seufzend betrat sie die Treppe nach oben und nahm ein paar Stufen. Plötzlich spürte sie ein leises Vibrieren. Jemand kam vom oberen Deck herunter.

Auch das noch, dachte Diana. *Wie ist denn hier die Vorfahrtsregelung?*

Sie blieb stehen und schaute nach oben. Die Beine einer weißen Uniformhose erschienen, dann die ebenso weiße Jacke, Arme, Schultern. Diana erstarrte.

»Ach, Sie sind schon da«, begrüßte Valerie Kemp sie in ihrer typisch trockenen Art. Dass sie Valerie hieß, hatte Diana der Visitenkarte entnommen, die an die Prospekte angeheftet gewesen war.

»Frau ... Kemp.« Diana konnte es nicht verhindern zu stottern. Sie blickte zu der Frau hinauf, von der sie nie gedacht hätte, dass sie sie noch einmal wiedertreffen würde. Jedenfalls nicht auf diesem Schiff. »Ich wusste nicht –« Diana räusperte sich. »Fahren Sie auch mit?«

Ein leichtes Zucken schien Valerie Kemps Mundwinkel zu verunsichern. »Da ich der Kapitän bin, erscheint das wohl zweckdienlich.«

»Sie sind –?« Diana schnappte nach Luft.

Sie hatte den Eindruck, Valerie Kemp ragte geradezu wie ein Berg über ihr auf, da sie erstens ein ganzes Stück größer war als Diana und zweitens ein paar Stufen höher stand. Und nun war sie auch noch der Kapitän dieses Schiffes.

Nicht die Sekretärin, dachte Diana verzweifelt. *Sie ist nicht die Sekretärin.* Fetzen ihres Gesprächs rasten ihr durch den Sinn. Hatte sie irgendetwas Falsches gesagt? Was hatte sie überhaupt gesagt? Auf einmal wusste sie es nicht mehr. Wie betäubt starrte sie auf die Rangabzeichen an der Uniform. Sie wusste zwar nicht genau, was sie bedeuteten, aber es waren ganz schön viele. Viele goldene Streifen.

Kapitän Kemp schien auf etwas zu warten, dann machte sie einen Schritt auf Diana zu. »Ich fürchte, es bringt nicht viel, wenn wir beide hier stehenbleiben.«

Diana brauchte eine Sekunde, um zu begreifen, dass der Kapitän sie aufforderte ihn vorbeizulassen. »Oh, ja, natürlich ...« Sie drängte sich so weit an die Seite, dass der Kapitän passieren konnte.

Als Valerie Kemp an ihr vorbeiging, streifte Diana ein leichter Duft. Wieso hatte sie den damals im Büro nicht wahrgenommen? Es war ein Duft, in dem sich Stärke und Weiblichkeit mischten, ein ganz besonderer Duft.

Kapitän Kemp drehte sich unten an der Treppe um und schaute zu ihr hoch. »Suchen Sie etwas?«

»Ähm, ja. Die Krankenstation«, gab Diana verlegen zu. »Ich suche sie schon eine ganze Weile.«

»Sie müssen nur den Zeichen folgen«, bemerkte der Kapitän

leicht irritiert.

»Ja.« Diana atmete tief durch. »Das habe ich schon mal gehört.«

Valerie Kemp musterte sie kurz. »Kommen Sie mit«, sagte sie dann, drehte sich um und ging los. Offenbar war sie es nicht gewöhnt, dass man ihren Befehlen nicht Folge leistete, denn sie schaute sich nicht nach Diana um.

Schnell kletterte Diana die Treppenstufen hinunter und lief der großen Frau in der weißen Uniform hinterher. »Aber das ist die falsche Richtung«, keuchte sie etwas, als sie sie eingeholt hatte. »Das Zeichen zeigt nach oben.«

»Was Sie nicht sagen.« Valerie Kemp warf nur einen flüchtigen Blick auf sie.

»Entschuldigung«, erwiderte Diana eingeschüchtert. Es war wohl nicht angebracht, die Entscheidungen des Kapitäns in Frage zu stellen. Das machte dieses Gespräch deutlich klar.

Was habe ich mir da nur eingebrockt? dachte sie. *Hätte sie mir nicht gleich sagen können, dass sie der Boss ist?* Ein wenig Ärger kam in ihr hoch. Es war ja schließlich nicht ihre, Dianas, Schuld. Wer kam schon auf den Gedanken, dass der Kapitän eines Kreuzfahrtschiffes auch die Leute einstellte und den Papierkram erledigte?

Der Kapitän bog mehrmals in Gänge ab, von denen Diana nicht hätte sagen können, ob sie sie schon einmal durchlaufen hatte oder ob sie einfach nur aussahen wie all die anderen Gänge, in denen sie gewesen war, und blieb dann stehen. »Hier.« Sie wies mit einem Nicken auf eine Tür hin, auf der groß *Krankenstation* stand. »Das ist es.«

»So, wie Sie gelaufen sind, hätte ich das nie gefunden«, stellte Diana überrascht fest.

Valeries Mundwinkel verzogen sich leicht. »Ich kenne mich ein bisschen aus auf meinem Schiff.«

»Selbstverständlich.« Diana räusperte sich und senkte den Blick. Das war alles so peinlich.

Und warum machte ihr Valerie Kemps körperliche Nähe auf einmal so zu schaffen? Nur weil sie eine Uniform trug, in der sie zugegebenermaßen ziemlich attraktiv aussah?

Kapitän Kemp stieß die Tür auf, als Diana es nicht tat, und trat ein. »Sind Sie da, Doktor?«

Eine grobknochige Frau mit leicht angegrauten schwarzen Haaren kam aus einer Tür im hinteren Teil der Station. »Dr. Galina Fjodorowa", stellte Kapitän Kemp vor. Sie schaute die Ärztin an. »Und das hier ist Ihre neue Krankenschwester, Doktor.«

»Ich habe schon auf Sie gewartet«, erwiderte die Ärztin mit einem strafenden Blick auf Diana und einem starken russischen Akzent. Ihre Augen musterten Dianas Gestalt wie etwas, das am Straßenrand liegengeblieben war.

Melly hat recht, dachte Diana. *Das wird nicht einfach.* »Ich dachte«, sie räusperte sich. »Melly sagte –«

»Sie sollten sich besser nicht nach Ihrer Kollegin richten«, unterbrach Doktor Fjodorowa sie. »Die scheint mir nicht sehr zuverlässig.«

»Sie haben nur die beiden«, warf Kapitän Kemp knapp ein. »Also kommen Sie damit klar.« Sie hob leicht die Augenbrauen.

»Aye, Käpt'n«, antwortete die Ärztin.

Ob sie es auch so meinte, war nicht zu erkennen. Sie strahlte selbst so viel Autorität aus, dass es fraglich war, ob sie den Kapitän als übergeordnet akzeptierte, dachte Diana.

»Dann lasse ich Sie beide jetzt allein«, teilte Valerie Kemp ihnen in einem dienstlichen Tonfall mit. »Sie werden ja noch einiges zu besprechen haben. Und ich habe auch noch ein paar Pflichten.« Sie streifte Diana mit einem Blick, der zu sagen schien: *von denen du mich durch deine Orientierungslosigkeit abgehalten hast.*

»Tut mir leid –«, setzte Diana an, aber da war der Kapitän schon durch die Schwingtür verschwunden.

Dr. Fjodorowa musterte Diana aus dunklen Augen. Das Alter der Ärztin ließ sich schwer schätzen – sie konnte irgendetwas zwischen vierzig und sechzig sein. Und sie war riesengroß, bestimmt über einsachtzig. Als der Kapitän neben ihr gestanden hatte, waren sie fast gleich groß gewesen. »Sie sehen ja nicht sehr belastbar aus«, warf sie Diana in einem abschätzigen Tonfall hin.

»Das täuscht«, erwiderte Diana, die gerade beschlossen hatte, sich weder vom Kapitän noch von dieser russischen Galionsfigur unterbuttern zu lassen. »Sie können sich gern bei meinen früheren Arbeitgebern erkundigen.«

Dr. Fjodorowa nickte ungnädig. »Das hat nun auch keinen Sinn mehr, wir laufen bald aus. Wollen wir hoffen, dass Kapitän Kemp die richtige Wahl getroffen hat.« Ihr Gesichtsausdruck deutete an, dass sie nicht davon überzeugt war. »Eigentlich hätte sie mich fragen müssen.«

»Ich habe mehrere Jahre Berufserfahrung«, sagte Diana. »Ich kann mich auf jede Situation einstellen.«

»Auf einem Schiff waren Sie noch nicht?«

»Nein.« Diana schüttelte den Kopf. »Aber wenn ich mir die Krankenstation so betrachte«, sie schaute sich um, »sieht das auch nicht so viel anders aus als das, was ich kenne.«

Die schwarzen Augen betrachteten sie kalt wie die Linsen einer Videokamera. »Meinen Sie.«

Diana versuchte diesem Blick standzuhalten. Wie in einer Bank oder in einem Bahnhof versuchte sie zu ignorieren, dass die Videokamera da war. »Gibt es irgendwelche Besonderheiten, die ich beachten sollte?«, fragte sie möglichst neutral.

»Das werden Sie dann schon sehen.« Dr. Fjodorowa wandte sich schroff ab und ging zu einem Schreibtisch, der an der Seite stand. »Wo ist Ihre Uniform?«, fragte sie unfreundlich.

Uniform. Daran hatte Diana gar nicht gedacht. Sie war davon ausgegangen, dass sie ihre normale Schwesterntracht tragen würde, die sie auch dabei hatte. Melly hatte ihr alles Mögliche bei dem Rundgang gezeigt – wenn auch in erster Linie attraktive junge Männer –, und eine Menge Leute, Kollegen vom Personal, hatten sie begrüßt, sich mit Namen vorgestellt, die Diana schon längst wieder vergessen hatte, aber sie konnte sich nicht erinnern, dass Melly so etwas wie eine Uniformausgabe erwähnt hatte.

»Wo bekomme ich die?« Es schien ihr fast todesmutig, diese Frage zu stellen.

»Waren Sie denn noch nicht beim Zweiten Offizier?« Die kohlschwarzen Augen begannen zu glühen.

»Tut mir leid.« Diana hob entschuldigend die Schultern. »Davon hat mir niemand etwas gesagt. Als ich an Bord kam, war es noch dunkel, und ich habe nur Melly getroffen.«

»So früh waren Sie schon da?« Es schien fast, als ließ das Dianas Ansehen in Dr. Fjodorowas Augen steigen. »Normalerweise begrüßt der Zweite Offizier die Neuankömmlinge gleich an der Gangway. Aber sein Dienst beginnt erst später.« Sie runzelte die Stirn. »Dann haben Sie wohl auch noch gar nicht den Papierkram erledigt?«

Diana traute sich fast nicht, es zuzugeben, aber sie schüttelte den Kopf.

Dr. Fjodorowa stieß einen tiefen Seufzer aus. »So was wäre früher nicht vorgekommen, als das Schiff noch unter russischer Flagge lief. Da herrschte noch Disziplin.«

Diana verhielt sich mucksmäuschenstill. Es kam ihr vor, als braue sich ein Gewitter über ihr zusammen. Dabei konnte sie doch überhaupt nichts dafür. Vielleicht hatte Dr. Fjodorowa gar nicht so unrecht, wenn sie Melly als unzuverlässig bezeichnete.

»Ich werde das sofort nachholen«, überwand sie sich endlich zu sagen. »Ich hole meine Papiere aus der Kabine«, – *wenn ich sie finde,* fügte sie in Gedanken hinzu –, »und werde sofort den Zweiten Offizier suchen.«

»Das wird auch Zeit.« Dr. Fjodorowa nickte ihr zu, das Gewitter war anscheinend vorübergezogen, ohne sich zu entladen. »Ihr Dienst beginnt um zwei.«

Diana schien entlassen zu sein, denn Dr. Fjodorowa widmete sich irgendeinem Papier auf dem Schreibtisch und beachtete sie nicht mehr. Diana zog sich langsam zur Tür zurück, um sie nicht aufzuschrecken und sie vielleicht noch einmal zu so einem kohlschwarzen Blick zu veranlassen, der Diana kalte Schauer durchs Genick jagte.

Als sie vor der Krankenstation stand, mit der Tür zwischen sich und ihrer neuen Chefin, atmete sie erleichtert aus. So unangenehm hatte sie sich ihren ersten Tag nicht vorgestellt. Das war ihr noch nie passiert. Hoffentlich hatte Dr. Fjodorowa auch mal gute Laune, sonst konnte das ja heiter werden.

Sie konzentrierte sich und kam dann zu der Erkenntnis, dass sie ihre Kabine nie finden würde. Aber vielleicht den Eingang zum Schiff, wo sie heute Morgen an Bord gekommen war.

Wahrscheinlich hieß es nicht Eingang, hier hatte alles so komische Namen, aber jedenfalls war das ein zentraler Punkt, den man nicht so leicht verpassen konnte. Und wenn Dr. Fjodorowa recht hatte, würde sie dort den Zweiten Offizier finden.

6

Die alte Schreckschraube!«, lachte der sympathische, blonde junge Mann, der auf der *Königin der Wellen* den Posten des Zweiten Offiziers innehatte und Diana nun half, ihre Kabine zu finden. »Ich hoffe, ich werde auf dieser Reise nie krank.« Er legte leicht den Kopf schief. »Wobei, wenn ich dich so betrachte, überlege ich mir das vielleicht noch. Es gibt ja auch Beschwerden, die eine Krankenschwester lindern kann.« Er grinste.

Diana verzog die Mundwinkel. »Dafür bin ich die Falsche.« In diesem Moment erkannte sie den Gang zu ihrer Kabine. »Aber ich bin dir sehr dankbar, dass du mir hilfst.«

»Immer gern«, sagte er und folgte ihr, während sie die Kabine betrat und ihre Papiere heraussuchte. »Ist schon verwirrend, wenn man das erste Mal auf so ein Schiff kommt. Für euch Mädels besonders.«

Diana hatte die Papiere gefunden, nahm sie und drehte sich um. »Was willst du denn damit sagen?«, fragte sie mit hochgezogenen Augenbrauen.

»Ach, Frauen sind immer so süß chaotisch«, behauptete er. »Wo ich die jungen Damen schon überall aufgesammelt habe ...«

»Davon bin ich überzeugt«, sagte Diana, »aber ich werde mir jetzt einen Plan mitnehmen. Dann kannst du dich auf andere Sammelaktionen konzentrieren.«

»Ich hätte nichts dagegen, dich aufzusammeln«, grinste er. »Du kannst jederzeit auf mich zurückgreifen.«

»Hör mal, Lars«, Diana verließ die Kabine und ging an ihm vorbei, »versuch es lieber bei Melly. Sie hat sich glaube ich noch nicht entschieden, wer ihr am besten gefällt.«

Er verzog das Gesicht. »Ich kenne Melly. Wir sind schon mal zusammen gefahren. Da verzichte ich lieber. Ich bringe dich noch zum Crew-Büro«, fuhr er fort. »Die Uniformausgabe ist auch gleich da.« Er warf einen Blick auf sie. »Wird dir bestimmt gut stehen. Wenn sie überhaupt was in so einer kleinen Größe haben.«

»So klein bin ich auch wieder nicht«, wehrte Diana sich.

»Doch, bist du.« Er schaute auf sie hinunter, während sie nebeneinander hergingen. »Niedlich.«

»Klein, aber drahtig«, warnte Diana. »Vertu dich da nicht.«

»Von mir hast du nichts zu befürchten«, versicherte Lars. »Da kenne ich ganz andere Kaliber hier an Bord. Aber der Käpt'n passt schon auf, dass nichts passiert.«

Diana öffnete den Mund, schloss ihn aber sofort wieder. Vielleicht sollte sie nicht zu viel Interesse am Käpt'n zeigen. Auf so einem Schiff blühten Klatsch und Tratsch sicher prächtig. »Bist du schon mal mit ihr gefahren?«, fragte sie dann doch. Sie konnte sich einfach nicht zurückhalten.

»Hm.« Er nickte. »Sie ist ein guter Käpt'n. Man kann sich immer auf sie verlassen. Hätte sie die *Titanic* gesteuert, wäre die bestimmt nicht untergegangen.«

Diana schaute ihn überrascht an. »Das klingt ja richtig nach Bewunderung.«

»Ja.« Er nickte. »Ich hoffe, ich werde mal so ein guter Käpt'n wie sie.« Sie bogen um eine Ecke. »Und schon sind wir da«, verkündete Lars bedauernd. »Leider.«

Nachdem Lars sie noch im Büro vorgestellt hatte, erledigte Diana die Anmeldeformalitäten und erhielt danach ein Stück weiter den Gang hinunter ihre Uniform. Eigentlich waren es mehrere, eine lange Hose, eine kurze Hose – für die Südsee wahrscheinlich – und ein Rock kombiniert jeweils mit einer kurz- bzw. langärmligen Bluse mit den Abzeichen des Schiffes und des medizinischen Personals. Ebenso trugen auch die Jacken Abzeichen, die Diana als Mitglied der Crew auswiesen. So viel Gold wie an Kapitän Kemps oder Dr. Fjodorowas Uniform konnte sie jedoch nicht für sich beanspruchen. Ihre eigene war eher schlicht ausgestattet.

Außerdem erhielt sie eine Art Uniformmütze, die aber auch nicht an die schicke Ausgabe, die der Käpt'n trug, heranreichte. Zum ersten Mal in ihrem Leben begriff sie den Unterschied zwischen Offizier und Mannschaft. Bisher hatte sie sich noch nie Gedanken darüber gemacht. Warum auch?

Etwas schmunzelnd über die Merkwürdigkeiten des Lebens nahm sie die Kleidungsstücke in Empfang und begab sich, diesmal ohne sich zu verlaufen, in ihre Kabine zurück.

Dort traf sie auf Melly, die bereits dabei war, sich umzuziehen.

»Das mit der Uniform hättest du mir sagen können«, begrüßte Diana sie vorwurfsvoll. »Dr. Fjodorowa hat mir die Hölle heißgemacht, weil ich keine hatte.«

»Ach, stimmt, du machst das ja zum ersten Mal. Hab ich vergessen.« Mellys Gedächtnis war wirklich kurz. »Niemand ist perfekt.« Sie zuckte die Schultern.

Diana schüttelte leicht den Kopf. *Als Krankenschwester sollte man etwas verantwortungsbewusster sein,* dachte sie. So eine Vergesslichkeit entsprach jedenfalls nicht ihrer eigenen Berufsauffassung. Aber vielleicht war Melly ja auch nur aufgeregt, weil es wieder auf See ging. »Hast du auch um zwei Dienst?«, fragte sie.

»Heute ja.« Melly nickte. »Normalerweise arbeiten wir im Schichtdienst. Einmal du, einmal ich. Vierundzwanzig Stunden am Stück jeweils.«

Diana musste lachen. »Dann hätte ja auch ein Bett für uns beide gereicht.«

Melly grinste. »Sei da mal nicht so sicher. Kann sein, dass die Betten öfter belegt sind, als du glaubst.«

Diana stöhnte innerlich auf. Was musste man tun, um eine Einzelkabine zu bekommen? *Der Käpt'n hat bestimmt eine,* dachte sie. *Die muss sich nicht mit so was rumschlagen.*

»Ich hoffe, ich kann dann ab und zu auch mal schlafen«, bemerkte sie etwas säuerlich.

Melly lachte schelmisch. »Du bist doch nicht etwa zum Schlafen hier?«

»Anscheinend nicht«, seufzte Diana.

Kurz darauf erschienen Melly und sie pünktlich zum Dienst, der zuerst einmal in einer Einweisung mit den Gegebenheiten der Krankenstation bestand, den vorhandenen Medikamenten und Behandlungsmöglichkeiten bis hin zu einer Operation.

»Ich bin keine OP-Schwester«, wandte Diana zweifelnd ein.

»Aber ich.« Melly schien auf einmal gar nicht mehr so vergesslich. Sie hatte auch eine professionelle Seite. »Das machst du mit links, glaub mir.«

»Das ist äußerst übertrieben«, rief Dr. Fjodorowa sie zur

Ordnung, und ihr rollendes R ließ selbst diesen kleinen Satz bedrohlich erscheinen. »Unter diesen Umständen hoffe ich sehr, dass wir keine chirurgischen Eingriffe größerer Natur durchführen müssen.«

Das hoffe ich auch, dachte Diana. *Wenn Melly gerade von einem ihrer jungen Männer träumt und ich dann allein dastehe mit der Chefin …*

Sie hoffte sehr, dass es keine Notfälle geben und die zu behandelnden Fälle sich auf Magenverstimmungen, Verdauungsprobleme und kleinere Verletzungen beschränken würden. Oder mal einen Schnupfen. Dafür hatten sie genug Medikamente an Bord.

»Es sind ein paar Passagiere angemeldet, die besondere Betreuung benötigen«, fuhr Dr. Fjodorowa fort. »Da wir viele ältere Gäste an Bord haben, gibt es eine ganze Reihe Diabetiker, auch Asthmatiker und im Bewegungsapparat Eingeschränkte. Wollen wir hoffen, dass sie sich alle gut auf diese Reise vorbereitet haben, aber das ist leider nicht gesagt. Manchmal vergessen sie ihre Medikamente zu Hause, und dann müssen wir dafür sorgen.«

Diana interpretierte Dr. Fjodorowas Gesichtsausdruck mit *Keine Disziplin!*, aber die Ärztin enthielt sich jeden Kommentars.

»Bitte machen Sie sich mit dem Handbuch vertraut«, fuhr der Doktor fort. »Es gibt gewisse Dinge, die hier an Bord anders ablaufen als an Land. Ich erwarte, dass Sie diese Abläufe aus dem FF beherrschen.«

Diana sah, wie Melly die Augen rollte, weil Dr. Fjodorowa sie gerade nicht beobachtete. Und sie fragte sich, ob die Ärztin früher wohl in der russischen Armee gedient hatte. Sie hatte entschieden etwas Militärisches. Und erwartete das auch.

»Sie erhalten beide ein kleines Funkgerät«, erklärte die Ärztin und händigte ihnen eine Art Pieper aus, »das Sie immer bei sich tragen müssen, für den Notfall. Sollten Sie außerhalb Ihrer Dienstzeit gebraucht werden, werden Sie über dieses Gerät benachrichtigt. Sollten Sie es abstellen, verletzt das die Dienstvorschrift.«

Wirklich wie beim Militär, dachte Diana. Immer mehr stellte sich heraus, dass ihre Vorstellung von dieser Reise weit außerhalb der Realität gelegen hatte.

So in diesem Stil ging es noch eine Weile weiter, bis die Leiterin der medizinischen Abteilung des Schiffes endlich sagte: »Sie können jetzt noch ein wenig an Deck gehen. Falls ich Sie brauche, kann ich Sie ja erreichen. Die Passagiere werden in den nächsten Stunden eintreffen.«

Melly und Diana verabschiedeten sich schnell und liefen den Gang hinunter zum nächsten Aufgang. Diana hatte schon gelernt, dass eine Treppe, die hinaufführte, so hieß. Eine Treppe, die hinunterführte, trug den aufmunternden Namen Niedergang.

Melly und sie stellten sich an die Reling und beobachteten die Ankunft der Passagiere. Bei Kreuzfahrten hatte sie bisher unwillkürlich an die High Society gedacht, reiche Geschäftsleute und Unternehmer, vielleicht auch den einen oder anderen Star und alleinreisende, gutbetuchte ältere Damen.

Die Gäste, die nun einer nach dem anderen an Bord kamen, wirkten jedoch keinesfalls wie die Klientel, die Diana sich vorgestellt hatte. Sie erinnerte sich an den Aufdruck *Kreuzfahrten für jedermann* auf den Prospekten, die Frau Kemp – ach nein, Kapitän Kemp – ihr mitgegeben hatte.

Ja, so sahen die Passagiere aus. Die einzige Erwartung, die sich erfüllte, waren die älteren Damen. Jedoch die meisten nicht alleinreisend, sondern in Begleitung ihres Mannes als Hälfte eines Rentnerehepaars. Und auch die Alleinreisenden sahen nicht so extrem betucht aus.

»Da können wir ja froh sein, dass es wenigstens unter den Crewmitgliedern ein paar jüngere Leute gibt«, bemerkte Diana nach einer Weile kopfschüttelnd. »Sonst wäre das hier mehr so eine Seniorenresidenz.«

Melly lachte hell auf. »Merkst du das auch schon? Was hast du erwartet auf einer Billigkreuzfahrt?«

So billig hatte Diana die Preise, die sie gelesen hatte, gar nicht gefunden, aber das war wohl relativ. Aus Dianas Perspektive war diese Kreuzfahrt immer noch teuer genug.

Lars musste als Zweiter Offizier alle Passagiere bei der Ankunft begrüßen. Dabei wurde er unterstützt von einem älteren Mann, dem Quartiermeister, den Diana schon auf ihrem Rundgang mit Melly kennengelernt hatte, und zwei gutaussehenden Frauen, die mit ihren Clipboards im Arm und den schicken Uniformen wie Stewardessen aussahen. Diana erinnerte sich daran, dass sie eine der beiden auch schon kennengelernt hatte, flüchtig, im Vorübergehen, aber sie hatte den Namen vergessen.

Was sie nicht vergessen hatte, war jedoch der lange Händedruck und der tiefe Blick in ihre Augen, mit dem die junge Frau sie bedacht hatte. Sie war eindeutig interessiert gewesen. Worauf auch immer ihre Annahme beruhte, dass Diana dieses Interesse erwidern könnte.

Zwei Stunden später lief das Schiff aus. Zusammen mit den anderen stand Diana an Deck und sah die Lichter des Hafens und der Stadt am Heck immer kleiner werden. Die *Königin der Wellen* grüßte mit lautem Horn in die kalte Luft und wurde von Land genauso zurückgegrüßt und fröhlich verabschiedet.

Es dämmerte bereits, und die Kälte kroch Diana eisig in alle Glieder, obwohl sie sich warm eingepackt hatte.

Dennoch genoss sie es. Vor Aufregung klopfte ihr Herz in schnellem Rhythmus. Nun begann es also, ihr Abenteuer auf See.

7

»Du revidierst meine Meinung über Leute, die aus dem Ruhrpott stammen.« Ein warmer Frauenkörper beugte sich von hinten über Diana, die an einem Tisch saß und aß. Die dazugehörige Stimme klang weich und verführerisch direkt an ihrem Ohr.

»Ach ja?« Diana wusste schon, zu wem die Stimme gehörte. Und mittlerweile hatte sie sich auch den Namen gemerkt. »In welcher Beziehung?«

»Bisher habe ich Ruhrpottlerinnen immer für warmherzig und verständnisvoll gehalten«, fuhr die Stimme fort, wurde aber gleich darauf durch ein Gesicht ergänzt und die dazugehörige Gestalt, die sich einen Stuhl heranzog und sich dicht neben

Diana niederließ. »Und entgegenkommend.«

Diana lachte leicht. »Du verlangst eine ganze Menge nur aufgrund der Gegend, in der man geboren ist.«

»Verlange ich zu viel?« Der tiefe Blick, der Diana schon beim ersten Mal getroffen hatte, traf sie erneut.

»Gehst du immer mit Speedbootgeschwindigkeit auf Frauen los, Janine?«, fragte Diana.

Janine schmunzelte. »Nicht immer. Nur, wenn sie in Sichtweite sind.«

»Das habe ich gemerkt.« Diana hob die Augenbrauen. »Und du sorgst dafür, dass ich so oft wie möglich in deiner Sichtweite bin.«

»Leider viel zu selten«, widersprach Janine. »Ich habe das Gefühl, du gehst mir aus dem Weg.«

»Wenn ich Dienst habe, habe ich Dienst«, sagte Diana. »Und du musst ja auch ab und zu arbeiten. Hast du nicht gerade irgendwas für die Passagiere zu tun? Die haben doch immer Wünsche.«

»Oh ja.« Janine seufzte. Ihre Hand legte sich auf Dianas Knie, und ihre Stimme senkte sich. »Aber nicht nur die.«

»Ich bin aber nicht dazu angestellt, sie zu erfüllen«, entgegnete Diana und schob Janines Hand weg. »Du schon.«

»Warum bist du so abweisend?«, fragte Janine mit gespielt kummervollem Blick. »Wir haben eine lange Reise vor uns.«

»Ich komme gut allein zurecht, danke«, erwiderte Diana kühl.

»Hast du vor irgendetwas Angst?«, fragte Janine. »Eine eifersüchtige Frau zu Hause?«

Nur kurz blitzte die Erinnerung an Brigitte in Diana auf. Nein, eifersüchtig war sie nicht gewesen, das konnte man wirklich nicht behaupten. Aber es hätte die Sache sehr vereinfacht, wenn Diana Janine gegenüber so getan hätte, als wäre da eine eifersüchtige Frau. Oder überhaupt irgendjemand.

»Kannst du nicht akzeptieren, dass es Frauen gibt, die kein Interesse an einer näheren Bekanntschaft mit dir haben?«, fragte sie.

»Bis jetzt habe ich immer noch jede von meinen Qualitäten überzeugen können«, flüsterte Janine, beugte sich zu Diana und küsste sie auf den Hals.

Diana wollte eigentlich nur Janine abwehren, aber als sie hochblickte, sah sie in einiger Entfernung Kapitän Kemp stehen. Sie hatte einen Kaffeebecher in der Hand, und ihre Augen waren direkt auf Janine und Diana gerichtet.

Verdammter Mist! Diana stieß Janine von sich und stand auf. »Bist du jetzt zufrieden? Ich gehe in meine Kabine.«

»Darf ich mitkommen?«, fragte Janine grinsend.

»Sicher nicht!« Diana stapfte wütend davon.

Der Käpt'n hatte schon vor ihr die Crew-Messe verlassen. Aber was sie gesehen hatte, hatte sie gesehen. Was würde sie nun von Diana denken?

Zumindest denkt sie nicht, dass ich etwas von ihr will, sondern von Janine, dachte sie von ihren Gefühlen hin- und hergerissen. *Das ist doch schon mal was.* Galgenhumor, eindeutig. Sie waren jetzt eine Woche unterwegs, und immer, wenn Diana den Käpt'n sah, schien die so beschäftigt, dass sie Diana kaum wahrnahm.

Aber warum sollte sie auch? Sie hatte Wichtigeres zu tun, als sich um eine kleine Krankenschwester zu kümmern. Außer wenn sie selbst krankwerden sollte, hatte sie auf der Krankenstation nichts verloren. Ihr Platz war auf der Brücke.

Diana wusste, dass alles nur ihrer Fantasie entsprang, aber seit sie an Bord gekommen war, beschäftigten ihre Träume sich weit mehr mit der großen, dunkelhaarigen Frau, die das Schiff mit sicherer Hand führte, als es Diana lieb war.

Nach ihrem ersten Eindruck von der *Sekretärin* hätte sie nie gedacht, dass es soweit kommen könnte. Valerie Kemp war allgegenwärtig, auch wenn Diana sie nicht sah. Sie wusste, dass der Kapitän am Steuer stand, dass sie die Verantwortung trug, dass sie alle Entscheidungen traf.

Nach ihrer ersten Begegnung auf dem Niedergang, nachdem Valerie ihr den Weg in die Krankenstation gezeigt hatte, hatten sie nie mehr ein Wort miteinander gewechselt.

Es gab einfach keinen Anlass dafür, aber Diana schuf sich Anlässe in ihren Fantasien, auch wenn die weit von einer Erfüllung entfernt waren.

Kapitän Kemp hatte ihre Pflichten, sie musste abends mit den Passagieren, die dafür ausgesucht worden waren – unter anderem von Janine –, beim Kapitänsdinner am Tisch sitzen und sie unterhalten. Ein gemeinsames Essen mit der Crew fand nicht statt.

Es war offensichtlich, dass der Käpt'n die gesellschaftlichen Verpflichtungen nicht mochte, und trotzdem erfüllte sie sie. Die Passagiere waren sogar sehr angetan von ihrem Charme, wie Diana immer wieder zu hören bekam.

Kann sie diesen Charme nicht auch mal anderweitig versprühen? fragte Diana sich. Denn außerhalb ihrer Pflichten gegenüber den Passagieren agierte Kapitän Kemp äußerst streng. Man sah sie selten lachen. Nie eigentlich.

Valerie Kemp wirkte so unerreichbar, als wäre sie auf einem anderen Stern. Sie hielt Distanz zur Crew, wie man es von einem Kapitän erwartete. Es war schwierig, Leuten Befehle zu erteilen, mit denen man befreundet war, stellte Diana sich vor. Also vermied der Käpt'n Freundschaften an Bord.

Ob sie privat welche hat? Ja, sicher hat sie die. Jeder hat das. Sie hat bestimmt einen Mann. Oder eine Frau? Diana dachte darüber nach. Müsste dann nicht jeder an Bord davon wissen?

Nicht unbedingt. Valerie Kemp führte keine Privatgespräche. Alles, was sie tat, bezog sich auf das Schiff.

Dann wird es sie vielleicht gar nicht interessieren, was sie gesehen hat, überlegte Diana hoffnungsvoll. *Es wird ihr einfach egal sein.*

Aber Diana war es nicht egal. Es gab zwar keine offiziellen Vorschriften dafür, aber vielleicht fand Kapitän Kemp Liebschaften auf ihrem Schiff generell nicht angebracht. Nicht nur für sich selbst, auch für andere. Immerhin beeinträchtigte es unter Umständen die Arbeitsmoral, die Dienstauffassung.

Bei Melly sah Diana das täglich. Hätte jemand ihre Dienste als Krankenschwester benötigt, wäre es am besten ein junger, attraktiver Mann gewesen. Für alle anderen zeigte Melly wenig Interesse.

Aber möglicherweise tat sie Melly auch Unrecht. Es hatte noch keine ernsthaften Fälle für die Krankenstation gegeben. Der Dienst verlief äußerst langweilig. Im Notfall war Melly vielleicht dann doch der Profi, den Dr. Fjodorowa sich wünschte.

Mittlerweile hatte Diana sich an die Umgangsformen der Ärztin gewöhnt und konnte damit leben. Es gab Schlimmeres, als ab und zu einmal in schwarze Augen zu blicken, die offensichtlich nicht freundlich sein wollten. Im allgemeinen verlangte der Doktor nicht mehr von Diana und Melly, als es auch jeder andere Arzt getan hätte. Nur was Pünktlichkeit betraf, war sie sehr eigen. Da Melly des öfteren einmal zu spät kam, hatte sie das zu spüren bekommen. Aber über eine Standpauke ging auch das nicht hinaus.

Und Pünktlichkeit, die verlangte ja auch der Käpt'n. In einem so kleinen Universum, wie es das Schiff darstellte, in dem alle voneinander abhängig waren, ließ sich ein geregelter Ablauf anders nicht garantieren.

Das Knacken der Lautsprecher und eine Art Gong kündigten an, dass eine Mitteilung erfolgen würde. »Meine Damen und Herren, ich bitte um Ihre Aufmerksamkeit, hier spricht der Kapitän«, erklang gleich darauf Valerie Kemps Stimme. Eine kleine Pause gab allen die Gelegenheit, das zu unterbrechen, was sie gerade taten, um zuzuhören. »Für unsere Region wurde schlechtes Wetter gemeldet«, fuhr der Käpt'n fort, »und ich bitte Sie, sich darauf einzustellen. Es wird nicht allzu schlimm werden, aber es kann zu kleinen Beeinträchtigungen kommen. Also lassen Sie bitte keine offenen Flaschen oder Behälter herumstehen, befestigen Sie Ihre persönlichen Sachen und begeben Sie sich in den geschlossenen Teil des Schiffes. Der Zugang zu den Außendecks ist bis auf weiteres gesperrt. Sollten Sie Hilfe beim Sichern Ihrer persönlichen Gegenstände benötigen, wird die Crew Ihnen gern zur Verfügung stehen. Ich danke für die Beachtung der Sicherheitsvorschriften und für Ihre Aufmerksamkeit.« Dasselbe Knacken, das die Mitteilung eingeleitet hatte, beendete sie auch.

Diana, die sich gerade auf dem Gang befand, hörte aufgeregte Stimmen um sich.

»Können Sie mir helfen?«, fragte ein älterer Mann auf Krücken sie leicht verängstigt. »Ich schaffe das nicht allein.«

»Ich bin eigentlich –« Diana schaute sich um. Außer ihr war kein anderes Crewmitglied in Sicht. »Natürlich«, nickte sie. »Was brauchen Sie?«

»Eine Schwimmweste«, sagte der Mann. »Wir gehen bestimmt gleich unter.«

Diana schüttelte lächelnd den Kopf. »Nein, tun wir nicht«, versicherte sie dem Mann, obwohl sie sich selbst da gar nicht so sicher war. »Aber eine Schwimmweste finden Sie in Ihrer Kabine. Soll ich Sie dort hinbringen?«

»Ja. Ja, bitte.« Er schaute sie dankbar an. »Sie sind doch Krankenschwester, nicht?«

Diana nickte. »Ja.«

»Können Sie nicht bei mir bleiben?«, fragte er, während Diana ihn stützte, damit er nicht umfiel. »Wenn Wasser in meine Kabine eindringt –«

»Es wird nichts in Ihre Kabine eindringen!«, unterbrach Diana ihn mit professioneller Strenge. Mit hysterischen Patienten hatte sie schon öfter zu tun gehabt, das war nichts Neues für sie. »Die Mitteilung des Kapitäns war nur eine Vorsichtsmaßnahme. Wenn Sie sich einfach ruhig hinsetzen, wird nichts passieren.«

Langsam jedoch ging die Panik des Mannes auf sie über. In einem Krankenhaus, mit festem Boden unter den Füßen, einen Patienten zu beruhigen, war die eine Sache. Auf einem Schiff mit nichts als Wasser unter dem Kiel eine ganz andere.

Sie erreichten die Kabine, und Diana nahm die Schwimmweste aus dem Rettungskasten. »Hier, legen Sie die an.« Sie erinnerte sich selbst kaum an die Einweisung von Janines Kollegin, die sie über das Anlegen der Schwimmwesten erhalten hatte, aber irgendwie schaffte sie es, dem Mann die Weste überzustreifen. »Ziehen Sie die Bänder zu«, wies sie ihn an. »Jetzt ist alles in Ordnung.« Sie ging zur Tür.

»Bitte, bleiben Sie«, verlangte der Mann erneut. »Ich will nicht allein sein.«

Ich auch nicht, dachte Diana, *aber so ist es nun mal.* »Ich werde später noch einmal nach Ihnen sehen«, versprach sie, und im gleichen Moment knarrte ihr kleines Funkgerät los.

»Schwester Diana, sofort auf die Krankenstation!« Das war Dr. Fjodorowa.

Sie drückte auf einen Knopf. »Ich komme!«, rief sie, warf dem Mann noch einmal einen beruhigenden Blick zu und stürmte hinaus.

In der Krankenstation war die Hölle los. »Da kommt einer nach dem anderen«, begrüßte Melly sie zwischen zwei Patienten. »Gut, dass du da bist.«

Diana schaute sich um und sah die Panik in den Augen der Leute. Wahrscheinlich war es am besten, jedem ein Beruhigungsmittel zu verabreichen. In diesem Moment legte sich das Schiff leicht zur Seite, und ein Aufschrei ging durch die Menge.

»Immer mit der Ruhe!« Das war Dr. Fjodorowas laute Stimme. Sie war plötzlich hinter Diana aufgetaucht und warf jetzt einen strafenden Blick auf sie. »Wo waren Sie?«

»Ich habe es kaum bis hierher geschafft.« Diana wies auf einen Riss in ihrer Bluse, der fast ihre ganze Schulter freilegte. »Alle wollten etwas von mir und haben an mir rumgerissen.«

Dr. Fjodorowa schien nicht sehr beeindruckt. »Landratten«, brummte sie, und Diana war sich nicht sicher, ob sie damit nur die Patienten meinte. »Am besten alle narkotisieren.«

»Die meisten würden das wahrscheinlich begrüßen«, erwiderte Diana. »Sie haben Angst.«

»Sehen Sie zu, dass es hier weitergeht«, wies Dr. Fjodorowa sie barsch an. »Ich will meine Krankenstation zurück.« Sie schnappte sich den nächsten Patienten, und Diana ging auf eine Frau zu, die blass neben der Tür an der Wand lehnte. Sie war offensichtlich schwanger.

»Kommen Sie«, sagte Diana und nahm stützend ihren Arm. »Sie müssen sich hinlegen.«

Die Frau schaute Diana mit hilflosen und verängstigten Augen an. »Ich weiß nicht, wo mein Mann ist«, flüsterte sie schwach. »Wir waren auf dem Deck, und da kam so eine große Welle. Er hat mich in den Aufenthaltsraum gebracht, und dann ist er wieder hinausgegangen. Seitdem habe ich ihn nicht mehr gesehen.«

»Die Außendecks sind gesperrt«, sagte Diana, während sie die Frau zu einem der Patientenbetten brachte. »Was wollte er da?«

»Er wollte es unbedingt filmen, die hohen Wellen und das Auf und Ab«, sagte die Frau. »Deshalb waren wir draußen.«

Toll. Diana schüttelte den Kopf. Die Unvernunft der Leute kannte wirklich keine Grenzen. »Es wird ihm schon nichts passiert sein«, versuchte sie die Frau zu beruhigen. »Er kommt bestimmt gleich wieder.« Sie half der Frau sich hinzulegen. »Bleiben Sie einfach hier, bis alles vorbei ist.«

»Danke, Schwester«, sagte die Frau und klammerte sich an

Dianas Hand.

Diana lächelte sie noch einmal beruhigend an. »Ich muss mich um die anderen Patienten kümmern. Ich bin in der Nähe. Wenn Sie etwas brauchen, rufen Sie einfach.« Vorsichtig löste sie die verkrampften Finger und legte die Hand auf den erhobenen Bauch der Schwangeren. »Passen Sie nur auf, dass Ihrem Kleinen nichts passiert, das ist das Wichtigste.«

Die Erwähnung ihres Babys schien die Frau zu stärken. Sie legte beide Hände auf ihren Bauch und blickte zu Diana auf. »Ich werde aufpassen«, erwiderte sie ruhiger.

Diana nickte ihr zu und begab sich wieder in den Behandlungsraum hinaus. Die nächsten zwei Stunden bestanden darin, einen Patienten nach dem anderen abzufertigen wie am Fließband. Die einen hatten Angst, anderen war schlecht, viele schlugen sich mit beidem herum. Und einige machten dem Kapitän Vorwürfe, als ob sie etwas für das Wetter könnte.

Dass das Schiff sich ständig ziemlich heftig auf und ab bewegte, erleichterte die Arbeit in der Krankenstation nicht gerade, aber sie bekamen es hin, dass nicht allzu viele Medikamente auf dem Boden landeten.

Auch der Ehemann der Schwangeren tauchte nach einer Weile auf, klatschnass, aber glücklich, weil er sensationelle Bilder gemacht hatte, wie das Schiff fast mit dem Bug in die Wellen eintauchte.

Diana bemerkte, dass die Arbeit sie davon abhielt, darüber nachzudenken, dass selbst ein großes Schiff wie die *Königin* untergehen konnte.

Aber irgendwann war der letzte Patient versorgt, die Krankenstation wieder leer, und Dr. Fjodorowa raunzte Diana und Melly in ihrer üblichen charmanten Art an: »Aufräumen! Das ist eine Krankenstation hier und kein Saustall!«, bevor sie in ihrem Raum verschwand.

Melly und Diana warfen sich gegenseitig einen augenrollenden Blick zu, räumten die Station auf, und Diana, die ja eigentlich gar nicht im Dienst war, verabschiedete sich von Melly, um in ihre Kabine zu gehen.

8

Das Schiff tanzte weiterhin heftig auf den Wellen, und jeder Schritt den Gang entlang schleuderte Diana entweder nach rechts oder nach links. Sie musste sich ständig mit den Händen abstützen, um überhaupt geradeaus gehen zu können.

In ihr stieg Übelkeit auf. Hätte sie doch bloß nichts gegessen! Aber zu dem Zeitpunkt war das Schiff noch ruhig wie eine Festung auf dem Meer dahingeglitten.

Es blieb ihr nichts anderes übrig, sie musste umdrehen und in die Krankenstation zurückkehren, um sich ein paar Tabletten zu holen. Wobei schon der Gedanke, sie nehmen zu müssen, die Übelkeit noch mehr in ihr ansteigen ließ. Sie konnte sich doch nicht hier auf dem Gang übergeben. Mühsam drängte sie das Gefühl zurück, aber es war ihr schon klar, dass das nicht lange halten würde. Zum Glück war sie noch nicht weit von der Krankenstation entfernt.

»Schon wieder da?«, begrüßte Melly sie überrascht und musterte sie mit professionell interessiertem Blick. »Du siehst ja kalkweiß aus.«

Diana schwankte zu einem Stuhl. »Gib mir was«, flüsterte sie mit letzter Kraft. »Schlecht.«

»Oh, du bist seekrank.« Melly grinste. Anscheinend war ihr dieses Gefühl unbekannt. Sie ging schnell zu einem Schrank und zog eine Spritze auf. »Ich glaube, Tabletten haben jetzt keinen Sinn«, bemerkte sie lässig. »Doktor!«

Nicht, wollte Diana rufen, aber es war schon zu spät, und außerdem war sie sowieso zu schwach dazu.

Melly hielt die Spritze in die Höhe, damit die Ärztin sie gleich nehmen konnte. »Kundschaft!«

»Schon wieder?«, brummte Dr. Fjodorowa, als sie aus den hinteren Gefilden heraustrat. Dann verdüsterte sich ihre Miene noch mehr. »Schwester? Sie?«

»Ja.« Diana krümmte sich zusammen. Gleich würde sie sich auf den Schreibtisch der Ärztin übergeben.

»Beherrschen Sie sich!«, fuhr die Ärztin sie an. »Sie sollten ein Vorbild sein!«

Sag das meinem Magen, nicht mir, dachte Diana gequält. Aber der harsche Ton verminderte das Übelkeitsgefühl tatsächlich für einen kurzen Moment.

Melly band auf eine Augenbewegung von Dr. Fjodorowa hin Dianas Arm ab, und die Ärztin traf trotz des schwankenden Untergrundes fast die richtige Stelle. Es tat weh, aber in dem Zustand, in dem Diana war, nahm sie es kaum wahr.

»Bleiben Sie sitzen«, wies der Doktor sie an. »Wenn Sie sich hinlegen, wird es nur schlimmer.«

Immer noch imitierte Dianas Magen die Bewegung des Schiffes, ein einziges Auf und Ab. Aber sie fühlte sich nicht mehr so sterbenselend.

Sie versuchte mit einer speziellen Atemtechnik die Übelkeit in den Griff zu bekommen und ihren Puls zu beruhigen. Ein bisschen half es. Das Schwindelgefühl allerdings blieb.

Es kamen wieder einzelne Patienten, die beim ersten Ansturm auf die Krankenstation wohl noch gesund gewesen waren und jetzt erst die Folgen des schlechten Wetters spürten.

Einer von ihnen war der Dritte Offizier. Melly kümmerte sich auffallend um ihn. »Eigentlich hatten wir ein Date für nach meiner Schicht«, seufzte sie, als sie kurz einmal nach Diana sah.

»Das wird wohl nichts«, bemerkte Diana mit einem Blick auf den elend aussehenden jungen Mann. »Wie kann er auf einem Schiff arbeiten?«

»Weiß ich auch nicht.« Melly zuckte die Schultern. Wenn ein Mann nicht einsatzbereit war, interessierte er sie nicht wirklich.

Diana stand mühsam auf. »Am liebsten würde ich einen Rollstuhl nehmen«, murmelte sie.

»Wer weiß, wo du damit hinrollst«, feixte Melly. »Komm, ich bringe dich in die Kabine. Morgen bist du bestimmt wieder fit.«

»Wenn du es sagst«, erwiderte Diana zweifelnd, während sie sich von Melly hinausführen ließ.

Mit geschlossenen Augen lag sie dann später auf ihrem Bett, die Arme zur Seite gestreckt. Das gab ihr Sicherheit, weil sie so das Gefühl hatte, nicht aus dem Bett fallen zu können.

Irgendwann schlief sie ein, wachte mit Kopfschmerzen, leichter Übelkeit und wackeligen Beinen auf. Der Sturm – nun ja,

Wind war es nach nautischen Begriffen angeblich nur gewesen, aber für Diana hatte es sich wie Sturm angefühlt – hatte sich gelegt, das Schiff bewegte sich nur noch ganz sanft. Auch der Regen hatte aufgehört, allerdings zeigte sich der frühmorgendliche Himmel mit einer dichten, grauen Wolkendecke.

In Hinblick auf ihren angeschlagenen Kreislauf verzichtete Diana auf eine ausgiebige heiße Dusche, wusch sich nur mit kaltem Wasser und putzte sich fünf Minuten lang die Zähne. Das half ein wenig. Sie fühlte sich nicht mehr ganz so schlapp und schaffte es, ihre Uniform anzuziehen und zur Krankenstation zu gehen.

Dort erwarteten sie bereits mehrere Patienten mit dem gleichen Problem. Ähnlich wie Diana schienen sie das Schlimmste überstanden zu haben, brauchten aber immer noch Hilfe.

Dr. Fjodorowa gab Diana eine Spritze, und diesmal wirkte die so, dass Diana sich fast wieder gesund fühlte. Daraufhin lief alles ganz normal ab, wie in einer Praxis an Land. Diana beschloss, an diesem Gedanken festzuhalten. Die Illusion, auf festem Boden zu sein, der nicht plötzlich anfangen konnte zu schwanken, war ihr lieber, als daran zu denken, dass sich draußen die Wolken immer mehr verdunkelten.

Gegen zehn Uhr flaute der Strom der Patienten ab.

Gleichzeitig machte das Schiff einen kleinen Hüpfer. Falls man das bei einem so großen Schiff so nennen konnte. Diana fühlte, wie sich ihr Magen erneut hob. Die Wirkung der Spritze ließ wohl nach. Aber sie wusste, dass diese Spritzen ziemlich stark waren, und wollte lieber auf eine weitere verzichten. Zudem hielt Dr. Fjodorowa sie ohnehin schon für ein Weichei. Diesen Eindruck wollte sie nicht noch verstärken.

Melly verabschiedete sich, um schlafen zu gehen. »Du kannst ja jetzt übernehmen«, sagte sie zu Diana und verließ die Station.

Dianas Dienst war fast beendet, da betrat Kapitän Kemp die Krankenstation. Dass sie seekrank war, war wohl nicht anzunehmen, und sie sah auch tatsächlich abschreckend frisch und gesund aus.

Ihr Blick erfasste den Raum, als sie hereinkam, und sie nickte Diana beiläufig zu.

Diana war beim Anblick der großen Gestalt in der wie immer

perfekt sitzenden Uniform unwillkürlich zusammengezuckt. »Käpt'n«, grüßte sie schwach zurück und wandte sich dann schnell wieder den Patientenakten zu, die sie gerade einräumte, obwohl sie neben ihrer Übelkeit nun auch eine schamvolle Röte aufsteigen fühlte. Sie wäre vor Verlegenheit am liebsten in den Boden versunken, aber die Kommandantin schien es gar nicht zu bemerken.

Valerie Kemp erkundigte sich, ob es irgendwelche Vorfälle gegeben hatte.

Die Ärztin winkte ab. »Immer dasselbe. Halten nichts aus, diese Landratten.«

Valerie nickte. »Es war auch kaum jemand im Speisesaal. Sind wohl alle auf Zwieback und Kamillentee.«

Diana schluckte. Allein der Gedanke an den Speisesaal, an Essen verstärkte ihre Übelkeit schon. Sie stand auf und ging an einen der Schränke. Dort zu hantieren würde hoffentlich verhindern, dass Kapitän Kemp auffiel, wie blass sie aussah. Oder sie etwas fragte. Denn Sprechen bedeutete, den Mund aufmachen zu müssen, und das war im Moment nichts, was sie gern tun würde. Ihre Stimme klang krächzend, außerdem schmerzte das Reden.

»Und wie geht es Ihnen?«, hörte sie den Käpt'n fragen.

Eine Hand an den Schrank gelehnt blieb Diana, wo sie war. Bestimmt fragte die Kommandantin ihre Chefärztin. Und würde zu hören bekommen, dass es ihr blendend ging.

»Frau Melling?«

Oh je, sie war gemeint! Sie schluckte und drehte sich um. Der Boden schwankte. Die Gestalt vor ihr erschien ihr verschwommen. Drei. Drei Frauen. Dann verschwammen sie wieder zu einer. Nein, da waren wirklich drei, nur standen die beiden anderen weiter hinten. Und verdoppelten sich nun auch.

Diana blinzelte. Schwarze Punkte tanzten vor ihren Augen, und sie fühlte, wie kalter Schweiß ihr aus allen Poren drang.

Nein, bitte nicht! war das Letzte, was sie dachte, bevor Dunkelheit sie umfing.

9

Diana wachte auf und sah Valerie Kemp, die sich über sie beugte. Ihre hellen Augen schienen weit geöffnet nach etwas zu forschen.

Dann tauchte Dr. Fjodorowa in ihrem Blickfeld auf. »Wie konnten Sie nur so unvernünftig sein?«, donnerte die Ärztin. »Als Krankenschwester müssen Sie doch gemerkt haben, dass Sie völlig dehydriert waren!«

»Mir war so schlecht. Und ich dachte, es würde bald besser werden«, murmelte Diana. Sie blickte nach links und sah, dass in ihrem Arm ein Zugang steckte und aus einem Tropf Flüssigkeit durch den dünnen Schlauch lief.

»Sie hätten sofort etwas sagen sollen«, schimpfte die Ärztin weiter. »Ich hätte Ihnen noch eine Spritze geben können.«

»Die machen aber müde. Ich hätte nicht weiterarbeiten können«, murmelte Diana. Natürlich hatte sie daran gedacht, aber sie wollte doch nicht als Schwächling dastehen. Auch wenn sie nun genau das getan hatte. Einfach in Ohnmacht zu fallen.

»Sie haben mich ganz schön erschreckt.« Der Käpt'n trat etwas näher und legte kurz ihre Hand über Dianas. Ihre Finger fühlten sich warm und stark an. Außerdem löste die so harmlose Berührung ein ganz seltsames Gefühl in Diana aus. Ein leises Prickeln, von der Stelle ausgehend, an der die Hand lag.

Rasch konzentrierte sie sich aufs Sprechen, obwohl das Prickeln nicht nachließ. »Tut mir furchtbar leid. Und dabei haben Sie noch gefragt, ob ich seekrank werde.«

»An Land ist das eben nicht so leicht festzustellen«, erwiderte Kapitän Kemp. Sie blickte auf Diana hinunter und erschien in ihrer strahlend weißen Uniform wie der sprichwörtliche Ritter in glänzender Rüstung. Alles um sie herum war in ein helles Licht getaucht. »Der Wellengang hat nachgelassen. Sie werden bald nichts mehr spüren.«

»Hoffentlich.« Diana seufzte. »Sobald ich aufstehen kann, werde ich meinen Dienst fortsetzen.« Vor Dr. Fjodorowa als Weichei zu erscheinen, war schon schlimm genug, aber vor dem Käpt'n war es unbeschreiblich peinlich.

»Erholen Sie sich erst mal.« Valerie zögerte. »Wollen Sie, dass jemand hier zu Ihnen kommt?«

»Ich wüsste nicht – oh.« Diana konnte nirgendwo hinschauen, ohne den Käpt'n zu sehen, weil sie ihr ganzes Blickfeld ausfüllte, und dabei hätte sie den Anblick so gern vermieden. Der Käpt'n dachte, dass Diana gern Janine sehen würde, weil sie das, was sie gesehen hatte, völlig falsch interpretierte. »Nein«, flüsterte Diana, und wenn sie jetzt nicht am ganzen Körper knallrot wurde, würde sie sich wundern. »Nein, danke.«

»Dann sehen Sie mal zu, dass Sie ein bisschen schlafen, damit es Ihnen bald wieder gut geht.« Der Käpt'n nickte ihr zu und drehte sich von ihr zur Ärztin. »Doktor.«

»Käpt'n.« Dr. Fjodorowa hob nur kurz den Blick, als der Käpt'n die Krankenstation verließ.

Diana wusste, dass es vermutlich nur Einbildung war, aber ihre Hand wollte nicht aufhören zu kribbeln. Die Stellen, die Valerie kurz berührt hatte, wollten sich nicht beruhigen. Und das Gefühl breitete sich sogar aus.

Ich bin seekrank, ich bin dehydriert, ich kann mich nicht mehr auf den Beinen halten, und ich denke an Sex?

Glücklicherweise war der Käpt'n bereits fort, sonst hätte Diana sich vielleicht unter dem Bett verkrochen, um ihr nicht in die Augen schauen zu müssen – in denen sie sofort erkannt hätte, was mit Diana los war.

Das hier ist nicht eine meiner Fantasien, dachte Diana. *Das ist die Realität. Und in der Realität ist der Käpt'n der Käpt'n, und ich bin –*

Dumm, setzte sie in Gedanken fort. *Einfach nur dumm. Habe ich mich nicht schon einmal in die falsche Frau verliebt? Habe ich nichts dazugelernt?*

Vielleicht ist es nur die Distanz, die mich anzieht, überlegte sie weiter. *Und die Unmöglichkeit, dass etwas daraus werden kann. Der Käpt'n lässt sich auf nichts ein.*

Sie erinnerte sich an all die Träume, die mit einem Mal auf dem Schiff aufgetaucht waren. Valerie spielte immer eine Hauptrolle darin. Mit und ohne Uniform. Ihre langen, schlanken und doch so kräftigen Finger veranlassten Dianas Fantasie dazu sich vorzustellen, was sie alles damit tun konnte. Nicht nur, wenn sie am Steuer stand.

Diana wurde heiß. Da konnte sie noch so dehydriert und schwach sein, diese Finger, diese Hände ließen sie sofort wieder erbeben. Sie streichelten Diana ebenso sanft wie entschlossen. Es lag eine Stärke in diesen Berührungen, eine Kraft, nach der Diana sich sehnte.

Sie wusste nicht, ob der Käpt'n sie aufgefangen hatte, als sie in Ohnmacht gefallen war, aber sie stellte sich vor, es wäre so gewesen. Sie war in Valeries Arme gesunken, Valerie hatte sie festgehalten, gestützt, beschützt. Und dann hatten ihre Lippen sich auf Dianas gesenkt –

Sie schreckte hoch. In Dr. Fjodorowas Gegenwart? Das war wohl kaum möglich. Außerdem – wieso sollte der Käpt'n überhaupt auf so eine Idee kommen?

Sie hat einen Mann, rief sie sich mit aller Gewalt zur Ordnung. *Sie hat bestimmt einen Mann. Einen großen, starken, schönen Mann, der zu Hause auf sie wartet.*

»Na, du schlafende Schönheit?« Melly kam fröhlich herein. »Also doch Prinzessin auf der Erbse.«

»Hör bloß auf.« Diana hob die Augenbrauen. »Das ist alles so peinlich.«

»Eine Schiffskrankenschwester, die seekrank wird und in Ohnmacht fällt?« Melly grinste. »Aber nein, wo denkst du hin?«

Diana atmete tief durch. »Ich hätte besser vorher denken sollen«, sagte sie. »Dann wäre das nicht passiert.«

Melly senkte ihre Stimme. »Unser Hausdrachen bringt dich schon wieder auf die Beine.« Sie tippte Diana leicht auf die Schulter. »Lass dich nicht so hängen. Es haben schon einige Jungs nach dir gefragt. Du bist das große Rätsel, weil du dich mit keinem verabredest. Ganz schön schlau. Dein Wert steigt mit jeder Minute.« Sie seufzte entsagungsvoll. »Leider kann ich das nicht. Ich bin einfach zu nett zu den Jungs.«

Das konnte Diana nur bestätigen. »Ich werde aufstehen«, sagte sie entschlossen. »Ich kann hier nicht die ganze Zeit so rumliegen. Das ist ein Patientenbett.«

Melly hob die Augenbrauen. »Wenn du meinst«, sagte sie. »Aber frag lieber vorher unsere-«, ihr Tonfall änderte sich plötzlich, »liebe Frau Doktor«, beendete sie den Satz garantiert anders, als sie es vorgehabt hatte. Denn ursprünglich hatte sie sicher *unseren Hausdrachen* sagen wollen.

Dr. Fjodorowa, die durch ihr Hereinkommen diesen abrupten Wechsel bewirkt hatte, las die Anzeigen ab und schaute auf den Beutel, der sich langsam in Dianas Arm leerte. »Noch eine halbe Stunde«, sagte sie. »Wie fühlen Sie sich?« Der Klang dieser Frage entsprach eher dem eines Befehls.

Diana hatte den Eindruck, sie sollte sich jetzt auf keinen Fall falsch fühlen. »Gut«, sagte sie. »Es geht mir viel besser.«

Die Ärztin nickte, während sie sich schon wieder abwandte. »Dann gehen Sie danach in Ihre Kabine. Die Betten sind für Patienten da, nicht für das medizinische Personal.«

»Hab ich doch gesagt«, murmelte Diana Melly leise zu.

Melly grinste. »Ich weiß, du bist die perfekte Krankenschwester – wenn du nicht gerade in Ohnmacht fällst.«

Diana wollte nach ihr schlagen, aber Melly wich aus und ging lachend hinaus.

Während sie die Augen schloss, entspannte Diana sich wieder. Die Umgebung der Krankenstation verschwand, machte einem gemütlichen Zimmer Platz. Diana lag auf einem weichen Teppich, und ein Feuer knisterte hinter ihr im Kamin. Valerie beugte sich über sie, das Haar offen, so dass es Dianas Brust streifte. Ihre nackte Brust.

Die weichen Strähnen kitzelten angenehm Dianas Haut. Ihr Atem wurde schneller, ihr Kopf hob sich ein wenig, um den verlockenden Lippen der schönen Dunkelhaarigen zu begegnen.

Aber die küsste sie nicht. Sie lächelte Diana nur an. Das Lächeln löste verwirrende Gefühle in Diana aus. Da war so ein warmer Glanz in den grauen Augen. Und es war ungewöhnlich, dass der Käpt'n überhaupt lächelte.

Jetzt senkten sich ihre Lippen doch. Die Berührung ließ Diana beinah aufstöhnen. Sie waren warm und weich, diese Lippen, und so zärtlich.

Plötzlich wechselte die Szenerie. Sie liebten sich an einem weißen Puderzuckersandstrand, einige Meter neben ihnen rollten die Wellen sanft heran, und Palmwedel wiegten sich über ihnen leicht im Wind. Einem Wind, der ihre erhitzten Körper sanft kühlte.

Valeries Finger glitten sachte über Dianas Haut. Sie wussten genau, welche Punkte sie berühren mussten, um Leidenschaft und Hingabe zu wecken.

Der einsame Strand, an dem Diana mit ihrer Traumfrau lag, bot die ungestörte Möglichkeit, den Körper der anderen ausgiebig zu erforschen, erst mit ihren Fingern, dann mit ihren Lippen. Herauszufinden, an welchen Stellen sie besonders empfindlich war.

Ein Seufzen entfuhr Diana. So starke Sehnsucht hatte sie noch nie gespürt. Ihr Verlangen verwandelte sich fast in eine Art Schmerz. Ihr wurde bewusst, dass ihr etwas in ihrem Leben fehlte.

10

Vielleicht waren es die Medikamente, das inzwischen ruhige Meer, oder ihr Körper hatte sich an die leichten Schiffsbewegungen gewöhnt, jedenfalls fühlte Diana sich zwei Tage später vollkommen fit. Nachdem sie gut geschlafen hatte, ging es ihr in jeder Beziehung besser. Die sanften Schaukelbewegungen des großen Schiffes wiegten sie nur angenehm in den Schlaf und versetzten ihren Magen nicht mehr in Aufruhr.

Mittlerweile waren die Außendecks jeden Tag gut besucht, sobald die Sonne aufging. Die Passagiere genossen die warmen Strahlen, als wären sie süchtig danach. Manchmal stellte Diana sich an die Reling und sah zu, wie die riesigen Wellen gegen das Schiff schlugen, atmete die salzige Luft tief ein und konnte es kaum glauben, dass sie hier war.

Die Weite des Meeres ließ das Auge unendlich schweifen, es gab keine Begrenzungen, wie sie an Land gang und gebe waren. Da sie frei hatte, schlenderte sie ein wenig über das Schiff, um die warme Luft zu genießen, bevor sie sich in die Crew-Messe begab, um einen Kaffee zu trinken.

Als sie dort ankam und sich umschaute, sah sie Alexandra Martens, die Leitende Schiffsingenieurin, konzentriert in einer

Ecke sitzen und etwas lesen. Diana nahm sich einen Kaffee und ging zu ihr.

»Störe ich, Alex?«

Die Ingenieurin blickte auf. »Nein, setz dich nur. Ich sollte sowieso mal Pause machen.« Sie lachte leicht. »Eigentlich tue ich das ja.«

Diana nickte in Richtung des vielen Papiers, das vor Alex auf dem Tisch lag. »Das sieht aber nach Arbeit aus.«

»Ist es auch.« Alex lehnte sich zurück und streckte sich etwas. »Berichte, Berichte, Berichte. Bewirb dich niemals für eine leitende Position. Der Papierkram macht dich fertig.«

Diana schüttelte lächelnd den Kopf. »In der Krankenstation gibt es nur eine leitende Position, und Ärztin bin ich nicht.«

»Und, wie läuft's so?«, fragte Alex. »Ich habe gehört, die raue See hat dir ziemlich zugesetzt.«

»Oh ja.« Diana hob die Augenbrauen. »Die Story von meiner Ohnmacht hat sich wie ein Lauffeuer verbreitet, das habe ich schon mitbekommen.« Sie verzog das Gesicht.

»Solche Geschichten hört jeder immer wieder gern«, erwiderte die Ingenieurin grinsend. »Und wenn der Käpt'n beteiligt ist, noch lieber.«

Diana schüttelte irritiert den Kopf. »Sie war doch gar nicht beteiligt. Sie war nur zufällig da.«

»Und hat dich aufgefangen«, setzte Alex fort.

»Davon weiß ich nichts«, sagte Diana. »Als ich aufwachte, lag ich schon im Bett.«

»Wahrscheinlich hat sie dich hingetragen«, vermutete Alex in einem plötzlich völlig anderen Tonfall. »Darin hat sie Übung.«

Diana runzelte die Stirn. »Wie meinst du das?«

»Oh, nichts, gar nichts.« Alex richtete sich auf. »Ich sollte lieber gehen.« Sie griff nach den Papieren und wollte aufstehen.

Diana legte eine Hand auf ihren Arm und hielt sie fest. »Jetzt hast du mich neugierig gemacht. Was für Gerüchte kursieren über den Käpt'n?« *Sollte ich mich doch getäuscht haben mit dem schönen Mann, der zu Hause auf sie wartet?* fragte sie sich. *Oh bitte, ja!*

»Gerüchte?« Alex hob die Augenbrauen und schaute Diana mit einem merkwürdigen Gesichtsausdruck an. »Gar keine. Sie ist ein guter Käpt'n. Und das ist kein Gerücht.«

»Sicher nicht«, sagte Diana. »Aber das hast du nicht gemeint.«

»Habe ich nicht?« Alex tat so unschuldig, dass es fast wehtat.

»Was wäre so schlimm daran, wenn sie mich ins Bett getragen hätte?«, fragte Diana. *Und wenn sie es getan hat, wie schade, dass ich nicht wach war,* fügte sie in Gedanken bedauernd hinzu. Das wäre zumindest ein Teil von dem gewesen, wonach sie sich sehnte. In den Armen dieser starken Frau zu liegen –

Sie riss sich zusammen und schaute Alex so harmlos fragend wie möglich an.

»In der Krankenstation? Nichts«, antwortete Alex widerstrebend.

»Und warum sollte sie Übung darin haben?« Diana verstand einfach nicht, worauf Alex hinauswollte. War ihre Ohnmacht nun schon Teil einer größeren Geschichte? Einer, die sie, Diana, und den Käpt'n in einem Atemzug nannte?

»Die hat sie. Definitiv.« Alex atmete tief durch. »Aber frag sie doch selbst.«

»Das sollten alle tun.« Diana schaute Alex böse an. »Statt einfach irgendwelche Gerüchte zu verbreiten.«

Alex musterte sie mit einem rätselhaft bohrenden Blick. »Was mich betrifft, sind es keine Gerüchte«, sagte sie dann.

Diana starrte sie an, während sie langsam begriff, was Alex meinte. »Du . . . und der Käpt'n?«, stammelte sie konfus.

Das war ja ein tolles Fettnäpfchen, in das sie da getreten war. Und ihre fantasievollen Träume konnte sie wohl auch vergessen. Wie sie schon geahnt hatte, war der Käpt'n besetzt, nur nicht von dem Rock-Hudson-Typ, den Diana sich vorgestellt hatte. Nein, die hochkompetente Ingenieurin mit den widerspenstigen roten Locken war es.

»Tut . . . tut mir leid«, stotterte sie. »Das wusste ich nicht.«

»Es ist lange vorbei.« Alex zuckte die Achseln. »Jetzt sind wir nur noch – nun ja, sie ist mein Käpt'n, und ich bin ihr Chief. Das ist alles.« Sie holte Luft. »Wir haben zusammen die Ausbildung zum Schiffsmechaniker gemacht, sie hat sich dann für den Kapitänsstudiengang entschieden und ich für den Ingenieur. Erst hier auf diesem Schiff haben wir uns wiedergetroffen.«

»Also ist es schon ein paar Jahre her«, vermutete Diana und versuchte, ihre Erleichterung nicht allzu deutlich zu zeigen.

»Ja.« Alex nickte. Dann musterte sie Diana. »Du siehst, sie hat wirklich Übung. Das ist kein Gerücht.«

Diana wollte einen Schluck von ihrem Kaffee nehmen, aber er war kalt. Sie stellte den Becher auf den Tisch zurück. Nun bedauerte sie es noch mehr, dass ihre Ohnmacht sie davon abgehalten hatte, Valeries starke Arme um sich zu spüren. Und ein Kribbeln, das langsam von ihren Füßen aufstieg, erinnerte sie an ihre Träume. Konnten sie wahr werden?

»Wie . . .?« Sie räusperte sich. »Wie ist sie?«

Alex schmunzelte. »Als was? Als Liebhaberin?«

Diana fühlte, wie sie rot wurde. Die Beleuchtung in der Crew-Messe war jedoch nicht allzu hell, also hoffte sie, dass Alex es nicht merkte. »Als . . . als Mensch«, brachte sie mühsam hervor.

»Du meinst als Liebhaberin«, stellte Alex lächelnd fest. »Tu doch nicht so. Du hast Interesse an ihr.«

»Ich . . .« Diana schluckte. »Sie ist der Käpt'n.«

»Und sie ist eine gute Liebhaberin.« Alex beugte sich vor und sprach leise. »Das kann ich dir versichern.«

»Das wollte ich gar nicht wissen«, behauptete Diana. Die Peinlichkeit ließ ihren Kopf glühen. »Das geht niemanden etwas an außer –«

»Außer den Beteiligten, du hast recht.« Alex lehnte sich zurück. »Aber was ich eigentlich damit sagen wollte, ist, dass beeindruckende Fähigkeiten im Bett nicht alles sind.«

Diana fühlte das Kribbeln nun überall. Sie hatte das dringende Bedürfnis davonzulaufen, und doch hing sie an Alex' Lippen, weil sie kein Wort, das den Käpt'n betraf, verpassen wollte.

»Sie kann sehr . . . charmant sein«, fuhr Alex vorsichtig fort, »aber du wirst nie an erster Stelle bei ihr stehen. Kein Mensch kann das. Die erste Stelle hat das Schiff.«

»Habt ihr euch deshalb getrennt?«, fragte Diana schluckend.

»Nein.« Alex schüttelte den Kopf. »Unsere Ausbildungen haben uns getrennt. Über drei Jahre an einem anderen Ort, fast nie zusammen, das ging eben nicht. Es ist einfach so . . . ausgelaufen, ohne dass wir es richtig gemerkt haben.«

»Du liebst sie immer noch?« Es fiel Diana ungeheuer schwer, das zu fragen.

Alex überlegte. »Ich ... mag sie. Sehr. Wir verstehen uns gut, und sie ist immer noch einer der wichtigsten Menschen in meinem Leben, wenn ich die Vergangenheit betrachte. Aber in der Gegenwart ist sie ... nun ja, der Käpt'n.«

»Sieht sie das auch so?« Solche Beziehungen waren immerhin nicht so einseitig, wie es gerade geklungen hatte.

Alex' Mundwinkel zuckten heftig. »Du meinst, ob wir immer noch miteinander schlafen? Oder wieder?« Sie schüttelte den Kopf. »Nein, das ist vorbei.« Sie grinste. »Du hast freie Bahn.«

Diana wollte automatisch protestieren, aber wieso eigentlich? »Selbst wenn ich –« Sie brach ab, doch dann fuhr sie fast etwas trotzig fort: »Selbst wenn ich an ihr Interesse hätte, jemand wie sie –« Sie brach erneut ab, weil es so schmerzhaft war, darüber nachzudenken, beendete den Satz dann jedoch. »Sie hat bestimmt eine Freundin.«

»Hier auf dem Schiff? Niemals«, behauptete Alex. »So etwas tut sie nicht. Sie hält Privates und Berufliches strikt auseinander.« Ihr Blick hob sich. Etwas am Eingang lenkte ihre Aufmerksamkeit ab.

Gleich darauf hörte Diana die bekannte Stimme, die ihr in der Zeit, in der sie sich nicht wohlgefühlt hatte, erspart geblieben war, denn sie war nicht in die Crew-Messe gegangen, um irgendetwas zu essen. Es wäre ohnehin gleich wieder herausgekommen.

»Darf ich mich zu euch setzen, oder ist euer Gespräch ... privat?«

Alex lächelte, aber nicht sehr freundlich. »Seit wann respektierst du private Gespräche, Janine?«

»Aber Alex ... Du weißt, ich bin die Diskretion in Person.« Janine grinste gespielt unschuldig.

»Sicher«, erwiderte Alex, und Diana merkte, dass irgendetwas zwischen den beiden im Busch war.

»Ich wollte mich nur nach deiner Antwort auf meine Einladung zum Abendessen erkundigen«, fuhr Janine fort.

»Die hast du schon«, sagte Alex. »Ich wiederhole mich nicht gern.«

Aber Janine war nicht nur hübsch und blond, sondern auch mit einem unerschütterlichen Selbstvertrauen ausgestattet. »Wie wäre es dann mit dir, Diana?«, wandte sie sich sofort um.

Diana lachte und schüttelte den Kopf. »Du bist verrückt, Janine. Meinst du, irgendeine Frau sagt unter solchen Umständen zu? Wenn es dir offensichtlich egal ist, mit dem du ausgehst?«

»Oh, das ist mir überhaupt nicht egal«, behauptete Janine mit einem zugegebenermaßen charmanten Lächeln – wenn man auf diese Art von Charme stand. »Ihr beide seid meine Favoritinnen.«

»Da sind wir aber geehrt«, versetzte Alex spöttisch. Sie nahm ihre Papiere vom Tisch und stand auf. »Ich kann mich leider nicht länger mit solchem Unsinn beschäftigen. Ich habe einen Maschinenraum zu leiten.« Mit schnellen Schritten ging sie davon.

Janine seufzte. »Sie ist wirklich ein harter Brocken.«

Diana schaute sie ungläubig an. »Das erzählst du *mir*?«

»Na ja, du hast es doch auch bei ihr versucht, oder?«, vermutete Janine ganz selbstverständlich. Anscheinend konnte sie sich nicht vorstellen, dass man ein Gespräch führen konnte, in dem es nicht um Anmache ging.

»An etwas anderes denkst du nie, oder?« Diana stand auf. »Ich glaube, du solltest deine Strategie einmal überdenken. Es gibt Frauen, die springen nicht so auf das Offensichtliche an.«

»Du zum Beispiel?« Janine blickte grinsend zu ihr hoch. »Wenn es kein Abendessen ist, was würde dich interessieren? Ich bin flexibel.«

Diana hob die Augenbrauen. »Was mich interessieren würde, hat auf jeden Fall nichts mit dir zu tun.«

»Hast du schon etwas vor für den Landgang?«, fragte Janine.

»Landgang?« Im ersten Moment konnte Diana nichts mit dem Wort anfangen.

Janine lachte. »Madeira. Wir legen heute in Madeira an.« Sie stand auf. »Wir könnten shoppen gehen.« Wieder versuchte sie mit einem tiefen Blick Dianas Augen festzuhalten.

»Ach ja, Madeira.« Diana hatte das Gefühl, das war auf einmal völlig unwichtig, obwohl sie sich eigentlich darauf gefreut hatte, endlich einmal all diese Orte kennenzulernen, von denen sie bisher nur gehört hatte.

»Warst du da schon mal?«, fragte Janine.

»Nein.« Diana schüttelte den Kopf.

»Es wird dir gefallen«, behauptete Janine. »Wenn du gern Fisch isst – ich kenne ein tolles Restaurant. Und die Blumen ... Ich würde dir gern welche schenken. Das ganze Jahr über ist auf Madeira Frühling.« Sie betrachtete Dianas Gesicht.

Diana drehte sich um und ging zum Ausgang der Messe.

Janine folgte ihr. »Funchal bietet so viel«, fuhr sie fort. »Wir werden bestimmt etwas finden, das uns beiden gefällt.«

Diana blieb stehen und schaute sie an. »Das bezweifle ich sehr.«

»Komm schon«, drängte Janine. »Du wirst es nicht bereuen. Funchal ist eine wunderschöne Stadt. Und abends sehr romantisch.« Ihre Augen glänzten.

Vermutlich versprach sie sich von dieser romantischen Stimmung etwas für die Nacht, wenn sie wieder aufs Schiff zurückkehrten, dachte Diana. Das war nur allzu augenscheinlich.

Ob der Käpt'n auch an Land geht? fragte sie sich. *Wahrscheinlich nicht. Sie kennt das ja alles schon. Für sie ist es nichts Besonderes.*

»Ich glaube, ich bleibe auf dem Schiff«, sagte sie. »Ich fühle mich noch nicht so ganz wohl. So ein Landgang ist wahrscheinlich zu anstrengend für mich.« *Und vielleicht treffe ich den Käpt'n, wenn sie auch an Bord bleibt,* ging es ihr durch den Sinn.

Janine zuckte die Schultern. »Du verpasst was.«

Diana musterte sie kurz. »Davon bin ich nicht überzeugt. Ich denke, ich erspare mir was.« Und damit ging sie in Richtung des Lido-Decks davon.

11

Obwohl sie Janine gegenüber abgelehnt hatte, ließ sie sich von Melly dann doch zu einem Landausflug überreden. Immerhin wusste sie nicht, wann sie noch einmal nach

Madeira kommen würde.

Während des Anlegemanövers standen Melly und sie an Deck. Das Kreuzfahrtterminal im Hafen von Funchal war zwar beeindruckend groß, aber dennoch fragte Diana sich, wie Valerie, die jetzt ganz sicher auf der Brücke stand, das riesige Schiff so sicher hineinmanövrieren konnte, ohne irgendwo anzustoßen.

Sie blickte zum Turm mit den sich ständig drehenden Radarantennen hinauf. Dahinter lag die Brücke, die quer über das Schiff lief und von hier unten nur als hoch aufragende Bordwand mit darüberliegenden rundumlaufenden Fenstern zu erkennen war. Wer dort oben agierte, sah man nicht.

Vor der Seenotrettungsübung, die am ersten Tag auf See stattgefunden hatte, hatte der Käpt'n die neuen Mitglieder der Crew, zu denen auch Diana gehörte, auf der Brücke versammelt und sie auf die große Verantwortung für die Sicherheit der Passagiere hingewiesen. Jedes Crewmitglied wurde einem bestimmten Rettungsboot zugeordnet, nicht, um dort mitzufahren, sondern um den Passagieren im Notfall zu helfen. Bei der Übung hatten sie dann gelernt, wie man mit den Rettungswesten umging, wie man die Boote vorbereitete und losmachte, um sie neben dem Schiff zu Wasser zu lassen, was beim Einsteigen zu beachten war, und welche Probleme wahrscheinlich mit den Passagieren auftreten würden. Was sie dann zu tun hätten.

Die erfahreneren Crewmitglieder unter Leitung des Sicherheitsoffiziers wiesen die jüngeren ein und erzählten scherzhaft von allerlei Missgeschicken.

Nicht natürlich der Kapitän. Sie blieb auf der Brücke, um die Übung von dort oben zu überwachen.

Diana erinnerte sich an die vielen Schalter und Anzeigen, die unzähligen Zeiger, Zahlen und Konsolen. Es sah aus, als müsse der Kapitän ein Raumschiff steuern, nicht einen ehemaligen Frachter.

Zuvor hatte Diana nicht gewusst, wie technisch das Fahren eines Schiffes heutzutage war. Ihr schwebte immer noch das Bild eines Kapitäns vor, der das große hölzerne Steuer in der Hand hielt und drehte, wie in alten Piratenfilmen. Aber so war es wohl schon lange nicht mehr.

Während sie auf der Brücke gewesen waren, hatte der Kapitän ganz nebenher einige Befehle erteilt, und die Ausführung hatte darin bestanden, dass einer der Brückenoffiziere etwas auf einer Art Computer eintippte. Ehrlich gesagt sah es nicht sehr aufregend aus.

Aber Diana hatte trotzdem bemerkt, dass Valeries Augen ständig alles im Blick hatten, dass sie hochkonzentriert war. Es war sehr deutlich zu erkennen gewesen, dass sie sich in jeder Sekunde dessen bewusst war, dass sie die Verantwortung trug.

Und genauso konzentriert sah sie sicher jetzt aus, während sie das Schiff in den Hafen steuerte und das Anlegemanöver kommandierte. Diana konnte vor ihrem inneren Auge Valeries Gesicht sehen. Sie bewunderte das, was sie in diesem Gesicht sah. Es enthielt Entschlossenheit und strahlte ein Zielbewusstsein aus, das Diana zeigte, was ihr in ihrem bisherigen Leben gefehlt hatte. Sie hatte immer eher vor sich hingelebt, ihre Entscheidungen von anderen bestimmen lassen, den Weg des geringsten Widerstands gewählt. Valerie hatte das sicher nie zugelassen. Sie sah aus, als hätte sie stets das getan, was sie sich vorgenommen hatte, egal welche Hindernisse sich ihr entgegenstellten. Sie wusste immer, was zu tun war, und tat es auch. Ihre Entscheidungen traf sie ganz sicher allein, ohne jemand zu fragen.

Diana seufzte. Und eine dieser Entscheidungen war gewesen – das glaubte Diana aus Alex' Bemerkungen entnehmen zu können –, dass das Berufliche vor dem Privaten Vorrang hatte. Das entsprach auch dem Eindruck, der sich im Laufe der Zeit immer mehr in Diana bildete. Der Käpt'n mied jeden privaten Kontakt, mit wem auch immer.

Ob sich das auf dieser Fahrt ändern würde? *In deinen Träumen!* Sie lachte über sich selbst, resigniert. Wünsche und Realität klafften in diesem Fall doch sehr weit auseinander.

Endlich lag das große Schiff sicher vertäut am Pier, und die Gangway wurde heruntergelassen. Zuerst verließen die Köche das Schiff, die auf dem Markt frische Lebensmittel für das abendliche Buffet einkaufen wollten. Der Crewkoch war ebenfalls dabei. Für die Crew würde es kein Buffet geben, sondern nur das übliche Abendessen. Den Aufwand, den mehrere Köche täglich für die Passagiere trieben, leistete man sich für die Crew nicht. Dennoch war das Essen immer gut, und der philippinische Koch gab sich alle Mühe, an seine in Europa ausgebildeten Kollegen, die die Passagiere versorgten, heranzureichen. Heute würde es auf jeden Fall für alle frischen Fisch und frische Früchte geben.

»Gut, dass wir Glück mit dem Wetter haben«, bemerkte Melly, als sie zusammen mit anderen Crewmitgliedern und Passagieren die Gangway hinuntergingen.

Diana war mit ihren Gedanken schon wieder bei der hochgewachsenen Gestalt des Kapitäns gelandet, die ihnen jetzt vielleicht von ihrem Aussichtspunkt auf der Brücke zusah, während sie an Land gingen. »Wie?«, antwortete sie etwas verwirrt. »Ich dachte, auf Madeira scheint immer die Sonne.«

Melly lachte. »Warum meinst du, dass es hier so grün ist? Denk an Irland.«

»Es regnet hier so viel?« Diana runzelte die Stirn.

»Genau. Aber es ist warm dabei. Deshalb all die Blumen, Früchte und was es sonst noch so gibt. Madeira ist wie ein Garten, der ständig warm bewässert wird.«

»Heute aber nicht«, stellte Diana fest.

»Na ja, nicht ununterbrochen«, gab Melly zu. »Aber wir hätten auch Pech haben können.« Sie zog Diana am Arm. »Komm, wir gehen jetzt erst mal auf den Markt. Da gibt es furchtbar leckere Sachen.«

Diana folgte Melly wie befohlen und ließ sich von ihr durch die Stadt führen. Der Weg, den sie liefen, richtete sich allerdings meistens danach, welcher schöne Jüngling gerade vorbeikam und wo er hinlief. Endlich saßen sie in einem Café und genossen die laue Luft und die herrlichen Farben und Düfte. Die Pflanzenpracht an jeder Ecke war beeindruckend. »Was ist das denn?«, fragte sie mit einem Blick nach oben.

»Die Seilbahn?« Melly blickte eher uninteressiert. »Ja, ist ganz nett. Damit fährt man nach Monte rauf und in den Botanischen Garten.«

»Da hat man bestimmt einen tollen Blick«, vermutete Diana.

»Ja.« Melly nickte. »Aber ich hab das schon gesehen. Und für Botanik interessiere ich mich nicht so.« Sie lachte. »Ich hab auch schon mal die Korbschlittenfahrt von da oben hier runter gemacht. Die Passagiere sind immer ganz wild darauf.«

»Ja, richtig, die Korbflechter. Das stand bei einem der Landausflüge für die Passagiere«, erinnerte Diana sich. Sie beobachtete die Seilbahnkabinen, die aneinander vorbei hinauf und hinunter glitten. »Die bestehen ja praktisch rundum aus Glas«, bemerkte sie erstaunt. »Ist das nicht ein bisschen komisch?«

»Wenn du ängstlich bist«, nickte Melly. Es war ganz klar, dass sie das nicht war. »Aber so sieht man natürlich am meisten.« Ihre Blicke schweiften zu einem jungen Mann, der ein paar Tische weiter saß und sie ebenfalls in den Blick gefasst hatte. Sie lächelte ihn an. »Also wenn du da hochfahren willst, mach ruhig«, warf sie Diana über die Schulter hin. »Ich bleibe hier.«

Diana schmunzelte. »Ich sehe schon. Dann will ich auch nicht weiter stören.« Sie stand auf. »Ich werde noch ein bisschen über die Promenade schlendern.«

Melly sagte zwar »Hmhm«, aber es war ganz klar, dass sie nicht gehört hatte, was Diana sagte. Ihre Blicke versanken bereits im vollen dunklen Haar und den ebenso dunklen Augen des braungebrannten jungen Mannes.

»Bis später.« Diana schüttelte immer noch schmunzelnd den Kopf und verließ das Café.

Sie ging an einem Brunnen vorbei, der an ein barockes Wasserspiel erinnerte und wie alles hier mit prächtigen Blumenarrangements geschmückt war. Kurz darauf begann am Jachthafen die Promenade, an der gegenüber der im Wasser festgemachten und sanft vor sich hinschaukelnden kleinen Boote ein Fischrestaurant neben dem anderen lag.

Eine Weile schlenderte sie einfach nur an den Palmen vorbei, mit dem Meer neben sich. Am Pier, der weit in den Hafen hinausragte, lehnte sie sich ans Geländer und schaute zu der beeindruckenden *Königin der Wellen* hinüber, die auf der anderen Seite vor Anker lag. Von hier aus wirkte sie riesig und unbezwingbar.

Wie der Käpt'n manchmal, dachte Diana. *Die beiden passen zueinander.*

Ob der Käpt'n jetzt immer noch auf der Brücke war? Nein, warum sollte sie? Das Schiff lag sicher im Hafen, auf der Brücke war nichts zu tun. Vielleicht saß sie in ihrer Kapitänskajüte und las ein Buch oder erledigte Papierkram. Davon gab es immer genug.

Diana seufzte. Selbst wenn sie jetzt aufs Schiff zurückgehen würde, würde es wohl nicht viel nützen. Der Käpt'n wollte sich sicher entspannen und nicht mit jemand reden. *Und wenn, dann nicht mit mir.* Sie seufzte erneut.

Sie kehrte zur Promenade zurück, ging an einem Brunnen – einem von vielen, Funchal war anscheinend die Stadt der kunstvollen Brunnen – vorbei, in dem das Wasser so gewaltig sprudelte, dass es wie zwei nebeneinanderstehende meterhohe Obelisken aussah, und passierte erneut Cafés und Restaurants. Hier allerdings schwammen die meisten davon auf dem Wasser. Es waren Schiffe, die zu Restaurants umfunktioniert worden waren. Von der Promenade brauchte man nur einen Schritt zu tun, um eines davon zu betreten.

Aber das war im Moment nicht sehr interessant, wo sie ohnehin ihre ganze Zeit auf einem Schiff verbrachte.

Sie blickte immer wieder zu den hohen Palmen hinauf. Eine neben der anderen stand hier, als ob sie nichts anderes zu tun hätten. So etwas hatte sie noch nie gesehen.

Am Ende der Promenade erreichte sie die Talstation der Seilbahn. Sie hatte nach ihrem Gespräch mit Melly nicht weiter darüber nachgedacht, aber wenn sie schon einmal da war ...

Die Seilbahnkabinen fuhren in so kurzen Abständen, dass sie sofort einsteigen konnte. Die Kabinen hielten dafür nicht einmal an, man betrat die Kabine, während sie sich langsam in der Station voranbewegte. Die Straßen und Häuser von Funchal glitten unter ihr hinweg, während die Seilbahn gemütlich an Höhe gewann.

Dass sie nur von Glas umgeben war, verursachte Diana zuerst ein leichtes Schwindelgefühl, aber das farbenprächtige Bild, das sich ihr während der Fahrt bot, ließ sie das vergessen. Bunte Häuser und Dächer, grüne Palmen, tropische Blumen, die in den fröhlichsten Farben leuchteten, fast, als würden sie ständig lachen, tiefgrüner Wald und wolkenlos blauer Himmel. Sie kam sich vor wie im Paradies. Dabei war dies doch erst der Anfang ihrer Reise.

Oben angekommen schaute sie auf die Stadt hinunter und konnte erkennen, dass sie weit größer war, als sie es sich vorgestellt hatte. Die kleinen Gässchen, die pittoresken Häuser, die alte Festung, deren gelbe Farbe einen wundervollen Kontrast zum blauen Meer bildete, das davor gegen den Felsen schlug, auf dem die Festung thronte, und die wahrscheinlich noch älteren Kirchen vermittelten unten in der Stadt den Eindruck, Funchal wäre klein und gemütlich, aber von hier oben sah man die vielen, zum Teil auch großen Gebäude, die breiten Straßen und das pulsierende Leben.

»Viel zu viele Menschen, Häuser und Straßen«, hörte sie plötzlich eine Stimme hinter sich. »Im Inneren der Insel ist es viel schöner, nur Ruhe und unberührte Natur.«

Dianas Herz raste seit dem ersten Wort, das sie gehört hatte, als hätte es auf einmal eine olympische Medaille zu gewinnen. Die angenehm tiefe und ruhige Stimme war unverkennbar. »Käpt'n, Sie sind auch hier?«, fragte sie überflüssigerweise, während sie sich umdrehte und Valerie Kemp ansah.

Sie trug keine Uniform, sondern dem heißen Wetter angemessen eine leichte Bluse und eine weich um ihren Körper fließende Leinenhose. Sie sah aus wie die Urlauber, die hier oben um sie herumstanden und ebenfalls das Panorama betrachteten. Nun ja, vielleicht nicht ganz wie die Urlauber. Sie war viel, viel attraktiver.

Diana versuchte sich zu beruhigen. Es kam ihr wie eine Ewigkeit vor, dass der Käpt'n ihr so nah gewesen war. Und es war peinlich genug, wenn sie sich an das letzte Mal erinnerte.

»Waren Sie schon im Botanischen Garten?«, fragte Valerie Kemp jetzt.

»Nein, ich –« Diana räusperte sich. »Ich bin gerade erst angekommen. Eben aus der Seilbahn gestiegen.«

»Wir haben keine Zeit, ins Innere der Insel zu fahren«, erklärte Valerie in einem gemessenen Tonfall, als hätten sie im Gegenteil alle Zeit der Welt. »Da ist der Botanische Garten ein guter Ersatz. Ein tropisches Paradies im Kleinen.«

»Dann sollte ich ihn vielleicht besuchen«, erwiderte Diana zögernd. Es schien, als wollte der Käpt'n sie los sein.

»Das ist zu empfehlen.« Valerie musterte sie mit ihren grauen Augen. Jetzt, mit diesem strahlend blauen Himmel über ihnen, schimmerten sie fast ebenfalls ein wenig blau.

»Sie waren schon da?« Diana überlegte, ob es angebracht war, den Käpt'n zu irgendetwas einzuladen. Nein, wahrscheinlich nicht.

»Schon mehrmals. Es lohnt sich immer wieder.« Valeries Mundwinkel hoben sich leicht, als Diana nichts mehr sagte. »Soll ich ihn Ihnen zeigen?«

Diesmal machte Dianas Herz einen Satz, als wäre es der Hindernislauf, in dem es eine Medaille gewinnen müsste. »Das ist doch bestimmt langweilig für Sie, wenn Sie das alles schon kennen.«

»Nein.« Valerie schüttelte den Kopf. »Der Park ist riesig. Wie ich schon sagte, es gibt immer wieder etwas Neues zu entdecken. Die Pflanzen verändern sich laufend, jedes Mal blühen andere Blumen. Es gibt viele hübsche Ecken dort, die einem den Eindruck vermitteln, nicht mehr in der Nähe einer Stadt zu sein.«

Diana konnte fast nicht damit aufhören, die Lippen zu betrachten, die sich beim Sprechen bewegten. So volle, schöne Lippen – Sie riss sich zusammen. »Es ist merkwürdig«, sagte sie. »Ich habe keine so große Stadt hier auf Madeira erwartet.«

»Funchal ist immerhin die Hauptstadt«, erklärte Valerie, während sie in Richtung eines Weges deutete und mit Diana zusammen losging. »Und jeden Tag legen Kreuzfahrtschiffe wie unseres hier an, oder noch größere. Da braucht man schon eine gewisse Infrastruktur. Das schafft für die Bewohner der Insel viele Arbeitsplätze.«

Diana blickte den steilen Hang hinunter auf die vielen roten Dächer, die sich wie eine dicht bedruckte Decke, die jemand etwas unordentlich dort liegengelassen hatte, an der Küste entlangzogen. Es war anscheinend kein unbebautes Grundstück mehr übrig geblieben. »Wie es hier wohl ausgesehen hat, bevor die Kreuzfahrtschiffe kamen? Es muss wundervoll gewesen sein, einsam und –« Sie bekam plötzlich einen Schreck. »Oh, Entschuldigung, ich wollte das nicht sagen. Ich dachte nur –«

»Dass es früher hier schöner war«, fiel Valerie ein. »Und Sie haben recht. Mein Vater ist sein ganzes Leben lang zur See gefahren und sagte immer, dass viele Inseln, auf denen er in seiner Jugend war, heute kaum wiederzuerkennen sind wegen des Tourismus.«

»Irgendwie schade«, sagte Diana. »Obwohl natürlich die Sache mit den Arbeitsplätzen sehr gut ist.« Sie warf einen Blick auf den Käpt'n. »Ich hätte meinen Job auch nicht ohne all das.«

»Und ich müsste vielleicht einen Frachter fahren«, nickte Valerie. »Wobei ...«, sie zuckte die Achseln, »dagegen hätte ich gar nichts.«

»Ein Schiff ist ein Schiff?«, fragte Diana. So hatte es sich angehört.

Valerie lächelte leicht. »Ich mag die *Königin* sehr. Sie ist ein Traum von einem Schiff. Für mich jedenfalls. Aber vielleicht ist es gar nicht so schlecht, dass sie früher mal ein Frachter war.«

»So schlagen Sie zwei Fliegen mit einer Klappe.« Diana musste lachen.

»Sie ist *mein* Schiff, mehr als es je ein Schiff vor ihr war«, sagte Valerie. »Vielleicht ist es das. Auf dem letzten Schiff war ich Erster Offizier.«

»Käpt'n zu sein ist wohl etwas anderes.«

Valerie nickte. »Ja. Ja, das ist es.« Sie blickte von ihrer Höhe auf Diana hinunter. »Und? Haben Sie es bereut, sich beworben zu haben?«

Ein rötlicher Schleier legte sich auf Dianas Haut. »Weil ich seekrank geworden bin, meinen Sie?«

Valerie lächelte. Sie lächelte viel heute, das war sehr ungewöhnlich. »Das ist Ihnen peinlich, nicht wahr? Das muss es nicht sein. So was passiert vielen Leuten.«

Diana verzog das Gesicht. »Ist es Ihnen schon mal passiert?«

»Vermutlich hat mein Vater mir da stabile Gene mitgegeben. Er hat mehr Zeit auf dem Wasser als an Land verbracht.«

»Also nicht«, sagte Diana. »Ich beneide Sie.«

Valerie zuckte die Schultern. »Es ist nicht mein Verdienst. Ich beneide eher Leute, die, wie Sie, anderen Menschen helfen, sie von Krankheiten befreien. Ich bin überzeugt, viele Ihrer Patienten sind Ihnen auf ewig dankbar.«

Diana lachte leicht. »Ich bin keine Ärztin, nur Krankenschwester. Ich führe Befehle aus, gebe den Patienten das, was der Arzt verschrieben hat. Ich kann nicht selbst entscheiden.«

»In einem Notfall könnten Sie das bestimmt«, vermutete Valerie, »und darauf kommt es an. Ihr Wissen kann Leben retten.«

Diana schaute von unten zu der großen Gestalt neben sich auf. »Ihres auch«, sagte sie. »Sie manövrieren das Schiff, als wäre es das Leichteste auf der Welt. Und Sie achten darauf, dass es nicht untergeht.«

Valerie lachte überrascht auf. »So sehen Sie das? Ich stehe eigentlich nur auf der Brücke und drücke Knöpfe – oder eher: lasse drücken.«

»Aber Sie müssen wissen, welcher Knopf der richtige ist. Nachdem ich diese Ansammlung von Konsolen und Anzeigen auf der Brücke gesehen hatte, habe ich mich gefragt, wie man sich da zurechtfindet.«

»Wie in jedem Beruf: hauptsächlich Übung«, erwiderte Valerie locker. »Stellen Sie mich mal in die Krankenstation, dann bin ich aufgeschmissen. Und dort finden Sie sich mit Leichtigkeit zurecht. Weil es Ihr Beruf ist.«

»Ich glaube, das kann man nicht vergleichen«, sagte Diana. Sie betrachtete Valeries entspannt wirkendes Gesicht, das wie eine dunkle Sonne über ihr schwebte, weil Valerie so viel größer war als sie selbst. Dieses Gesicht übte eine unglaubliche Anziehungskraft auf sie aus. Die hohen Wangenknochen, das entschlossene Kinn, die selbstbewussten Augen.

Valerie Kemp war eine Frau, wie sie zuvor noch nie eine getroffen hatte. Sie gingen schweigend nebeneinander her, und auch wenn Diana nervös war, spürte sie die Ruhe, die Valerie neben ihr ausstrahlte. Diana hatte das Gefühl, solange Valerie bei ihr war, konnte ihr nichts passieren.

Ihr kam es vor, als wäre sie in einer Art Märchenwelt gelandet, und sie befand sich in Gegenwart der Herrscherin dieser Welt. Dieser Welt, die ihnen zu Füßen lag. Hier oben erschien alles klein, was dort unten war, inklusive aller Sorgen und Nöte.

12

Na, was ist dir denn passiert?«

Janines Stimme riss Diana aus ihren Gedanken, während sie auf dem Weg zu ihrer Schicht den Gang hinunterschlenderte.

Sie war viel zu überrascht, um kühl zu reagieren, wie sie es sich mittlerweile gegenüber Janine angewöhnt hatte, und erwiderte nur gereizt: »Wie kommst du denn darauf?«

»Also komm ...« Janine tänzelte fast neben ihr her. »Dieses Lächeln auf deinem Gesicht, das ist doch nicht normal. Wo du gehst und stehst, siehst du aus, als schwebtest du auf Wolke sieben.«

»Das bildest du dir ein.«

»Ganz bestimmt nicht.« Janine grinste. »Ich kenne diesen Gesichtsausdruck. Der kommt nicht von selbst. Meistens steckt irgendwas auf zwei Beinen dahinter.«

Diana atmete tief durch. »Ich werde nicht mehr seekrank, das reicht mir schon, um zu lächeln. Es ist ein angenehmes Gefühl.«

»Aber nicht so angenehm wie andere Gefühle.« Janine warf von der Seite einen sehr neugierigen Blick auf sie. »Melly sagt, du hast dich beim Landgang von ihr getrennt, als sie ... na ja, als sie sich anderen Interessen zuwandte. Und danach hat sie dich nicht mehr gesehen, bis du kurz vor Toresschluss wieder an Bord gekommen bist. Was hast du die ganze Zeit gemacht? Allein?« Sie hob anzüglich die Augenbrauen.

»Melly und du, ihr könnt keine fünf Minuten allein sein, das ist mir schon klar«, entgegnete Diana scharf. »Aber das trifft nicht für alle Menschen zu.«

»Du bist auch nicht zum Alleinsein gemacht.« Janine versuchte einen Arm um Diana zu legen.

Diana wehrte sie ab und schob ihre Hand weg. »Immer noch lieber allein als mit dir zusammen.«

»So übel bin ich doch wirklich nicht.« Janine zog einen Schmollmund. »Du bist ungerecht.«

»Ich erspare dir nur die größte Enttäuschung deines Lebens«, entgegnete Diana. Plötzlich überzog ein ironisches Schmunzeln ihr Gesicht. »In Wirklichkeit bin ich nämlich ein Mann.«

Da sie gerade vor der Krankenstation angekommen waren, ging sie hinein und ließ Janine draußen zurück. Wahrscheinlich mit offenem Mund.

»Mal wieder gut gelaunt?«, begrüßte Melly sie und setzte damit das Gespräch mit Janine ungewollt fort. »Das ist geradezu widerlich, weißt du das?«

»Kann ich nicht finden. Du springst doch auch immer rum wie eine Zirkuskanone auf Abruf. Früher hast du dich beklagt, dass ich da nicht mitmache.« Vor sich hin lächelnd ging Diana zu einer der Vitrinen, in der die Medikamente untergebracht waren. »War irgendwas Besonderes während deiner Schicht?«

Melly zuckte die Schultern, sie war schon auf dem Weg zur Tür. »Entweder war das Essen zu gut oder der Alkohol zu verführerisch heute. Ich hatte zwei Fälle von Hypoglykämie. Der eine war ziemlich schlimm. Dabei weiß doch jeder Diabetiker, wie er sich verhalten muss, um keinen Zuckerschock zu kriegen. Aber das ist eben das All-inclusive-Syndrom.« Sie winkte verabschiedend mit der Hand. »Viel Spaß«, und schon war sie verschwunden.

Diana hatte immer das Gefühl, Melly stand schon seit Stunden in den Startlöchern, wenn sie zu ihrer Ablösung kam, und verließ die Krankenstation stehenden Fußes, wohingegen Diana immer eine ordentliche Übergabe machte, Sachen zusammenräumte und Bericht erstattete. Wenn sie die Station von Melly übernahm, musste sie meistens erst einmal aufräumen.

Heute war es nicht ganz so schlimm wie sonst, was wahrscheinlich daran lag, dass außer den beiden Diabetikern nicht viel los gewesen war.

Leise vor sich hin singend räumte Diana auf, überprüfte die Medikamente in den Schränken und füllte das Regal auf, aus dem Melly die Behandlung für die Hypoglykämie-Patienten bestritten hatte.

»Wollen Sie Ihren Beruf als Krankenschwester aufgeben?« Die barsche Stimme der obersten Herrin der Krankenstation drang plötzlich wie ein Schuss in Dianas Melodie.

Diana verhielt mitten in der Bewegung. Dr. Fjodorowa machte sie sonst immer nervös, aber in letzter Zeit hatte das merklich nachgelassen. Sie fühlte sich nicht mehr so unsicher. »Nein, wieso?«, fragte sie und fügte sogar noch etwas launig hinzu: »Wollen Sie mich loswerden?«

»Ich dachte, Sie haben neuerdings vielleicht die Absicht, Sängerin zu werden«, brummte die Ärztin. »Ich wollte mich ein wenig ausruhen, aber das ist bei diesem Krach ja nicht möglich.«

»Das tut mir leid.« Diana lächelte entschuldigend. »Ich wusste nicht, dass es so laut war.« Gleichzeitig verstärkte sich in ihr aber bereits der Drang, weitersingen zu wollen. Sie hatte schon immer gern gesungen, aber dieses überbordende Verlangen war denn doch etwas Neues. »Das habe ich gar nicht bemerkt.«

Dr. Fjodorowa musterte sie von oben bis unten. »Ich dachte, wenigstens Sie wären eine ordentliche medizinische Fachkraft. Von Ihrer Kollegin kann man das ja ohnehin nicht behaupten.«

»Melly ist schon ganz in Ordnung«, verteidigte Diana Melly. »Sie versieht ihren Dienst hier genauso wie ich.«

»Zumindest hat sie nicht gesungen.« Dr. Fjodorowa schien heute besonders griesgrämig zu sein.

»Kann ich Ihnen irgendetwas bringen?«, fragte Diana, um die Stimmung zu verbessern. »Einen Tee vielleicht?« *Oder einen Wodka?*, fügte sie in Gedanken hinzu, obwohl sie wusste, dass die Ärztin nicht trank. Es war wohl ihre gute Laune, die ihr diesen Gedanken eingab.

»Es reicht schon, wenn Sie aufhören zu singen.« Mit einem düsteren Blick ihrer dunklen Augen zog die Ärztin sich wieder in ihr Bereitschaftszimmer zurück.

Diana spürte den nächsten Ton in ihrer Kehle aufsteigen und versuchte ihn verzweifelt zu unterdrücken. Aber es ging nicht. Am Anfang war ihr nicht klar gewesen, woher diese gute Laune kam, aber mittlerweile wusste sie es genau: Es war der Botanische Garten. Beziehungsweise sie und der Käpt'n im Botanischen Garten.

Es war einfach traumhaft gewesen. Valerie Kemp kannte jeden Baum und jeden Strauch, jede Blume und die geheimsten, verstecktesten Orte. Im japanischen Garten hatten sie eine Weile nur dagesessen und stumm den Vogelstimmen gelauscht.

Nicht, dass dort etwas geschehen war. Oh nein, es war alles

ganz korrekt abgelaufen. Der Käpt'n hatte sich nicht im geringsten anders verhalten als sonst, distanziert und souverän.

Diana lächelte. Vielleicht nicht ganz so distanziert. Mehr als einmal hatte Diana einen Blick von Valerie erhascht, mit dem sie Diana ansah, auf eine merkwürdige, wie es fast schien interessierte Art.

Ach, das war alles nur Einbildung. Wie oft hatte Diana sich das schon selbst gesagt, seit sie an jenem Abend zusammen auf das Schiff zurückgekehrt waren?

Hunderte Male wahrscheinlich. Valerie und sie hatten sich nur mit einem freundlichen »Gute Nacht« verabschiedet, mehr nicht. Keine Nähe, kein Kuss – nicht mal die Andeutung eines Kusses.

Und trotzdem hatte Diana davon geträumt. Später, als sie allein in ihrer Koje lag.

Seit jenem Abend hatte sie den Kapitän nicht mehr wiedergesehen. Es gab keinen Anlass dazu, auch wenn Diana sich das gewünscht hätte. Wie üblich hielt sich der Käpt'n so weit wie möglich von der Crew fern, wenn es nicht etwas Berufliches zu besprechen gab.

Wenn sie doch krank werden würde, dann käme sie in die Krankenstation – Was für ein Unsinn! Diana schüttelte über sich selbst den Kopf. Sie wünschte Valerie eine Krankheit, so schwer, dass Diana sie jeden Tag pflegen konnte, sie berühren, sie streicheln …

Diana seufzte. Sie setzte sich auf einen Stuhl und schloss die Augen. Oh ja, Dianas Hände auf Valerie, Valeries Hände auf Diana, Lippen, Brüste, nackte Haut –

Es war ein schöner Traum, und Diana versank darin, gleichzeitig wissend, dass es nie so sein würde.

Plötzlich wurde die Schwingtür mit einem wütenden Fluch aufgestoßen.

Diana schreckte hoch. »Alex?«

Alex hielt ihre rechte Hand mit ihrer linken fest, und Blut tropfte herunter.

»Was hast du denn gemacht?« Diana war bereits aufgesprungen und führte Alex zu einer Liege hinüber.

»Ich muss nicht liegen«, wehrte Alex sich offensichtlich schlecht gelaunt. »Verbinde mich nur, dann gehe ich in den Maschinenraum zurück.« Sie setzte sich auf den Rand der Liege und schaute Diana ungeduldig an.

»Die werden auch mal fünf Minuten ohne dich auskommen.« Diana schüttelte den Kopf, holte Desinfektionsmittel und zog die vorgeschriebenen medizinischen Schutzhandschuhe über. »Zeig mal her.« Sie griff nach Alex' Hand und entfernte den blutdurchtränkten Lappen, mit dem sie umwickelt war. »Meine Güte, was ist da denn passiert?« Ein tiefer, ausgefranster Schnitt teilte Alex' Hand fast in zwei Hälften, wie es aussah.

»Schraubenschlüssel«, brummte Alex. »Ist draufgefallen.«

»Das muss aber ein großer Schraubenschlüssel gewesen sein.« Diana begann die Wundränder zu reinigen und mit Desinfektionsmittel zu betupfen.

Obwohl Alex zusammenzuckte, gab sie keinen Laut von sich. Jedenfalls keinen Schmerzenslaut. »Bist du bald fertig?«, brummelte sie stattdessen.

Diana starrte angestrengt in die Wunde, während sie versuchte, das Blut zu stillen, um besser sehen zu können. »Das glaube ich nicht«, erwiderte sie dann gedehnt. »Sieht so aus, als wäre der Mittelhandknochen gebrochen. Das müssen wir operieren.«

»Operieren? Bist du wahnsinnig?« Alex starrte sie mit wilden Augen an. »Ich muss wieder da runter! Eine der Turbinen spielt vollkommen verrückt. Deshalb ist das ja passiert.«

»Alex, sei vernünftig.« Diana legte eine Hand auf Alex' Schulter und schaute sie ernst an. »Es nützt doch nichts, wenn du eine Sepsis bekommst oder der Knochen schief zusammenwächst. Dann kannst du die Hand vielleicht nie mehr richtig gebrauchen.« Sie wies auf die Liege. »Ich glaube, jetzt wäre es doch besser, wenn du dich hinlegen würdest. Ich hole Dr. Fjodorowa.«

Sie zog die Handschuhe aus und warf sie in den Mülleimer, bevor sie sich nach hinten begab und kurz darauf mit der Ärztin zurückkehrte.

Dr. Fjodorowa stimmte Dianas Diagnose nach einer kurzen Untersuchung von Alex' Hand zu. »Operation. Am besten sofort.«

Diana nickte. »Ich rufe Melly.«

Sie löste den Funkruf aus, und die Ärztin befahl Alex, sich

endlich hinzulegen, was sie immer noch verweigert hatte. Nach einem weiteren Protest fügte sie sich jedoch den drohenden Blicken Dr. Fjodorowas, die sie fast erdolchten.

Melly kam, und nun gab es drei mies gelaunte Leute im Raum. Diana war die einzige, die das Fähnlein einer gewissen guten Laune aufrecht erhielt, wenn es auch ziemlich sinnlos war.

Dr. Fjodorowa zog eine Spritze auf, wobei Alex sie misstrauisch beobachtete.

»Sie wollen mich doch nicht etwa narkotisieren?«

Wenn sie überhaupt zu so etwas fähig war, umspielte ein leichtes Lächeln Dr. Fjodorowas Mundwinkel. »Haben Sie Angst vor Spritzen?«

»Nein.« Alex schüttelte den Kopf. »Ich möchte nur nicht stundenlang außer Gefecht gesetzt sein. Das kann ich mir nicht leisten.«

»Sie glauben doch wohl nicht, dass Sie nach dem Eingriff gleich wieder arbeiten können«, bemerkte die Ärztin, während sie die Spritze noch einmal auf Luftbläschen überprüfte. »Eine Weile müssen Sie danach schon hier bleiben.«

»Das kann ich nicht.« Es sah aus, als wollte Alex gleich wieder aufstehen. »Dann muss die Operation warten.«

»Muss sie nicht.« Mit festem Griff drückte Dr. Fjodorowa die unwillige Patientin auf die Liege zurück. »Und wird sie nicht. Ich habe nämlich hier die Verantwortung, nicht Sie.« Sie starrte Alex in die Augen, bis Alex endlich nachgab.

»Na gut, aber machen Sie schnell.«

»Es gibt nur eine Lokalanästhesie«, erklärte die Ärztin ruhig, während sie nach Alex' Hand griff und sie aufmerksam betrachtete. »Ihre Hand wird betäubt, aber Sie werden die ganze Operation mitbekommen.« Und es sah aus, als machte ihr dieser Gedanke Spaß.

Eine Weile später hatten Melly und Diana alles für die Operation vorbereitet, und Alex bestätigte Dr. Fjodorowa bei der Überprüfung, dass sie nichts mehr in der Hand spürte.

Dr. Fjodorowa, mittlerweile ebenfalls in einem OP-Kittel wie ihre beiden Krankenschwestern, mit Mundschutz und Handschuhen, nickte und begann Alex' Hand zu operieren.

Es war nicht ganz einfach, hier auf dem Schiff unter so eingeschränkten Bedingungen eine solche Operation durchzuführen, aber Dr. Fjodorowa war offensichtlich erfahren darin, und alles lief glatt.

»Sie haben noch einmal Glück gehabt«, verkündete Dr. Fjodorowa, nachdem sie die Operation beendet hatte. »Der Knochen war nicht gesplittert.« Sie zog ihre Handschuhe aus und nickte Melly und Diana zu. »Gute Arbeit. Eingipsen.« Dann verschwand sie nach hinten.

»Gips? Ich bekomme einen Gips?« Alex sah entsetzt aus.

»Für drei bis vier Wochen, ja«, antwortete Diana nickend. »Der Knochen muss ruhiggestellt werden.«

»Drei bis vier Wochen?« Alex sah aus, als hätte Diana ihr Todesurteil verkündet. »Das geht nicht.«

»Es muss gehen.« Melly fixierte Alex mit ihrem Blick. »Entweder du tust, was der Doktor dir sagt, oder ich binde dich fest.«

Alex starrte sie an, dann begann sie plötzlich zu lachen. »Ich wusste nicht, dass du auf SM stehst.« Sie schien sich zu entspannen. »Also dann . . . Was sein muss, muss sein.«

»Schön, dass du das einsiehst.« Diana lächelte sie an. »Es ist nur zu deinem Besten.«

Alex legte leicht den Kopf schief, während Melly den Gips anrührte. »Eigentlich wollte ich immer schon mal mit einer Krankenschwester auf engstem Raum eingesperrt sein.« Sie grinste.

Diana lachte und boxte sie leicht auf die Schulter an der Seite mit der gesunden Hand. »Du machst dir falsche Vorstellungen. Wir sind nicht zu deinem Vergnügen hier.«

»Ach, deshalb bist du so ablehnend den Jungs gegenüber«, stellte Melly mit einem erstaunten Blick fest. »Hättest du mir auch gleich sagen können.«

»Wir sehen uns ja kaum«, erwiderte Diana, »weil wir immer abwechselnd Dienst haben.«

»Apropos Dienst.« Melly hielt Diana die Schale mit dem Gips hin. »Ich habe jetzt eigentlich gar keinen. Also mach du das.«

Diana nickte. »Klar. Schlaf du dich nur aus.«

Melly lachte. Ihre Stimmung schien sich um einiges gehoben

zu haben. »Schlafen kann ich, wenn ich tot bin. Schön, dass dir an den Jungs nichts liegt, dann bleiben mehr für mich übrig.« Sie grinste, zog schnell ihre OP-Kleidung aus und stürmte fast durch die Schwingtür hinaus.

»Sie ist schon ein Luder«, bemerkte Alex und zeigte belustigt die Zähne. »Gut, dass sie nicht auf Frauen steht, sonst hätten wir außer Janine noch jemand, der man nicht entkommen kann.«

»Ja, Janine.« Diana lachte, rührte den Gips um, verteilte etwas auf Alex' Hand und gipste sie vorsichtig ein. »Aber vielleicht lässt sie mich jetzt in Ruhe. Ich war etwas übermütig heute und habe ihr mitgeteilt, ich wäre eigentlich ein Mann.«

»Was?« Alex prustete los, und ein Teil des Gipses, den Diana schon aufgebracht hatte, landete auf dem Boden.

»So kommst du auch nicht ums Eingipsen herum«, verkündete Diana tadelnd. »Glaub das bloß nicht.«

»Selbst schuld.« Alex grinste. »Die Vorstellung von dir als Mann ist einfach zu komisch. Ich finde, du bist ... na ja, eine ziemlich weibliche Frau.« Sie musterte Diana kurz. »Eine sehr attraktive Frau.«

Diana schmunzelte. »Bist du einsam, Alex?«

Alex hob die Augenbrauen. »Wenn du mich so fragst: manchmal ja. Ich liebe meine Arbeit, und meistens beschäftigt sie mich so, dass ich nichts um mich herum bemerke. Aber wenn ich dann so in meine Kabine zurückkomme, wäre es schon manchmal schön, wenn jemand da wäre. Geht es dir nicht auch so?«

»Ich teile mir eine Kabine mit Melly.«

»Das ist ja wohl kaum das, wovon ich gesprochen habe.«

»Ich weiß.« Diana formte den Gips vorsichtig um Alex' Hand herum und schaute sie nicht an.

»Ich habe gehört, du warst mit Valerie auf Landgang?«, fragte Alex plötzlich.

Dianas Kopf ruckte hoch. »Dieses Schiff ist wirklich eine einzige Klatschspalte.«

»Auf so engem Raum ...« Alex zuckte eine Schulter, die andere war noch betäubt. »Also? Was war?«

»Du kennst den Käpt'n besser als ich«, lenkte Diana ab. »Und du warst es, die mir gesagt hat, dass sie Berufliches und Privates strikt trennt.«

»Kann ja sein, dass sich das geändert hat.«

»Hat es nicht.« Diana betrachtete ihr Werk noch einmal und stand dann auf. »Ich gebe dir eine Schlinge. Die Hand sollte nicht runterhängen.«

Alex glitt von der Liege. »Wenn nichts gewesen wäre, würdest du dich nicht mit Händen und Füßen dagegen wehren, darüber zu reden.«

Diana nahm eine Schlinge aus dem Schrank und kehrte zu Alex zurück. »Worüber sollte ich reden, wenn nichts war?«

»Es war etwas«, stellte Alex mit Bestimmtheit fest, während Diana ihr die Schlinge anlegte. »Du schwärmst immer noch für sie, und vielleicht . . . ja, vielleicht hat es ihr gefallen.«

Wenn es doch nur so wäre, dachte Diana. *Dann gäbe es vielleicht eine Chance –* »Du bist verrückt«, erwiderte sie unwillig. »Sie ist der Käpt'n, und was auch immer ihr gefällt, es hat nichts mit mir zu tun.«

Alex grinste. »Da wäre ich nicht so sicher. Valerie hat durchaus einen Blick für weibliche Schönheit.«

Diana rollte die Augen. »Sie liebt die *Königin*, damit hast du recht.«

»Die *Königin* wärmt sie aber nicht nachts in ihrer Kajüte«, stocherte Alex weiter.

»Ich auch nicht!« Diana fuhr wütend auf. »Oder willst du das etwa damit andeuten?«

»Ich deute gar nichts an.« Alex wollte beide Hände in einer beteuernden Geste heben, aber es klappte nur mit einer. »Mist!«, fluchte sie. »Wie soll ich so arbeiten?«

»Du musst sowieso noch hierbleiben, bis die Betäubung abgeklungen ist«, sagte Diana. »So lasse ich dich nicht gehen. Dr. Fjodorowa würde mich umbringen.«

Alex schaute zur Tür. »Und wenn du ihr sagst, ich bin geflohen?«

»Bitte, Alex . . .« Diana lächelte.

Alex hob die Augenbrauen. »Diesem Lächeln hat sie widerstanden? Ich bin beeindruckt.«

»Ich hätte nie gedacht, dass du so viel Fantasie hast.« Diana ging kopfschüttelnd mit der Gipsschale zur Spüle.

»Du warst mit ihr auf Landgang, und ihr seid beide sehr spät zurückgekommen. Gemeinsam«, erinnerte Alex sie. »Da braucht man nicht viel Fantasie.«

»Wir waren nicht zusammen auf Landgang.« Diana drehte sich um. »Wir haben uns nur zufällig oben an der Seilbahnstation getroffen. Und dann hat sie mir den Botanischen Garten gezeigt, weil ich ihn noch nicht kannte.«

»Ja, klar. Fremdenführerin war schon immer ihr Traumberuf«, frotzelte Alex. »Wer hat hier jetzt Fantasie?«

Diana seufzte. »Ich glaube, ich hätte mich flach auf den Rücken legen können, und sie hätte mich nicht beachtet. Es war wirklich nur ein Zufall, dass wir uns getroffen haben, und vielleicht hat sie sich verpflichtet gefühlt –«

»Dir die Schönheiten Madeiras zu zeigen?« Alex lachte laut auf. »Das glaubst du doch selbst nicht. Valerie ist ganz sicher sehr pflichtbewusst, aber nicht bei so was.«

»Ich weiß nicht, warum sie es getan hat«, sagte Diana. »Vielleicht hat sie sich gelangweilt, und ich war gerade da.« Sie warf einen scharfen Blick auf Alex. »Passiert ist jedenfalls nichts, das kannst du vergessen.«

Alex nickte. »Das glaube ich schon, dass sie nichts getan hat. Aber bei dir ist trotzdem was passiert. Gib's zu.«

»Sie war sehr nett zu mir«, murmelte Diana, während sie die Operationsinstrumente im Sterilisator versenkte und sich den Anschein zu geben versuchte, sie wäre mit Arbeit voll ausgelastet.

»Hab ich dir doch gesagt, dass sie das sein kann. Wenn sie will.« Alex beobachtete Diana aufmerksam, obwohl Diana ihr den Rücken zukehrte. »Aber ich würde das nicht überbewerten.«

Diana drehte sich um und schmunzelte. »Bist du eifersüchtig, Alex?«

Alex schüttelte den Kopf. »Nein, wirklich nicht. Aber ich mag euch beide, und ich möchte nicht, dass eine von euch verletzt wird.«

»Du meinst mich.« Diana starrte kurz in die Luft. »Sie ist wie ein Fels in der Brandung. Nichts kann sie verletzen.«

»Sie ist stark«, sagte Alex, »das stimmt. Aber sie hat auch ihre weichen Seiten. Sie zeigt sie nur nicht oft.«

Diana dachte an die Blicke, die Valerie ihr zugeworfen hatte. Aber was waren schon Blicke? Da konnte man so viel hineininterpretieren, und ob das irgendeine Bedeutung hatte ...

»Sie hat keinen Grund, sie mir zu zeigen«, sagte sie. »Sie ist für alle Leute auf dem Schiff verantwortlich. Und von allen hält sie den gleichen Abstand.«

Und ich bin für sie nur eine von vielen, setzte sie in Gedanken hinzu. *Nicht mehr und nicht weniger.*

Nur ein Besatzungsmitglied, um das der Kapitän sich kümmerte wie ein Schäfer um eine große Herde von Schafen, von denen jedes gleich wichtig war.

Alles andere war nur Wunschvorstellung.

13

Es war schon tief in der Nacht, als Dianas Dienst endete. Sie übergab die Station an Melly und verabschiedete sich müde in den Feierabend – oder eher Feiermorgen.

Jetzt einen Kaffee!, dachte sie, obwohl sie wusste, dass es unvernünftig war, so spät noch Kaffee zu trinken, aber Dr. Fjodorowa erlaubte keine Kaffeemaschine in der Station. Sie hatte einen russischen Samowar, aus dem sich jeder bedienen konnte. Nur Pech, dass Diana keine Teetrinkerin war.

Die Crew-Messe hatte rund um die Uhr geöffnet, und dort gab es immer Kaffee. Diana schlenderte erschöpft in die Richtung. Mittlerweile konnte sie sich blind im Schiff bewegen, sie brauchte keine Schilder mehr, um sich zu orientieren.

Sie dachte über das nach, was Alex gesagt hatte. Die weichen Seiten von Kapitän Kemp. Und dass anscheinend alle vermuteten, auf dem Landgang wäre irgendetwas passiert.

Diana wünschte sich zu sehr, sie hätten recht. In ihren Gedanken hatte sie sich einiges ausgemalt, was hätte passieren *können*, aber die Wirklichkeit sah ganz anders aus.

Valerie war wie eine Fata Morgana, die sich verflüchtigte, wenn man ihr zu nah kam, ein schönes Bild, aus Sehnsüchten geboren, und so unerreichbar wie der Mond.

Sie waren sich noch nie so nah gewesen wie im Botanischen Garten, nicht auf diese Art nah. In schnell weghuschenden Sekunden hatte Diana manchmal gedacht, sie wären wie zwei Teile, die nur nach dem passenden Moment suchten zusammenzufinden.

Aber das war natürlich Unsinn. Der Käpt'n hielt sich privat von der Crew fern, weil es ihr lag, allein zu sein. Sie wirkte nicht einsam. Es lag in ihrer Natur, die Dinge aus der Vogelperspektive zu betrachten, nicht aus der Froschperspektive. Sie stand oben auf der Brücke, und unten wuselten alle anderen. Das war ihr Platz. Woanders passte sie überhaupt nicht hin.

Diana versuchte an etwas anderes zu denken. Es war sinnlos, seine Zeit damit zu vertrödeln, von einer Frau zu träumen, die unerreichbar war.

Während sie am Kaffeeautomaten stand und darauf wartete, dass sich ihr Becher füllte, atmete sie tief durch. Aber war es nicht mit Brigitte genauso gewesen? Auch Brigitte hatte sie damals fast am ausgestreckten Arm verhungern lassen – bis sie zum Schluss praktisch alles von Diana haben konnte.

War Valerie auch auf so ein Ergebnis aus? Wollte sie Diana keine Wahl lassen? Sie befanden sich auf einer monatelangen Reise, da konnte es doch wohl kaum sein, dass die Kapitänin des Schiffes die ganze Zeit lang keinerlei Bedürfnisse hatte.

Naja, die hatte sie vielleicht. Aber das würde sie nie zugeben, und schon gar nicht eine kleine Krankenschwester wie Diana in ihre Überlegungen einbeziehen.

Diana nahm ihren Becher und drehte sich etwas unschlüssig auf dem Absatz um. Hier zu sitzen, wenn niemand anderer da war, erschien wie eine ziemlich öde Aussicht. Sie konnte den Becher mit in ihr Quartier nehmen, aber bis dahin wäre der Kaffee kalt.

Sie seufzte und stellte sich an ein Bullauge, die einzige Art von Fenster, die die Crewbereiche hatten. Die Quartiere und Aufenthaltsräume der Crew lagen tief im Bauch des Schiffes, fast schon direkt an der Wasseroberfläche. Hier gab es immer wenig

Licht, wenig Platz, und die Luft roch nach Essen oder nach dem, was die Crewmitglieder, die sich dort aufhielten, gerade getan hatten. Wenn Leute aus dem Maschinenraum an einem Tisch saßen, roch die Messe nach Öl und Metall.

Diana roch ein wenig nach Krankenstation, nach Desinfektionsmittel und Medikamenten. Kein sehr durchdringender Geruch, wenn nicht gerade eine Epidemie ausgebrochen war, aber dieser Geruch ordnete sie eindeutig einer Tätigkeit zu. Wenn das nicht schon die Uniform mit den Abzeichen der medizinischen Abteilung tat.

Sie nahm einen weiteren Schluck von ihrem Kaffee und blickte in die Ferne, die jetzt in der Nacht nichts als Schwärze darstellte. Wenn Diana so Dienst hatte wie heute, sah sie kein Tageslicht. Es war wie im Bauch eines Wals, der erst wieder auftauchte, wenn es dunkel geworden war.

Aber was verpasste sie schon tagsüber? Das blaue Meer, die Sonne am Himmel? Sie hatte sich so sehr daran gewöhnt, dass das nichts Besonderes mehr war. Und das Schiff wurde mit jedem Tag kleiner und kleiner. Es gab kein Entrinnen mit dem Meer als Begrenzung, keine spontanen Ausflüge, außer wenn sie irgendwo anlegten.

Wenn sie irgendwo anlegten. Es war ein paar Tage her, dass sie Madeira verlassen hatten, jetzt waren sie auf dem Weg nach Barbados. Wieder ein Name, der wie pure Romantik klang, wie ein Versprechen von Exotik und Abenteuer.

Aber mittlerweile hatte Diana das Gefühl, diese Versprechen waren genauso wie die Versprechen auf den Plakaten damals in Valeries Büro: hübsche, bunte Bilder, die nichts mit der Realität zu tun hatten. Denn die Realität hier auf dem Schiff war harte Arbeit, ein Knochenjob.

Sie holte tief Luft. Ihr Becher war leer, sie würde schlafen gehen. Jetzt hatte sie vierundzwanzig Stunden dienstfrei, bis sie Melly ablösen musste.

Sie wandte sich vom Bullauge ab, und automatisch schweifte ihr Blick zum Ausgang, durch den sie in ein paar Sekunden die Messe verlassen würde.

Im selben Moment erschien eine große, weiße Gestalt im Rahmen. Es sah aus wie eine Geistererscheinung. Die Frau in

Weiß. Fast hätte Diana gelacht, aber es dauerte nur den Bruchteil einer Sekunde – vielleicht nicht einmal so lange –, bis sie den Kapitän in der Uniform erkannte.

Diana erstarrte, und sie hatte den Eindruck, als ginge es der Gestalt im Türrahmen ebenso. Aber dann gaben sie sich beide fast gleichzeitig einen Ruck, Diana begab sich zum Abfalleimer, um ihren Becher dort zu entsorgen, und Valerie kam in die Messe herein, warf kurz einen Blick zu Diana und sagte:

»Sonst treffe ich nie jemanden hier um die Zeit.« Lässig steuerte sie den Kaffeeautomaten an, nahm sich einen Becher und drückte auf den Knopf für einen doppelten Espresso.

Seit sie Madeira verlassen hatten, hatten sie kein Wort mehr miteinander gesprochen, der Käpt'n war wie immer beschäftigt gewesen und Diana auch. Diana hätte nicht gedacht, dass sie der plötzliche Anblick wie ein Schlag treffen würde, aber das hatte er getan.

Sie räusperte sich und trat vom Abfalleimer zurück, neben dem sie wie bestellt und nicht abgeholt stehen geblieben war. »Meine Schicht war gerade zu Ende, und ich dachte, ich trinke noch einen Kaffee, bevor ich schlafen gehe«, erwiderte sie, aber sie merkte, dass ihre Stimme belegt klang.

Valerie nahm ihren Becher aus dem Automaten und schaute Diana an. »Ich nutze diese Zeit immer, um mich mit der *Königin* zu unterhalten.«

Diana runzelte die Stirn. Es war nicht ganz einfach zu verstehen, was mit dieser Bemerkung gemeint war.

Valerie schmunzelte. »Das klingt merkwürdig, nicht? Ich spreche mit dem Schiff. Aber so ist es nun einmal. Tagsüber ist es dafür zu geräuschvoll, mit all den Menschen, aber jetzt, nachts, kann ich hören, was sie mir zu sagen hat. Und ich verspreche ihr, dass ich sie nie im Stich lassen werde, wenn sie mich auch nicht im Stich lässt. Hat bisher immer funktioniert. Ich glaube, wir sind beide ganz zufrieden.« Sie nahm einen Schluck von ihrem Kaffee.

Dianas Lippen verzogen sich zu einem unsicheren Lächeln. »Klingt merkwürdig, ja. Aber auch beruhigend. Immerhin sind wir alle davon abhängig, dass Sie und die *Königin* sich gut verstehen.«

»So sehe ich das auch.« Valerie nickte.

Genauso, wie Alex gesagt hat, dachte Diana. *Das Schiff steht an erster Stelle. Das Schiff ist es, worum sie sich Sorgen macht, wofür sie etwas empfindet. Gibt es überhaupt einen Menschen, der dasselbe Gefühl in ihr auslösen kann?*

»Wie geht's denn so in der Krankenstation?«, fragte Valerie beiläufig. Sie warf einen Blick in die Finsternis hinter dem Bullauge, als ob sie das mehr interessierte als Diana.

Tat es wahrscheinlich auch. Der Käpt'n war nicht auf der Brücke, aber sie musste kontrollieren, wohin das Schiff fuhr, selbst von hier unten aus und wenn sie gar nichts sehen konnte. Oder vielleicht konnte sie das sogar. Mit einem dritten Auge, das nur Kapitäne hatten.

»Die Ausgabe für Medikamente gegen Seekrankheit ist zurückgegangen«, antwortete Diana, bemüht, ihre Stimme professionell klingen zu lassen.

»Für Sie selbst auch?« Valerie hob anscheinend leicht amüsiert die Augenbrauen.

Das ärgerte Diana. Nur weil der Käpt'n einen Magen hatte wie ein Pferd, musste sie sich ja nicht über andere lustig machen, die nicht ganz so robust ausgestattet waren. »Ja, danke der Nachfrage«, entgegnete sie schnippisch. »Ich übergebe mich nur noch so ein oder zwei Mal am Tag.«

»Wirklich? Geht es Ihnen so schlecht?« Auf einmal schien Valerie Kemp besorgt, sie trat einen Schritt auf Diana zu.

Hab ich dich. »Nein.« Diana lächelte. »Das war nur ein Scherz. Es geht mir sehr gut, ich habe mich an das Schaukeln gewöhnt. Mittlerweile finde ich es sogar angenehm.«

»Ja, nicht?« Die hochgewachsene Frau in der weißen Uniform atmete durch, als wäre sie erleichtert. »Ich kann an Land immer schlecht schlafen, weil mir die Bewegung fehlt. Ein Bett, das absolut ruhig steht, ist irgendwie seltsam.«

»Für Sie wäre wahrscheinlich ein Wasserbett das Richtige.« *Hör auf, mit ihr über Betten und schlafen zu reden, das ist gar kein gutes Thema!*

Valeries Mundwinkel zuckten, als fände sie die Idee amüsant. »Es ist nicht dasselbe«, sagte sie. »Und ich bin auch so wenig an Land, da würde sich die Investition gar nicht lohnen.«

»Ich kann mir nicht vorstellen, wie es ist, immer auf dem Wasser zu sein.« Diana schüttelte den Kopf. »Für mich ist die Lebensweise auf dem Land die normale. Das Wasser ist die Ausnahme.«

»Das ist wohl für die meisten Leute so.« Die Kapitänin wirkte auf einmal abwesend. Sie ging zum Bullauge und blickte hinaus in die Dunkelheit. »Das Meer ist vielen so fremd, sie verstehen nicht –« Ihre Stimme war leise geworden, bevor sie ganz abbrach. Sie drehte sich um und holte tief Luft. »Dann wird diese Reise als Krankenschwester an Bord eines Schiffes wohl ihre erste und letzte sein?«

Diana hatte den Eindruck, als klänge die Stimme der Kapitänin nun etwas gezwungen, als wollte sie der Frage eine Leichtigkeit geben, die sie nicht hatte. Sie schüttelte unschlüssig den Kopf. »Das kann ich jetzt noch nicht sagen. Wir sind ja noch gar nicht so lange unterwegs. Erst am Ende der Reise werde ich wohl wissen, ob es mich reizt, noch einmal so etwas zu machen.«

Valerie musterte Diana für einen Moment, dann ging sie zum Abfalleimer und warf ihren Becher hinein. »Wenn Sie darüber nachdenken, werden Sie es nicht tun«, stellte sie nüchtern fest. »Entweder der Virus packt einen gleich von Anfang an oder gar nicht.«

»Es tut mir leid, ich wollte nicht –« Diana fühlte sich auf einmal schuldig, aber sie konnte nicht sagen, was sie nicht empfand.

»Schon gut.« Valeries Gesicht verzog sich zu einem gezwungenen Lächeln. »Sie haben sich nicht wirklich um diesen Job gerissen, oder?«

»Ich –« Diana atmete tief durch. »Nein«, sagte sie dann ehrlich. »Die Praxis des Arztes, bei dem ich zuletzt gearbeitet habe, wurde geschlossen. Ich wäre gern dort geblieben.«

»Krankenschwestern werden immer gesucht.«

»Oh, das hat sich geändert.« Diana lachte etwas bitter auf. »Die Gesundheitsreform. Wenn man überhaupt Arbeit bekommt, dann zu so einem niedrigen Tarif, dass man kaum seine Miete bezahlen kann. Dafür soll man aber rund um die Uhr schuften.«

»Das müssen Sie hier auch.«

»Das ist etwas anderes.« *Und es gibt einen Bonus, der sich nicht in Geld ausdrücken lässt,* fügte Diana in Gedanken hinzu. *Die Kapitänin ist zum Anbeißen.*

»Wieso?«

»Äh ...« Diana schnappte überrumpelt nach Luft. Aber die Bemerkung der Kapitänin bezog sich natürlich auf das, was Diana gesagt, nicht auf das, was sie gedacht hatte. »Nun ja«, sie lachte nervös, »immerhin bekomme ich eine Kreuzfahrt umsonst dazu.«

»Stimmt.« Valerie Kemp nickte. »Und Sie waren noch nie an all diesen Orten. Deshalb machen die Passagiere die Reise ja auch.«

»Als Passagier wäre ich wohl nie auf dieses Schiff gekommen, das könnte ich mir gar nicht leisten«, erwiderte Diana. »Aber ich bin froh, dass Sie eine Krankenschwester gesucht haben.«

»Tatsächlich?« Valerie hob die Augenbrauen. »Es war doch wohl eher eine Notlösung für Sie. Weil die Arbeit an Land nicht attraktiv genug war.«

Diana hatte das Gefühl, sie hätte sich selbst in eine Ecke manövriert. Vielleicht hätte sie nicht so offen sein sollen zu der Frau, die schließlich ihr oberster Boss war und über ihr Wohl und Wehe hier an Bord entschied. »Ich bin nicht direkt mit einem Abenteuer-Gen geboren«, entgegnete sie gereizt, »das ist wahr.« Sie versuchte sich zu verteidigen, weil Vorwurf in Valeries Stimme mitgeklungen hatte, und bekam dadurch einen spitzen Tonfall. »Aber darf man nicht auch dann einmal träumen? Wenn man nicht schon mit Schwimmhäuten an den Füßen geboren worden ist?«

Valeria lachte leise auf. »Soll ich meine Schuhe ausziehen? Ich glaube, ich habe keine.«

»Entschuldigung.« Diana verzog das Gesicht. »War nicht so gemeint. Ich bin eine Landratte, ja, aber ich habe angefangen, mich hier an Bord wohlzufühlen in einer Art ... in einer Art –«

Sie wusste nicht mehr weiter. Es war alles zu verwirrend. Es war ähnlich wie im Botanischen Garten. Wenn Valerie ihr so nah war, konnte sie einfach nicht mehr denken.

»In einer Art ...?« Valerie hob fragend die Augenbrauen.

»In einer Art, wie ich es nie gedacht hätte«, beendete Diana den Satz ärgerlich. »Vor allem, nachdem ich am Anfang ohne Medikamente nicht einmal geradeaus gehen konnte bei hohem Seegang.«

»Und jetzt beherrschen Sie die ganzen Begriffe schon perfekt. Seegang. Fast wie ein Matrose.« Valerie grinste.

»Sie machen sich über mich lustig. Gute Nacht.« Diana dampfte mit sichtbarer Wut zur Tür.

»Schwester Diana.« Valeries Stimme klang sanft und befehlend zugleich.

Diana blieb stehen, drehte sich aber nicht zum Käpt'n um.

»Ich habe es auch nicht so gemeint«, sagte Valerie. »Ich bin manchmal wirklich schon wie ein alter Seebär. Wie mein Vater. Er war ein wunderbarer Mann, aber er konnte auch recht griesgrämig sein. Das macht die Einsamkeit auf See.«

»Es sind Hunderte von Leuten an Bord.« Jetzt wandte Diana sich Valerie zu.

»Auf jeder Reise sind es Fremde«, sagte Valerie. »In manchen Städten leben Millionen von Menschen, aber man kennt sie nicht.«

Diana machte vorsichtig einen Schritt auf Valerie zu. »Besuchen Sie Ihren Vater, wenn Sie an Land gehen?«

Valeries Gesichtsausdruck war nicht zu entschlüsseln. Er reflektierte das wenige Licht, das von den Deckenlampen kam, wie eine bronzene Maske. »Das kann ich nicht«, sagte sie. »Er ist mit seinem Schiff untergegangen. Schon lange her.«

»Oh.« So etwas hatte Diana nicht erwartet. Für einen Moment blieb sie stumm. »Das tut mir leid«, sagte sie dann. »Er wäre sicher sehr stolz auf Sie gewesen. Dass Sie in seine Fußstapfen getreten sind.«

Valerie zuckte die Schultern. »Vielleicht. Er hat in mir die Sehnsucht für das Meer geweckt, aber die Aufgabe der Frauen ist es, zu Hause auf den Kapitän zu warten, nicht selbst der Kapitän zu sein. Er wäre vielleicht überrascht, wenn er mich jetzt sehen würde.«

»Und stolz.« Diana lächelte zuversichtlich. »Davon bin ich überzeugt.«

»Sind Sie in die Fußstapfen Ihres Vaters getreten? Oder Ihrer

Mutter?« Valerie ging zu einem Tisch und setzte sich. Sie machte eine einladende Geste. »Es ist nicht das Kapitänsdinner, aber immerhin der Tisch des Kapitäns.« Sie lächelte leicht. Das Lächeln verlieh ihr ein weniger offiziersmäßiges Aussehen. Es stand ihr gut.

»Welche Ehre.« Diana grinste fast, ging zum Tisch und setzte sich Valerie gegenüber. »Weder noch«, beantwortete sie ihre Frage. »Mein Vater war Bauingenieur und meine Mutter Lehrerin.«

»War?«

Diana fühlte den Schatten wiederkehren, von dem sie immer glaubte, er wäre endgültig verschwunden. »Sie starben, als ich vierzehn war. Danach bin ich bei einer Tante aufgewachsen.« Sie lächelte warm. »Einer sehr netten Tante. Ich weiß nicht, was ohne sie geworden wäre.«

»Ein Unfall?« Valerie faltete die Hände vor sich auf dem Tisch.

»Ja.« Diana atmete tief durch. »Ein betrunkener Fahrer, der auf die Gegenfahrbahn geriet. Meine Eltern hatten keine Chance.«

Valerie sagte nichts, sondern schaute sie nur an.

»Das Leben geht weiter.« Diana verzog schief die Mundwinkel. »Jeder verliert seine Eltern irgendwann.«

Noch immer schien Valerie stumm. »Irgendwann«, wiederholte sie endlich, »und auf natürliche Weise ist etwas anderes als plötzlich und durch Gewalt.«

Diana nickte. Nun war sie an der Reihe, stumm zu sein. Sie saßen einfach da und hingen ihren Gedanken nach.

Nach einer Weile räusperte Valerie sich. »Gibt es außer Ihrer Tante denn niemanden, der an Land auf Sie wartet?«

Aber hallo. Warum interessiert dich das? Diana überlegte, was sie antworten sollte. »Nein, nicht mehr«, sagte sie dann. »Das ist vorbei.« Ihr Blick ruhte auf dem unbeweglichen Gesicht der Kapitänin. Sie hätte gern gefragt, ob jemand auf *sie* an Land wartete, aber sie traute sich nicht.

»Vielleicht ist es besser so«, murmelte Valerie Kemp, als spräche sie mehr zu sich selbst als zu Diana. Sie schaute dabei vor sich hinunter auf den Tisch. Dann blickte sie auf einmal hoch. »Aber Sie haben hier an Bord ja schon Kontakt gefunden«, fuhr sie mit einem merkwürdigen Gesichtsausdruck fort.

Diana lachte leicht. »Da es für uns keine Einzelkabinen gibt, war das unvermeidlich.« Aber sie wusste, dass der Kapitän nicht Melly meinte. Selbst auf die Brücke mussten Mellys Präferenzen durchgedrungen sein.

Kapitän Kemp wirkte von der Antwort etwas aus dem Konzept gebracht. »Sind Sie nicht zufrieden mit der Kabineneinteilung?«

»Doch, doch, ist schon in Ordnung.« Diana lachte erneut. »Melly und ich haben ja immer abwechselnd Dienst, da sehen wir uns kaum.«

»Wir können leider keinen so großen Luxus bieten wie die *Queen Mary* oder ähnliche Giganten«, erklärte der Kapitän offenbar nicht besonders erbaut von Dianas Bemerkung. »Das habe ich Ihnen schon bei der Einstellung gesagt.«

Diana lächelte. Wenn es um das Schiff ging, verstand die Kapitänin keinen Spaß. »Die *Königin* ist ein wunderbares Schiff«, versicherte sie beruhigend, und automatisch, weil sie das so oft bei Patienten tat, beugte sie sich vor und legte eine Hand auf Valeries.

Es fuhr wie ein elektrischer Schlag durch die breiten Schultern in der goldbetressten Uniform, und der Schlag kehrte zu Diana zurück und ließ sie bis in die Zehenspitzen erzittern. Beide erstarrten wie unter einem Schock aus einer Hochspannungsleitung. Keine zog ihre Hand zurück.

Diana fühlte, wie ihre Lippen trocken wurden. Ihr ganzer Mund vermittelte plötzlich den Eindruck einer sandigen, ausgedörrten Wüste. Sie versuchte zu schlucken, aber ihr Mund war in der Tat so trocken, dass selbst das nicht gelang. »Tut ... tut mir leid«, flüsterte sie unfähig sich zu rühren.

Eine Antwort kam nicht von der anderen Seite des Tisches. Bis endlich Valeries Hand sich unter Dianas drehte und sie umfasste.

Dianas Finger schlossen sich ebenfalls um die Hand der Kapitänin, und wieder saßen sie nur stumm da. Diana fühlte das Kribbeln aus ihren Zehenspitzen aufsteigen bis in ihren Schoß. Ihre Brustwarzen ließen sich nicht daran hindern, gegen den Stoff des BHs zu stoßen, ohne die Barriere überwinden zu können, obwohl sie das eindeutig wollten.

Valeries Daumen fuhr so selbstvergessen, als ob sie es gar nicht bemerken würde, über Dianas Handrücken, dann hob sie langsam den Blick und drang damit direkt in Dianas Augen ein.

Diana hatte das Gefühl, sie würde festgenagelt. Diese Augen, die unendlich über die Weite des Meeres schweifen konnten, waren ihr plötzlich so nah, als wollten sie alles in sich aufnehmen wie ein Mikroskop.

Valerie stand auf, ohne Dianas Hand loszulassen, und glitt um den Tisch herum, beugte sich über Diana und küsste sie.

Diana spürte die kräftigen und befehlsgewohnten Lippen, die doch so weich auf ihren lagen. Eine vorsichtige Zungenspitze bat sanft um Einlass, und Diana öffnete ihre Lippen, während ihr Herz so laut an ihrem Hals schlug, dass Valerie es hören musste. Oder fühlen, weil sie nun begann, Dianas Mund zu erforschen.

Diana seufzte leise. Es war wie eine Erlösung und gleichzeitig das Tor zu mehr Erregung. Sie suchte Valeries Zunge mit ihrer eigenen. Valerie schien fast etwas überrascht und stockte.

»Komm«, hauchte Diana, sich nur leicht von Valeries Lippen lösend.

Als hätte sie diese Aufforderung gebraucht, tauchte Valerie nun wieder in Dianas Mund ein, wurde fordernder.

Da Valerie noch immer ihre Hand festhielt, hob Diana den anderen Arm und legte ihn um Valeries Nacken. So unterstützt hob sie sich leicht an und versuchte sich an Valerie zu schmiegen. Ihre Brustwarzen schienen sich vordrängeln zu wollen, Diana wünschte sich nackt zu sein.

Valeries starker Arm legte sich nun auch um sie, umschlang ihre Taille, hob sie hoch, aber sie richtete sich nicht ganz auf, so dass Diana nun rückwärts gebeugt praktisch unter ihr hing. Dadurch pressten sich ihre Brustwarzen durch ihre eigene gegen Valeries Uniform, dass Diana meinte, Valerie müsste sie wie Speerspitzen spüren.

Valerie schien unendlich viel Luft in ihren Lungen aufgespeichert zu haben, denn langsam wurde Diana schwindelig, weil Valerie nicht aufhörte sie zu küssen. Diana ließ ihre Hand von Valeries Nacken nach vorn gleiten und schob sie leicht von sich weg. Endlich konnte sie wieder atmen, als ihre Lippen sich voneinander lösten.

Diana keuchte, sie konnte nicht sprechen.

Valerie richtete sich auf, immer noch mit Diana im Arm, so dass sie zum Schluss beide standen. Ihre Augen glitten über Dianas Gesicht, als suchten sie eine Antwort darin, ohne eine Frage gestellt zu haben.

»Käpt'n …«, hauchte Diana.

»Valerie reicht.« Amüsierte Mundwinkel hoben sich. »Manche bevorzugen auch Val.«

»Ich bevorzuge Valerie.« Dianas Atem normalisierte sich langsam. »Ich hasse diese Abkürzungen.«

»Okay, dann werde ich darauf verzichten, dich Di zu nennen.«

»Ich bitte darum.« Immer noch lag Diana in Valeries Arm, und es fühlte sich so gut an. Sie schmiegte sich noch mehr an Valerie und legte ihren Kopf an die starke Schulter.

Auf einmal spürte sie, wie zärtliche Finger sanft ihr Haar streichelten. Es war eine so zarte Bewegung, wie Diana sie Valeries kräftiger Hand gar nicht zugetraut hätte. Sie schloss die Augen, und Valeries Hand wanderte tiefer, zu Dianas Nacken, zu ihrer Schulter, den Rücken entlang bis zu ihrer Taille, wo sie liegenblieb, als wüsste sie den Weg nicht.

»Valerie …«, flüsterte Diana. Zum ersten Mal sprach sie den Namen so aus, wie ihn Verliebte wispern. »Ich wollte schon immer einmal die Kabine des Käpt'ns sehen.«

Valerie rührte sich nicht, sagte auch nichts. Es schien, als hätte sie Diana gar nicht gehört. Dann plötzlich löste sie sich von ihr und streckte eine Hand aus. »Komm.«

Diana lächelte, nahm die Hand und folgte Valerie aus der Messe hinaus.

Valerie nahm jedoch nicht den Weg zu ihrer Kabine, sondern den an Deck. Kurz darauf standen sie nebeneinander an der Reling.

Diana betrachtete Valeries Profil, das von der Nachtbeleuchtung des Schiffes wie ein Scherenschnitt hervorgehoben wurde. Es war ein scharfes Profil, eine entschlossen hervorstehende Nase, eine hohe Stirn, ein Kinn, das keinen Widerspruch duldete. Diana hatte das Gefühl, Valerie verschmolz mit dem Schiff zu einer Einheit, wie eine Gallionsfigur, deren Bestimmung es war, das Schiff zu führen, bei Regen und bei Wind, bei Sonne und Nebel, untrennbar verbunden.

»Es ist schön hier draußen«, bemerkte Diana leise. »Nachts, wenn es so ruhig ist. Ich war bisher immer nur bei Tag an Deck.«

Valerie wandte den Kopf zu ihr. »Es ist der schönste Platz auf der Welt. Ich könnte mir nicht vorstellen, irgendwo anders lieber zu sein.«

Diana schob ihren Arm unter Valeries. »Ich im Moment auch nicht.« Sie schmiegte sich an Valerie und fühlte die Wärme ihres Körpers, von der sie noch viel mehr fühlen wollte.

Valeries Augen fixierten einen Horizont, der in der Schwärze nicht zu erkennen war. Die Züge ihres Gesichts erschienen wie aus Stein gemeißelt. Sie hing ihren Gedanken nach und sagte nichts.

»Es ist schön, hier bei dir zu sein«, wisperte Diana. »Als ob wir ganz allein auf der Welt wären.« Sie schmiegte sich noch mehr an und wünschte sich, Valeries starke Arme wieder um sich zu spüren, aber diesmal ohne die Uniformen dazwischen.

»Wenn wir das wären ...« Valerie drehte sich zu ihr um und schaute sie an. »Aber ich bin der Kapitän dieses Schiffes, und morgen sind wir nicht mehr allein.«

Diana brauchte einen Augenblick, um zu begreifen, dass Valerie ihr damit etwas sagen wollte. »Du meinst, wir –« Sie schluckte. »Es ist dem Käpt'n nicht erlaubt –« Sie fühlte ihr Herz sinken.

»Erlaubt ist das falsche Wort. Es wäre einfach nicht richtig«, erwiderte Valerie ernst. »Ein Kapitän, der mit der Crew fraternisiert, verliert den Respekt aller. Und das könnte die ganze Fahrt gefährden, die Disziplin –«

»Fraternisiert?«, unterbrach Diana sie aufgebracht. »Du hast mich geküsst!«

»Ja, es war mein Fehler, ich gebe es zu.« Es schien fast, als machte Valerie eine leichte Verbeugung zur Entschuldigung, wie ein galanter Kavalier.

»Ein Fehler.« Dianas Stimme klang dumpf.

»Es tut mir leid, Diana. Ich hätte das nicht tun sollen.« Valerie musterte ihr Gesicht.

Vor Dianas innerem Auge spielten sich Szenen ab, die ihr auf einmal wieder in den Sinn kamen. Valerie hatte sie von Anfang an nicht gemocht, schon das Vorstellungsgespräch war nicht gerade berauschend gewesen. Aber da hatte sie noch gedacht, sie würde ›Frau Kemp‹ nie wiedersehen, hatte sie für die Sekretärin gehalten.

Als sie dann an Bord des Schiffes kam und feststellen musste, dass sie mit dem Kapitän gesprochen hatte, war ihr die Peinlichkeit ins Gesicht geschrieben gewesen, und Valerie hatte sich darüber amüsiert. Genauso wie über Dianas Unfähigkeit, sich auf dem Schiff zurechtzufinden. Dumme, kleine Krankenschwester. Fand nicht einmal die Krankenstation.

Und dann war sie auch noch seekrank geworden. Damit hatte sie wahrscheinlich den letzten Rest von Valeries Respekt verloren. Und was hatte sie dann beschlossen? Dass Diana für nichts gut war, aber vielleicht doch für eine Sache? Die eine Sache, die jede Frau konnte? Dass das vielleicht eine Entschädigung sein könnte für ihre sonstige Unfähigkeit?

Diana wurde immer wütender. Sie erst anzumachen und jetzt einfach so stehenzulassen. Valerie hatte bestimmt bemerkt, was Dianas Blicke, ihr ganzes Verhalten, ausdrückten. Dianas Gefühle waren ihr nicht verborgen geblieben, aufmerksam, wie sie war, sein musste in ihrem Beruf. Immer alles wahrnehmen, Situationen einschätzen, Risiken vermeiden.

War es das, was sie jetzt tat? Ein Risiko vermeiden? Welches Risiko? Das Risiko, der Crew gegenüber einmal, ein einziges Mal nur, wie ein Mensch dazustehen?

Respekt. Ja, das war ein großes Wort. Valerie wollte respektiert werden, aber respektierte sie Diana? Ihre Gefühle? Ihre Wünsche?

Nein. Das einzige, was zählte, war das, was für Valerie Kemp gut war. Danach hatten sich alle anderen zu richten.

Sie hatte das Bedürfnis gehabt, Diana zu küssen, also hatte sie es getan. Und nun hatte sie das Bedürfnis, den Kapitän rauszukehren, und tat das ebenso. Ganz wie es ihr beliebte. Die anderen hatten zu springen.

»Wofür hast du mich ausgenutzt?«, fragte Diana verletzt. »Ich bin dir nicht einmal ein kleines Abenteuer wert, also was sollte dann der Kuss?«

»Wärst du lieber ein kleines Abenteuer?« Valeries Stimme klang so sachlich wie der Wetterbericht.

Diana heulte auf wie ein getroffenes Tier, hob außer sich beide Arme und hieb damit auf Valerie ein. »Du . . . du . . .!«

Valerie hielt ihre Handgelenke fest. Die Schläge hatten ihr anscheinend nichts ausgemacht. »Es tut mir leid«, wiederholte sie. »Mehr kann nicht sagen. Ich habe einen Fehler gemacht, der sich nicht wiederholen wird.«

Diana starrte sie an. Valerie ließ ihre Handgelenke los, als sie merkte, dass Diana sich nicht mehr wehrte. Für einen Augenblick verharrten beide voreinander wie die Kontrahenten in einem Boxkampf, die sich abgekämpft hatten und nun eine Pause brauchten.

Auf einmal drehte Diana sich um und rannte los, hielt das Schluchzen in ihrer Kehle zurück, bis sie das Deck verlassen hatte, und wankte dann stolpernd, weil ihre Tränen ihr keine klare Sicht erlaubten, den Gang entlang.

Ein Fehler, pochte es in ihrem Kopf. *Ich bin ein Fehler. Sie findet, ich bin nichts weiter als das. Es war ein Fehler, mich einzustellen, und nun war es ein Fehler, mich zu küssen.* Sie blieb stehen und hielt sich an der Wand fest. *Und der größte Fehler war, dass ich ihr gezeigt habe, wie sehr es mir gefallen hat, dass ich mehr wollte.*

Es war so ungeheuer peinlich. Sie war wie ein Teenager in Valeries Arme gesunken, hatte sie fast angebettelt, mit ihr zu schlafen, und Valerie hatte nein gesagt.

Am besten, sie ging gleich wieder an Deck zurück und sprang über Bord. Das wäre die empfehlenswerteste Lösung.

14

Aber natürlich tat sie das nicht. Sie erreichte mühsam schwankend ihre Kabine, flüchtete sich hinein und verriegelte die Tür von innen. Melly hatte Dienst, sie würde nicht kommen, und jemand anderer brauchte es gar nicht zu versuchen.

Das wird sie nicht, dachte sie. *Warum sollte sie? Sie hat gesagt, was sie sagen wollte. Für sie ist alles klar. Wie immer trifft sie die Entscheidungen, und jedes Mitglied der Crew, inklusive mir, hat das zu akzeptieren. Die Entscheidungen des Käpt'ns stellt man nicht in Frage.*

Valerie machte es sich wirklich leicht. Sie nahm sich, was sie wollte, und dann warf sie es weg, wenn sie es nicht mehr brauchte. Und natürlich definierte *sie*, wie viel von dem, was gerade im Angebot war, sie in Anspruch nahm.

Diana fühlte sich auf eine Art ausgelaugt, wie sie es noch nie nach den vierundzwanzig Stunden Dienst gespürt hatte. Es war etwas anderes, ob der Körper ausgelaugt war oder das Herz.

Sie stellte sich unter die Dusche und versuchte die Schmach abzuwaschen, aber so einfach war das nicht. Nachdem sie sich danach eine Weile im Bett herumgewälzt hatte, nahm sie eine Schlaftablette, und als ob plötzlich jemand das Licht ausgeschaltet hätte, fiel sie in ein tiefes, dunkles Loch.

Als sie am nächsten Morgen erwachte, am späten Vormittag eigentlich, fühlte sie sich wie gerädert. Schlaftabletten waren nicht wirklich erholsam, sie täuschten den Schlaf nur vor, richtigen Schlaf konnten sie niemals ersetzen. Aber sie hatte einfach nicht länger über all das nachdenken wollen, was passiert war – oder nicht passiert. Sie hatte sich genau dieses schwarze Loch gewünscht, in das sie gefallen war, um wenigstens für ein paar Stunden vergessen zu können.

Nur war die Sache damit leider nicht erledigt. Sobald sie die Augen aufschlug, kehrte der bittere Nachgeschmack zurück, die trockene Wüste, die jetzt von ihrem Mund in ihr Herz gewandert war.

Valerie war genauso wie Brigitte. Keinen Deut anders.

Gut, Brigitte hatte nicht auf Sex verzichtet. Im Gegenteil, Diana musste jederzeit zur Verfügung stehen, an jedem Ort, in jeder Position, auf jede nur erdenkliche Art. Bis zur Erschöpfung, wenn es sein musste und es Brigitte so gefiel, weil sie gerade so geil war, dass sie nicht aufhören konnte.

Und sie konnte nicht aufhören. Nicht mit Diana und nicht mit anderen.

Die Demütigung war irgendwann zu groß geworden, und Diana hatte sich geschworen, sich so etwas nie wieder bieten zu lassen. Und was tat sie? Taumelte blind in die nächste Demütigung, als ob sie nichts gelernt hätte.

Aber diesmal ist wirklich Schluss! nahm sie sich vor. *Ich lasse das nicht noch einmal zu. Sie ist der Käpt'n, und wenn sie mir einen dienstlichen Befehl erteilt, werde ich den ausführen. Aber mehr nicht.*

Die nächsten Tage durchpflügte das Schiff die ruhige See, den ganzen Tag über sah man nur Wasser, nirgendwo Land in Sicht. In ganz weiter Entfernung war ein anderes Kreuzfahrtschiff zu sehen, aber sie begegneten sich nicht, die fuhren wohl eine andere Route.

Schließlich, nachdem die andauernden Seetage langweilig zu werden begannen, legten sie in Barbados an. Diana nahm an einer der vorbereiteten Touren teil, weil sie sich von Valerie nicht den Spaß verderben lassen wollte – den sie allerdings gar nicht hatte, aber wie hätte es ausgesehen, wenn sie sich so einfach geschlagen gab? –, doch nicht einmal die heißen karibischen Rhythmen konnten die Kälte in ihrem Inneren vertreiben. Als das Schiff ablegte, den Bug auf den Panamakanal gerichtet, wie Valerie es befohlen hatte und sicherlich selbst von dort oben hoch über dem Deck kontrollierte, hatte sich für Diana nichts geändert.

Ihr war es so was von egal, wohin Valerie das Schiff fuhr. Diana kümmerte sich um nichts als ihren Dienst und betrat weder die Crew-Messe noch das Deck, wenn auch nur die kleinste Möglichkeit bestand, dass Valerie in der Nähe war.

»Trauerst du der Karibik nach oder freust du dich auf die Südsee?«

»Hm – was?«

»Der Panama-Kanal. Die Verbindung zwischen Atlantik und Pazifik.«

»Ich dachte, du müsstest im Maschinenraum sein während der Durchfahrt.«

»Eigentlich nicht«, antwortete Alex. »Die Maschinen laufen auf kleinster Stufe, die Mulis ziehen uns.« Sie zeigte auf die kleinen Zugmaschinen, Treidelloks links und rechts des Kanals, die die im Vergleich zu ihnen riesige *Königin* im Schlepp hatten. »Und außerdem steht Valerie auf der Brücke. Was soll uns da schon passieren?«

»Hm – ja.«

Alex machte ein schnalzendes Geräusch. »Dein Interesse an Valerie scheint aber sehr abgeflaut zu sein. Das letzte Mal, als wir über sie sprachen, hast du noch von ihr geschwärmt, oder für sie. Ist danach etwas passiert?«

»Warum muss denn immer etwas passiert sein?« Diana drehte sich ärgerlich um, von der Reling weg, an der sie gelehnt hatte, ohne irgendetwas wahrzunehmen. »Und ich habe nicht für sie geschwärmt.«

»Doch, hast du.«

»Du verwechselst das wahrscheinlich mit dir selbst.«

Alex lachte. »Süße, dich hat's aber ganz schön erwischt.«

»Nichts hat mich erwischt. Noch nicht mal ein Schnupfen«, schnappte Diana so biestig, als wollte sie einen Wettbewerb gewinnen.

»Ihr habt doch nicht etwa –?« Alex betrachtete Diana und runzelte angestrengt die Stirn. »Nein, das tut Valerie nicht. Nicht auf ihrem Schiff.«

»*Das tut Valerie nicht*«, äffte Diana Alex nach. »Ja klar, sie ist die edle, makellose Heldin in der weißen Uniform.«

»Hat sie's getan?« Alex spitzte skeptisch die Lippen. »Das wundert mich.«

»Sie ist auch nur ein Mensch. Das müsstest du doch am besten wissen, du kennst sie wahrscheinlich von uns allen am längsten.«

»Gerade deshalb.« Erneut musterte Alex Dianas Gesicht. »Oh nein«, fuhr sie dann nach einer Weile fort. »Du bist ihr böse, weil sie es *nicht* getan hat.«

»Was zum Teufel hätte sie tun sollen?« Dianas Augen blitzten.

»Das, was du gern gehabt hättest?« Alex legte friedfertig eine

Hand auf Dianas Schulter. »Gräm dich nicht. Es ist ihr eisernes Prinzip. Sie verstößt niemals gegen Prinzipien.«

»Ach nein?« Dianas Lippen pressten sich zusammen. »Dann gibt es wohl verschiedene Stadien von Prinzipien.«

Alex hob die Augenbrauen. »Also, komm schon, lass dich doch nicht so bitten. Was ist passiert?«

»Nichts.« Diana starrte auf den winzigen Spalt zwischen der hochaufragenden Schiffswand und der Begrenzung des Kanals, die sich langsam an ihnen vorbeischob. Nur wenige Zentimeter trennten sie davon, an den Steinen entlangzuschrammen. Tief unter ihnen war ein schmaler Streifen Wasser zu sehen. »Ein Kuss bedeutet nichts. Jedenfalls nicht für Kapitän Kemp.«

»Ein Kuss? Sie hat dich geküsst?« Alex stieß einen überraschten Pfiff aus. »Das hätte ich nicht gedacht.«

»Sie hat es wahrscheinlich längst vergessen. Es war für sie nicht wichtig.« Diana versuchte ihren Gesichtsausdruck zu beherrschen, aber sie war darin bei weitem nicht so gut wie Valerie.

Alex durchschaute sie sofort. »Aber für dich war es das. Und du hast es noch lange nicht vergessen.« Sie schüttelte den Kopf. »Es wäre aber besser, das würdest du tun. Ich weiß nicht, was da zwischen euch passiert ist, aber wenn Valerie so weit gegangen ist, dich zu küssen, wird sie jetzt umso mehr darauf achten, sich von dir fernzuhalten.«

»Das braucht sie nicht«, bemerkte Diana ätzend. »Ich will sie nie mehr wiedersehen.«

»Schwierig, hier auf dem Schiff. Wir haben noch eine lange Reise vor uns.« Alex betrachtete sie etwas mitleidig. »Es tut mir leid, dass es so gelaufen ist. Nachdem du mir von Madeira erzählt hattest, war mir klar, dass Valerie Interesse an dir hat –«

»Sie hat kein Interesse an mir!«, unterbrach Diana sie wütend. »Sie hat mich einfach –«

»Nur geküsst«, setzte Alex nickend fort. »Aber das auf ihrem Schiff. Wahrscheinlich bis du die einzige Frau, die das von sich sagen kann.«

»Da bin ich jetzt aber stolz!« Diana fauchte wie eine gereizte Wildkatze. »Sie nimmt sich einfach, was sie will, weil sie der Käpt'n ist, so sieht's doch aus. Alle anderen sind ihr egal.«

»Wenn das so wäre, hätte sie mit dir geschlafen, dich nicht nur geküsst«, sagte Alex. »Du kennst sie nicht. Sie ist kein leichtfertiger Mensch.«

»Schön für sie.« Dianas Stimme triefte vor Spott. »Deshalb hat sie dann wahrscheinlich auch einen Rückzieher gemacht – nachdem ich mich ihr an den Hals geworfen und mich zum Narren gemacht hatte. War bestimmt ein tolles Gefühl für sie.«

»Diana.« Alex griff an Dianas Schultern und drehte sie zu sich. »Du bist jetzt einfach nur aufgebracht, weil sie dich zurückgewiesen hat. Das verstehe ich. Aber glaub mir, sie macht sich bestimmt selbst die größten Vorwürfe, dass sie sich zu diesem Kuss hat hinreißen lassen. So ist sie. Sie hält nicht viel von Gefühlen, wenn sie mit der Pflicht kollidieren. Das ist ein großes Dilemma für sie.«

»Ach, soll ich sie jetzt etwa auch noch bedauern?« Diana kochte immer noch.

»Nein, sollst du nicht«, versicherte ihr Alex mit beruhigender Stimme. »Sie hätte sich zurückhalten sollen, aber selbst sie hat manchmal ihre schwachen Momente. Und dass sie einen solchen Moment mit dir hatte, macht ihr jetzt bestimmt schwer zu schaffen. Verzeih ihr doch einfach. Du bist in der stärkeren Position.«

»Ich bin was?« Diana riss die Augen auf.

Alex grinste. »Du hast sie dazu gebracht, dich zu küssen. Du hast sie dazu gebracht, ihre Pflicht zu verletzen und ihre Prinzipien für einen kurzen Augenblick zu vergessen. Wenn du sie kennen würdest, wüsstest du, was das bedeutet.«

»Es bedeutet, sie hat keine Gefühle«, murmelte Diana. »Oder wenn, dann nur für das Schiff. Das habe ich schon gemerkt. Die *Königin* hätte sie nie zurückgewiesen.«

Alex lachte laut auf. »Diana, du bist eifersüchtig auf ein Schiff! Merkst du das? Das ist sinnlos. Das habe ich dir von Anfang an gesagt. Entweder du schlägst dir Valerie aus dem Kopf oder –«

»Das habe ich schon«, erwiderte Diana, nun wieder in normaler Lautstärke, und richtete sich auf. »Das habe ich längst. Du irrst dich, wenn du glaubst –« Sie brach ab und schaute nach vorn, wo der Bug der *Königin* nun fast die Schleuse erreicht hatte. »Musst du nicht vielleicht doch mal in den Maschinenraum? Sieht aus, als würden wir die Schleuse gleich rammen.«

»Valerie hat die Maschinen schon stoppen lassen.« Alex legte leicht den Kopf schief. »Aber vielleicht hast du recht. Gleich werden wir sechsundzwanzig Meter angehoben, damit wir in den Gatún-See einfahren können. Dann sind wir auf gleicher Höhe. Ich gehe mal runter und schaue nach, ob alles in Ordnung ist, damit wir wieder Fahrt aufnehmen können.« Sie warf noch einen Blick auf Diana, nickte ihr zu und ging.

Kurz darauf fuhr die *Königin* in die Schleuse ein, und nachdem die Schleuse geschlossen worden war, glitt das große Schiff wie von Geisterhand langsam von dem einlaufenden Wasser angehoben nach oben, die gemauerten Begrenzungen links und rechts wurden schmaler und schmaler, bis sie ganz verschwanden und der See vor ihnen auftauchte.

Die Gatún-Schleuse wurde geöffnet, sie passierten die Ausfahrt und glitten durch den See, der sich lang dahinzog. Diana sah Schaufelbagger an den Ufern, die ständig Schlamm und Steine aus dem See holten. Der Panama-Kanal sollte erweitert werden. Der Preis dafür war braunes Wasser, in dem wahrscheinlich kein Fisch mehr lebte. Die Einfahrt zum Traumziel Südsee sah nicht sehr paradiesisch aus.

Das dauerte jedoch nicht lange, schon einen Tag später verwandelte sich das Wasser in blaugrün schimmernde Seide, die sich sanft bewegte. Und jetzt konnte man auch feststellen, woher der Pazifik seinen Namen hatte: Es war unglaublich still. Der stille Ozean. Im wahrsten Sinne des Wortes. Auch das Wasser rührte sich kaum, nur eine leichte Brise ließ winzige Wellen entstehen, wie ein Relief auf der Oberfläche. Einzig ein paar Vögel, die das Schiff begleiteten, brachten etwas Leben in die friedliche Stimmung. Sie tauchten, fischten, setzten sich auf die Reling und schienen ganz mit sich und der Welt zufrieden zu sein.

Die nächsten Tage würden wieder reine Seetage sein, sie legten nirgendwo an, sondern überquerten nur den Pazifik, so wie sie auf der anderen Seite Amerikas den Atlantik überquert hatten. Diana stellte sich auf eine ruhige Woche ein.

Dr. Fjodorowa befreite sie und Melly von dem abwechselnden

24-Stunden-Dienst und trug ihnen nur auf, ihr Notfunkgerät immer bei sich zu haben.

Zwei Tage kam Diana sich vor, als hätte sie Urlaub. Am späten Abend des dritten Tages, Diana wollte sich gerade schlafen legen, ertönte das nervige Piepen. »Mist«, murmelte sie zu sich, »können die nicht tagsüber krank werden?«

Schnell warf sie sich in ihre Uniform, dann eilte sie in die Krankenstation. Aber zu ihrer Überraschung war die leer.

Kurz nach ihr hastete Melly heran und blies die Wangen auf. »Wieso habe ich jetzt mein Date stehenlassen und bin hierher gerannt?«

»Weil wir demnächst einige Notfälle haben werden.« Dr. Fjodorowa kam aus dem Nebenraum.

»Demnächst?« Diana zweifelte. *Seit wann wissen wir vorher, wann Leute krank werden?*

»Ein Notruf. Wir haben einen Notruf von einem Fischerboot empfangen, deren Motor ist ausgefallen, und sie haben ein Leck. Treiben schon seit Tagen ohne Wasser und Lebensmittel im Meer. Wir machen kleinen Umweg, um sie aufzusammeln.«

»Und wann werden wir das Boot treffen?«

»In einer Stunde ungefähr. Bis dahin müssen wir hier einiges vorbereiten. Vor allem sollen die Passagiere so wenig wie möglich von den Schiffbrüchigen mitkriegen.«

Diana atmete etwas zu laut aus, so dass sie sich einen bösen Blick von Dr. Fjodorowa einfing. Nach deren Körpersprache zu urteilen war ihr das auch nicht recht, irgendwelche Fremden aufnehmen zu müssen, aber die Hilfe zu verweigern wäre auf gar keinen Fall in Frage gekommen.

Eine Stunde später war die Krankenstation für verdurstende, verhungernde, verletzte Fischer vorbereitet. Die Uhr tickte vor sich hin, Diana und Melly gähnten um die Wette.

Da wurden auf einmal im Gang Stimmen laut, dann ging die Tür auf. Der Sicherheitsdienst begleitete zwei Männer mit sonnengegerbter Haut und schwarzen Haaren herein, die etwas scheu aus dunklen Augen blickten. Einer hatte seine Hand in einem provisorischen Verband, der andere wankte ein wenig.

»Mehr nicht?«, fragte Dr. Fjodorowa.

»Nein, nur die zwei, den anderen geht es gut. Sie haben per

Funk etwas übertrieben. Der eine hat sich die Hand beim Versuch, den Motor zu reparieren, verletzt, der andere scheint nur etwas dehydriert zu sein.«

Die medizinische Crew machte sich an die Arbeit.

Die Hand war nicht schlimm verletzt, ein neuer Verband, Antibiotika, und der Mann konnte die Krankenstation wieder verlassen. Der zweite sollte die Nacht über am Tropf bleiben.

Ein Sicherheitsmann blieb bei ihm am Krankenbett, so dass Diana und Melly gehen durften.

15

Am nächsten Morgen waren die Schiffbrüchigen Thema Nummer Eins beim Frühstück. Diana setzte sich an den Tisch zu Alex, die gerade dabei war, von dem Kutter zu erzählen.

»Das ist vielleicht ein runtergekommenes Wrack, alles alt, rostig und morsch. Kein Wunder, dass der Motor seinen Geist aufgegeben hat. Wenigstens konnten wir das Leck stopfen und mit unseren Pumpen das Wasser rauspumpen.«

»Und was passiert nun? Bleiben die Jungs jetzt an Bord?«, fragte Diana mit leichtem Unbehagen. Die zwei, die sie auf der Krankenstation versorgt hatte, sahen ihr etwas zu finster aus.

»Nein, gottseidank nicht. Anordnung vom Käpt'n, die Passagiere sollen auf gar keinen Fall gestört werden. Wir haben den Kutter ins Schlepptau genommen und bugsieren die mit zum nächsten Hafen, also Tahiti. Dort können sie dann selbst weitersehen. In jedem Fall sollen die Kerle auf ihrem Boot bleiben, Lebensmittel und Wasser haben sie von uns gekriegt.«

»Aber was schon komisch ist«, schaltete sich ein Brückenoffizier ein, »ist, dass die keine Fische auf ihrem Kahn haben. Keine Netze, keine Behälter, noch nicht mal Angeln. Nichts. Und da, wo wir die aufgelesen haben, gibt es auch nichts zu fischen mit so einem Mini-Boot. Ich frage mich, was die wirklich sind.«

»Schmuggler.« Die unvermeidliche Janine hatte sich ebenfalls zu ihnen gesellt. »Die schmuggeln garantiert Drogen oder so. In jedem Fall sehen sie so aus.« Sie verzog eine Miene.

»Derartige Gerüchte will ich nicht noch einmal hören!«

Der gesamte Tisch zuckte zusammen, schlagartig war es mucksmäuschenstill. Diana blieb fast das Herz stehen.

Unbemerkt war Valerie in die Crew-Messe gekommen und hatte wohl Janines Bemerkung gehört.

»Was unter den Passagieren getratscht wird, kann ich leider nicht beeinflussen, aber ich will, dass meine Crew bei der Wahrheit bleibt! Seemannsgarn wird auf meinem Schiff keins gesponnen!« Sie drehte sich um und verließ die Messe wieder.

Hörbar atmeten alle aus.

»Puh, wenn das kein Rüffel war ...« Alex verdrehte die Augen. »Naja, ich muss sowieso wieder zu meinen Maschinen zurück.« Sie stand auf und ging.

Diana versuchte ihren rasenden Herzschlag wieder in den Griff zu bekommen. Das eben war die erste Begegnung, wenn man es denn so nennen konnte, mit Valerie gewesen seit jener fatalen Nacht. Schon allein Valeries Stimme ließ sie erzittern, und das nicht deshalb, weil sie ihnen allen einen Rüffel erteilt hatte. Nein, da gab es andere Gründe.

Sie schaute auf die Uhr. Da sie nun Patienten hatten, hatte ihre Schicht bereits vor fünf Minuten begonnen. Eigentlich wollte sie noch einen Schlenker zum Heck machen, um sich das neue Anhängsel genauer anzuschauen, aber dann würde sie noch einen viel größeren Rüffel von Dr. Fjodorowa bekommen.

In der Mittagspause packte sie jedoch die Neugier, und sie begab sich zum Heck des Schiffes. An der Schleppleine taumelte der Fischkutter auf den Wellen herum, dass Diana schon beim Hinschauen fast schwindelig wurde. Den Rost konnte man schon von weitem sehen, das ganze Boot wirkte tatsächlich gammelig und morsch. Und klein. Mit so was schipperten die im Pazifik herum?

Dann fiel ihr Blick auf die Seeleute, die gerade aus der Kajüte kamen. Neben ihr raunte es. Einige Frauen hatten sich ebenfalls am Heck versammelt und bestaunten die braungebrannten, muskulösen Männeroberkörper.

Diana musste ein Lachen unterdrücken. Was da bei diesen

Kreuzfahrtdamen in der Kabine lag, war schon was anderes als diese gut gebauten Kerle hier. Und wenn da keine Männer, sondern hübsche mit üppigen Kurven versehene junge Frauen auf dem Kahn gewesen wären, dann stünde sie jetzt inmitten einer Horde sabbernder alter Männer. Sie schüttelte den Kopf, dann verließ sie das Heck wieder.

In der Krankenstation traf sie auf eine strahlende Melly. »Hast du die Jungs gesehen? Maaaann, das sind mal Kerle!« Schwärmend rollte sie mit den Augen. »Diese Muuuskeln . . .«

Diana seufzte. Würde das jetzt bis Tahiti so weitergehen? Das konnte ja heiter werden.

16

Auch in den nächsten Tagen verlor der Fischkutter nichts von seiner Anziehungskraft. Die Männer hatten längst mitbekommen, dass sie Unterhaltungsprogramm für die weiblichen Passagiere waren und zeigten sich immer wieder mit freiem Oberkörper, während sie irgendwelche Sachen auf ihrem Boot hin- und herschleppten. Wahrscheinlich hätte eine Hälfte der Passagiere nichts dagegen gehabt, die Männer an Bord der *Königin* zu sehen, doch Valerie änderte ihre Order nicht.

Dianas Befürchtung, die Krankenstation würde nun mit ohnmächtig gewordenen Groupies bevölkert, bewahrheitete sich zwar nicht, dafür wurde Mellys Laune immer schlechter.

»Jetzt hat der mir schon wieder abgesagt. Hält man das für möglich? Hängt lieber mit diesen Mexikanern auf diesem schäbigen Boot rum, anstatt mit mir auszugehen.«

»Mexikaner?«, fragte Diana.

»Ja, Ralf sagt, es wären Mexikaner.« Melly zog dabei den Mund etwas schief. Von ihrer anfänglichen Schwärmerei war offensichtlich nicht mehr viel übrig.

»Ralf?« Diana kam mit Mellys wechselnden Bekanntschaften nicht mehr so recht mit.

»Navigationsoffizier. Er und der Erste kennen sich von früher, die hängen neuerdings dauernd bei unseren *Gästen* rum. Angeblich wollen sie sich mal irgendwann ein eigenes Schiff kaufen, und die Mexikaner könnten ihnen so tolle Routen zeigen, oder so.«

»Was hat der Käpt'n über die Verbreitung von Gerüchten befohlen?« Dr. Fjodorowa stand plötzlich hinter ihnen.

»Das sind keine Gerüchte, das stimmt«, erwiderte Melly trotzig.

Diana seufzte nur. Sie hatte Valerie, seit sie das Fischerboot aufgegabelt hatten, nicht mehr gesehen. Während ihrer langen Schichten auf der Krankenstation war Melly, wenn sie denn während ihrer freien Zeit einmal vorbeikam, ihre einzige Ansprechpartnerin, denn Dr. Fjodorowa redete nicht viel. Doch wenn Mellys Laune wegen irgendwelcher Männer auf dem Tiefpunkt war, dann wurden Gespräche mit ihr immer eindimensionaler.

Derart dröge hatte sie sich ihren Job an Bord eines Kreuzfahrtschiffes nicht vorgestellt.

17

Eines Nachts, sie konnte mal wieder nicht schlafen, weil ihre Gedanken ständig nur um Valerie kreisten, stand Diana auf, zog sich ein T-Shirt und eine Jogginghose über und ging an Deck. Vollkommen ruhig war es, nur das Rauschen des Meeres war zu hören.

Diana schlenderte Richtung Bug, wo sie jedoch Stimmen vernahm. Sie war nicht in Stimmung, auf irgendjemanden von der Crew zu stoßen, also kehrte sie um und lief zum Heck. Hier schien sich niemand aufzuhalten. Der dunkle Schatten des Fischerbootes folgte der *Königin*, es schien aber kein Mensch an Deck zu sein.

Sie lehnte sich an die Reling und starrte auf das aufgeschäumte Wasser unter sich.

Da näherten sich Schritte. Diana warf einen Blick zur Seite, doch zu spät. Die andere Person hatte sie bereits entdeckt.

»Nanu, kein Kaffee?«, fragte Valerie, die für einen Moment gezögert hatte, nun jedoch auf sie zukam.

»Ich ... ich konnte nicht schlafen.« *Dumm, dusselig, dumm!* Wie sah das hier aus? Als ob sie schlafwandelte?

»Hm.« Valerie lehnte sich neben sie an die Reling. Nicht direkt neben Diana, sie hielt einen ihr wohl angemessen erscheinenden Abstand.

Diana wartete eine Weile, ob noch etwas kommen würde, dann konnte sie sich nicht mehr zurückhalten, es war wie eine Welle, die sich in ihr aufbaute und mit Gewalt nach außen drängte. »Hast du dein Gespräch mit der *Königin* schon gehabt?«

»Wie?« Valerie sah aus, als hätte Dianas Frage sie völlig überrumpelt. »Ach so. Ja. Es ist alles in Ordnung.«

Das denkt sie wohl. Das denkt sie wohl wirklich. Heftige Schauer jagten durch Dianas Körper, sie war zum Denken kaum noch fähig. Sie hatte noch nie zu Gewalttätigkeiten geneigt, aber sie hatte Lust, Valerie zu schlagen. Nur um ihr irgendetwas zu entlocken, das nicht wie eine erzwungene, gleichgültige Antwort klang. »Valerie –«

»Ich kann nicht, Diana, bitte.« Valerie schien den Abstand zwischen ihnen noch zu vergrößern. »Es tut mir leid. Ich dachte, hier wäre niemand.«

»Das dachte ich auch.«

»Lieblingsplätze auf Schiffen sind leider begrenzt«, bemerkte Valerie gedämpft. »Ich wollte dich nicht stören.« Sie richtete sich auf. »Ich habe meinen Rundgang noch nicht beendet, ich gehe dann wieder.«

»Du kannst ruhig bleiben.«

»Das hat keinen Sinn, Diana.« Valerie zögerte und atmete dann tief durch. »Ich habe einen Fehler gemacht, aber ... es ist nicht nur ...« Eine selten erlebte Unsicherheit lag in ihrer Stimme. »Ich habe Verpflichtungen«, fuhr sie auf einmal wieder gefasst fort.

»Ja, ich weiß, die *Königin*.« Diana seufzte.

Es schien, als ob Valerie noch mehr zögerte als zuvor. »Nein, nicht nur die *Königin*.«

Diana hob die Augenbrauen. »Nicht? Ich dachte, das wäre der

entscheidende Punkt. Alex sagte –« Sie biss sich auf die Zunge.

»Alex?« Valeries Stimme wirkte schlagartig kalt und abweisend. »Ihr redet über mich?«

»Nein, so ist das nicht, ich meine –« *Oh Gott! Warum konnte ich nur meinen Mund nicht halten? Wie komme ich da wieder raus?* »Du musst zugeben, dass du mal mit Alex zusammen warst. Und ihr seid immer noch gute Freundinnen.«

»Das dachte ich. Bis eben.« Grimmig war gar kein Ausdruck für die Stimmung, die von Valerie ausging.

»Das seid ihr«, versuchte Diana ihr zu versichern. »Wirklich. Alex sagt nur Gutes über dich.«

Ein Laut, der fast wie ein Knurren klang, entrang sich Valeries Lippen. »Sie sollte überhaupt nichts sagen.«

»Du kennst Alex. Besser als ich. Sie ist kein Plappermaul. Bitte, reg dich ab. Sie hat wirklich nichts gesagt. Nur dass dein Schiff dir über alles geht. Das ist doch nichts Schlimmes.«

Es war für einen Augenblick so still, dass selbst die Wellen, die nur leicht an die Bordwand schwappten, wie das Knallen einer Kanonenkugel wirkten.

»Nein, das ist nichts Schlimmes. Das ist die Wahrheit.« Valerie schien sich zu entspannen. »Über etwas anderes habt ihr nicht gesprochen?«

»Ich ... nein«, behauptete Diana, aber ihre Stimme klang nicht sehr überzeugend.

»Doch«, sagte Valerie. »Was hast du getan? Dich bei ihr ausgeheult? Weil ich nicht das getan habe, was du wolltest?«

»Bitte?« Diana starrte sie mit offenem Mund an. »Was *ich* wollte? Wer hat denn hier wen geküsst?«

»Den Fehler habe ich schon mehr als einmal zugegeben, und ich bereue ihn von Sekunde zu Sekunde mehr.« Wie ein Fels ragte Valerie in der Dunkelheit auf. Ein Fels, an dem alles zerschellte, das es wagte, ihm zu nahe zu kommen.

Diana spürte die Kälte ihr Herz fast lähmen. »Ja, sicher. Die Pflicht, deine Prinzipien – das alles ist dir wichtiger als irgendwelche Gefühle. Das habe ich am eigenen Leib erfahren. Vielen Dank dafür.« Sie stieß sich von der Reling ab und wollte an Valerie vorbeigehen. Dummerweise war das der einzige Weg ins Innere des Schiffes zurück.

Valerie hielt ihren Arm fest. »Es gibt verschiedene Arten von Gefühlen«, sagte sie leise. »Und manchmal ... manchmal muss man auf die anderer mehr Rücksicht nehmen als auf die eigenen.«

Diana lachte trocken auf. »Das habe ich gemerkt! Du hast ungeheure Rücksicht auf meine Gefühle genommen!«

»Das habe ich versucht«, sagte Valerie. »Denn –«, sie räusperte sich, »ich habe eine Frau und zwei Kinder. Die kann ich nicht einfach im Stich lassen. Und ich will sie auch nicht betrügen.«

Diana stand völlig erstarrt da. »Du hast ... eine Familie?«

Valeries Mundwinkel zuckten. »Das traut mir kaum jemand zu, nicht wahr? Aber so ist es. Meine Verpflichtungen Marianne und den Kindern gegenüber sind vorrangig. Alles andere muss dahinter zurückstehen. Und ich bin kein Typ für Affären. Das wollte ich dir nicht zumuten.«

»Wahnsinnig rücksichtsvoll«, murmelte Diana, erschlagen von dieser unerwarteten Eröffnung. Dann jedoch regte sich erneut Wut in ihr. »Warum hast du mir das nicht gleich gesagt? Warum hast du die Entscheidung nicht mir überlassen? Vor oder nach dem Kuss? Stattdessen musste ich mir vorkommen wie –« Sie schluckte. Heiße Schauer liefen ihr über den Körper, als würde sich ihre Haut gleich ablösen. »Du hast mich einfach abserviert, als hätte dir die Vorspeise nicht geschmeckt und du würdest jetzt dankend auf den Hauptgang verzichten.«

»Es tut mir leid, dass du es so empfunden hast, aber ich konnte nicht –«

»Nein, du konntest Marianne nicht untreu werden, das verstehe ich. Ich verstehe doch alles. Mit mir kann man es ja machen!« Dianas Stimme klang so sarkastisch, dass sie sie selbst kaum wiedererkannte. »Ich bin ja nur die kleine Krankenschwester, und du bist die große Kapitänin. Die alles allein entscheidet und niemanden fragen muss.«

Valerie atmete tief durch. »So ist es. Hier an Bord bin ich das Maß aller Dinge. Daran solltest du dich besser gewöhnen.«

Diana fühlte den erneuten Schlag, als wäre es der erste. An Valeries kalte Art würde sie sich nie gewöhnen. Sie konnte so grausam sein. Ob sie das ihrer Frau auch antat? Und den Kindern? »Du bist bestimmt eine tolle Mutter«, stieß sie scharf hervor.

Valeries Haltung schien noch steifer zu werden, als sie es ohnehin schon war, und ihre Stimme noch kühler. »Das geht dich nicht das Geringste an.«

»Nein, natürlich nicht, ich –« Diana war gerade dabei, wütend die Fäuste zu heben, als Valerie sie hart unterbrach.

»Sch! Ruhig!« Sie legte den Kopf schief und horchte.

Diana lachte ironisch. »Redet die *Königin* wieder mit dir?«

»Pscht!« Valerie legte ihre Hand über Dianas Mund.

Diana strampelte und versuchte sich von Valeries Griff zu befreien. Als das nicht gelang, biss sie zu.

Valerie ließ mit einem unterdrückten Fluch los.

»Bist du verrückt?«, rief Diana laut. »Mir den Mund zuzuhalten?«

»Sei still!« Valeries Zischen war gegen Dianas gehobene Stimme leise, aber es war ohnehin zu spät.

»Was ist da?«, hörten sie plötzlich ganz in ihrer Nähe. Eine Männerstimme. Gleich darauf näherten sich schwere Schritte. »He, ist da jemand?«

Weder Valerie noch Diana antworteten, doch unvermittelt erschien eine Gestalt in der schummrigen Beleuchtung.

»Käpt'n?« Der Erste Offizier stand vor ihnen und schien erstaunt.

Valerie runzelte die Stirn. »Sollten Sie nicht auf der Brücke sein?«

»Ach, da ist nichts los«, behauptete Oskar Lekowski, die Nummer zwei an Bord nach Valerie. »Die Nachtwache hat das im Griff.«

»Dennoch haben Sie Dienst«, erwiderte Valerie scharf. »Gehen Sie sofort auf die Brücke zurück, sonst muss ich disziplinarische Maßnahmen ergreifen.«

»Ach ja?« Der Erste grinste und verschränkte die Arme vor der Brust.

»Sie sollten jetzt besser in Ihre Kabine gehen«, wandte Valerie sich an Diana. »Ich denke, wir haben alles besprochen.«

Diana spürte die Spannung ansteigen. Da war irgendetwas zwischen dem Ersten Offizier und Valerie, das sie nicht verstand. »Ja. Ja, ich glaube schon«, erwiderte sie zögernd.

Was ging sie das alles hier an? Valerie hatte ihr eindeutig zu verstehen gegeben, dass sie nichts, absolut gar nichts etwas anging, was Valerie betraf.

Sie nickte, drehte sich um und prallte gegen einen nicht gerade wohlriechenden Mann, das musste einer der Mexikaner sein. Was machte der hier an Bord?

Sie versuchte auszuweichen, aber der Mann hielt sie fest.

»Lassen Sie sie los!«, befahl Valerie.

Doch der Mexikaner dachte nicht daran. Er zischte etwas auf Spanisch, das Diana nicht verstand.

Diana wurde mulmig zumute. Was sollte das hier werden? Doch bevor sie weiter über ihre Situation nachdenken konnte, waren zwei weitere Männer wie aus dem Nichts aufgetaucht, die Uniformen trugen – sie gehörten zur Crew.

»Was zum Teufel soll das hier?« Valerie schaute sich mit zusammengezogenen Augenbrauen um. »Eine nächtliche Crew-Versammlung?«

»Ja, genau, wir sind der Betriebsrat.« Oskar Lekowski lachte, allerdings nicht sehr freundlich. »Und der Käpt'n war nicht eingeladen.«

»Darauf lege ich keinen Wert«, versetzte Valerie kühl, und Diana stellte fest, dass diese Kühle jetzt passend erschien. Sie hielt die Menschen auf Abstand und verschaffte dem Kapitän die überlegene Position, die nötig war, um Befehle zu erteilen.

»Wir auch nicht«, sagte Lekowski. »Wir hätten gern auf Ihre Anwesenheit verzichtet.« Er winkte den Männern in Uniform. »Schafft sie hier weg.«

Die Beiden kamen auf Valerie zu, die nicht zurückwich, sondern sie befehlend ansah. »Gehen Sie auf Ihre Posten!«

Verunsichert blieben die Männer stehen und warfen einen fragenden Blick auf Lekowski. Gleichzeitig zischte der Mexikaner etwas auf Spanisch.

Valerie wandte ihren Blick zu ihm, sie schien erstaunt. Ebenfalls auf Spanisch stellte sie eine Frage.

»Das geht Sie nichts mehr an«, antwortete Lekowski auf Deutsch. »Sie haben hier nichts mehr zu sagen.«

»Das ist *mein* Schiff!« Valeries Augen schienen Lekowski wie Speere zu durchbohren. »Ich werde nicht zulassen, dass jemand mein Schiff übernimmt.«

Lekowski grinste. »Da, Käpt'n, beurteilen Sie Ihre Lage vollkommen falsch.« Er hob eine Hand und schnippte mit den Fingern.

Die beiden Matrosen, die eben noch erstarrt vor Valerie gestanden hatten, stürzten sich auf sie und hielten sie fest. Valerie wehrte sich, bäumte sich auf und trat einem der Beiden schmerzhaft zwischen die Beine.

Er gab einen dumpfen Laut von sich und sackte zusammen, die Schultern über seine Mitte gekrümmt.

Der andere Matrose ließ Valerie überrascht los und starrte entsetzt auf seinen Kumpan.

Mit weit aufgerissenen Augen verfolgte Diana das Schauspiel, es ging alles blitzschnell.

Valerie raste auf sie zu, ihre Finger schnappten um Dianas Arm zu wie eine Handschelle, und sie riss Diana mit sich an den Männern vorbei.

Diana spürte den Schmerz von Valeries hartem Griff erst, als sie wieder losließ. Und das tat sie, weil zwei der Mexikaner ihnen den Weg zum Niedergang versperrten. Damit saßen die beiden Frauen in der Falle.

Valerie wirbelte herum, ihre Augen suchten einen Ausweg, aber es gab keinen. Als sie das erkannte, richtete sie sich auf, als wäre gar nichts passiert, und fragte völlig ruhig: »Was wollen Sie?«

»Nichts, was Sie mir geben könnten, Käpt'n.« Oskar Lekowski kam auf sie zu. »Ich nehme mir schon selbst, was ich brauche. Und im Moment brauche ich die *Königin*.«

»Niemals!« Valerie hob den Arm, aber bevor sie Lekowski schlagen konnte, hatten die beiden Mexikaner sie von hinten gepackt.

»Seien Sie doch vernünftig, Käpt'n«, lächelte Lekowski auf eine schmierige Art wie ein fliegender Händler, der Touristen irgendwelchen Tand verkaufen wollte. »Sie kriegen sie ja zurück. Ich leihe sie mir nur aus.«

»Das werden Sie bereuen«, quetschte Valerie zwischen zusammengebissenen Zähnen hervor. »Sie können mich nirgendwo einsperren hier auf dem Schiff, ohne dass es auffällt. Und ich werde keine Minute ruhen, bis ich Sie dingfest gemacht habe.«

»Das werden wir noch sehen.« Lekowski grinste selbstsicher. »Vielleicht muss ich Sie ja gar nicht einsperren.« Er warf einen Blick auf Diana, die sich erschreckt etwas zur Reling zurückgezogen hatte, aber immer noch neben Valerie stand. »Vielleicht sperren wir stattdessen diese süße Kleine hier ein. Eine Krankenschwester wird so schnell niemand vermissen. Wir sagen eben, sie ist krank.« Er lachte, als hätte er einen Witz gemacht. »Und wenn der Käpt'n nicht spurt, könnte ihr etwas passieren.« Er trat einen Schritt auf Diana zu und fuhr ihr mit einem Finger über die Wange. Diana zuckte zurück. »Da könnte ich mir schon einiges vorstellen.«

»Lassen Sie sie in Ruhe!« Valerie bäumte sich auf und versuchte sich von den beiden Mexikanern zu befreien, aber die lachten nur dreckig und hielten sie noch mehr fest.

Sie riss ihre Beine nach oben, um dem vor ihr stehenden Ersten Offizier einen Tritt zu verpassen, doch der duckte sich rechtzeitig und entging der Attacke. Statt dessen schnappte er sich Valeries Füße, und einen Augenblick später war sie verschwunden.

Mit Entsetzen hörte Diana ein lautes *Platsch!*, dann wurde sie ebenfalls bei Armen und Füßen gepackt, herumgewirbelt, alles drehte sich, oben war unten, unten war oben, ein lautes, beinah donnerndes Geräusch ... Sie war kopfüber ins Wasser eingetaucht.

Strampelnd versuchte sie an die Oberfläche zu kommen, ohne zu viel Wasser zu schlucken. Während sie mit ihren Händen ruderte, ergriffen sie plötzlich etwas. Instinktiv hielt sie sich daran fest und tauchte endlich auf. Es war das Beiboot des Fischkutters, an dem sie hing.

Mit letzter Kraft zog sie sich ins Innere des Bootes, wo sie erst einmal erschöpft und hustend liegenblieb. Tausend Gedanken schwirrten ihr durch den Kopf. Was war da gerade eben passiert? Hatten die sie tatsächlich über Bord geworfen? Und Valerie ebenfalls? Valerie ... Valerie!

Da tauchte ein Schatten über ihr auf, etwas blinkte im Schein des Mondes. Diana war viel zu verwirrt, um zu begreifen, dass der Alptraum noch nicht zu Ende war. Regungslos beobachtete sie die Messerklinge, die sich ihrem Hals näherte.

»Halt! *Pare!*«, schrie jemand, und die Klinge bewegte sich nicht mehr.

Der Erste Offizier ließ sich an einer Strickleiter, die neben der Bordwand der *Königin* hing, auf den Fischkutter hinunter und stieß den Mexikaner, der Diana gerade erstechen wollte, zur Seite. Wütend redete er auf Spanisch auf ihn ein.

Dann schaute er zu Diana hinunter. Offensichtlich im Zwiespalt darüber, was er tun sollte, schnaubte er ein paarmal wie ein unwilliges Pferd durch die Nase, dann riss er dem Fischer das Messer aus der Hand und hieb damit auf die Leine ein, mit der das Beiboot am Fischkutter befestigt war.

Wie in Trance verfolgte Diana das Geschehen, ohne sich auch nur einmal zu rühren. Das Beiboot löste sich, der Abstand zum Kutter wurde größer und größer ... die *Königin* glitt einer Mutter gleich, die ihren halbwüchsigen Jungen hinter sich herzieht, davon ...

Langsam, ganz langsam wurde sich Diana ihrer Situation bewusst, obwohl die so unwirklich, so surreal schien, dass sie gar nicht wahr sein konnte. Das musste ein Traum sein. Ein schlimmer Alptraum. Gleich würde sie schweißgebadet aufwachen und an die Decke ihrer Kabine starren.

Doch sie wachte nicht auf. Sie begann zu frösteln. Vorsichtig rappelte sie sich hoch und starrte in die Dunkelheit. Sie war allein! Sie war mutterseelenallein mitten auf einem Ozean! Sie würde –

Da bewegte sich etwas. Zwischen den glitzernden Wellen bewegte sich etwas.

Schlagartig wurde Diana sich wieder bewusst, dass auch Valerie über Bord gegangen war. »He, hier!«, rief sie und schaute sich auf dem Boot nach Paddeln um. Es gab keine. Also versuchte sie mit den Händen zu rudern, allerdings wenig erfolgreich.

Dennoch kam die Silhouette, die gleichmäßig auf und ab schwamm, näher, bis sie schließlich das Boot erreichte.

Diana beugte sich ins Wasser, um Valerie dabei zu helfen, ins Boot zu klettern. Sie packte Valerie bei den Armen und zerrte sie nach oben, Valerie schwang gleichzeitig ihre Beine hoch. Mit einem Ruck plumpste sie ins Boot. Keuchend und hustend blieb sie liegen.

Dianas Krankenschwesterninstinkte erwachten sofort. Sie versuchte Valerie auf die Seite zu drehen, damit sie das Wasser, das sie offensichtlich geschluckt hatte, wieder loswerden konnte.

»Schon gut.« Valerie stieß Diana fast von sich. Jedoch dann fragte sie: »Geht es dir gut?«

»Soweit man das sagen kann ...« Diana hob den Arm und deutete auf die immer mehr in der Dunkelheit verschwindende *Königin*.

»Verdammt!« Valerie rappelte sich auf. »Was zum Teufel ist da nur passiert?«

Dianas Widerspruchsgeist kehrte zurück. Sie fror, sie war durch und durch nass, sie schwamm in einer Nussschale auf dem Ozean, und wer war daran schuld? »Woher soll ich das wissen?«, schnappte sie. »Du bist der Käpt'n.« Sie starrte Valerie an. »Zumindest warst du das noch bis vor kurzem.«

»Das bin ich immer noch.« Valerie überlegte einen Moment. »Was zur Hölle hat Oskar mit der *Königin* vor?«

»Das ist im Moment wohl kaum unser Problem.« Dianas Zähne klapperten. »Wo sind wir eigentlich? Ist hier Festland in der Nähe?« Sie drehte sich um und versuchte in der Dunkelheit irgendetwas auszumachen, aber nur die schwächer werdenden Lichter der *Königin* waren zu sehen.

Valerie lachte kurz auf. »Festland? Du bist gut. Das liegt zirka sechstausend Kilometer hinter uns. Und vor uns ist gar nichts.«

»Oh mein Gott.« Diana schluckte. »Und was ... wie ...« Ihre Worte erstickten in Tränen. Ihr wurde mehr und mehr bewusst, in welchen Schlamassel sie geraten war.

Valerie schaute sie an. »Beruhige dich. Es hat keinen Sinn, in Panik zu geraten. Der Pazifik ist voller Inseln und Kreuzfahrtschiffe. Entweder wir werden aufgelesen, oder wir stranden irgendwo.«

Warum nimmst du mich nicht einfach in den Arm? dachte Diana. *Das würde mich bestimmt beruhigen.*

Aber Valerie schien nicht die Absicht zu haben, irgendetwas in dieser Art zu tun. Ihre Augen folgten der *Königin*, als könnte sie sie dadurch zurückholen. »Okay, wir warten jetzt erst einmal ab.« Ihr Blick wanderte hinauf an den Sternenhimmel. »Wenn wir doch nur Ruder hätten«, murmelte sie. »Es wäre kein Problem zu navigieren.«

»Du weißt, wo wir sind?«

Valerie machte ein spöttisches Geräusch. »Natürlich weiß ich das. Denkst du, ich fahre die *Königin* nach Gefühl?«

Nein, sicher nicht, dachte Diana. *Gefühle sind ja ohnehin nicht deine Spezialität.* »Entschuldigen Sie bitte, Frau Admiral«, erwiderte sie spitz. »Dann dürfte es für Sie ja wohl kein Problem sein, uns nach Hause zu bringen.«

»Sei nicht albern.« Valerie musterte sie wieder mit ihrem befehlsgewohnten, kühlen Blick. »Es nützt nichts, wenn du jetzt hysterisch wirst.«

»Hysterisch?« Diana wäre fast aufgesprungen, aber das Boot schwankte bei der ersten heftigen Bewegung so stark, dass sie dann doch lieber darauf verzichtete. »Du nennst mich hysterisch? Ich sitze hier mitten im Ozean, nur weil du nicht auf dein blödes Schiff aufpassen konntest –« Sie brach schluchzend zusammen.

»Sch-sch.« Nun zog Valerie sie doch in ihre Arme. »Alles wird gut.« Sie klopfte tröstend ganz leicht auf Dianas Rücken. »Wir müssen nur warten. Wenn es hell wird, kommt bestimmt ein Schiff vorbei.«

»Bestimmt?«, schniefte Diana. Valeries Wärme und Nähe waren so beruhigend. Sie hätte immer so in ihrem Arm liegenbleiben können.

»Bestimmt«, wiederholte Valerie. Sie löste sich vorsichtig von Diana und schaute sie an. »Versuch zu schlafen. Dann geht die Zeit schneller vorbei.« Sie rutschte an die Seitenwand des Bootes und streckte eine Hand aus. »Komm.«

Diana konnte kaum noch die Augen offenhalten. Sie war müde, schrecklich müde. Sie fror in den nassen Sachen, und alles war so sinnlos. Sie glitt in Valeries Arm, kauerte sich zusammen und schloss die Augen. Nur ein bisschen ausruhen.

18

Mit einem Schwindelgefühl und flauem Magen erwachte Diana. Es dämmerte, und das Boot schaukelte auf und ab. Ein stärkerer Wind wehte, der das Meer aufpeitschte und die Wellen höher und höher trieb.

Valerie saß immer noch aufrecht an der Bordwand, Dianas Kopf war fast in ihren Schoß gerutscht. *Wie romantisch,* dachte Diana für einen Augenblick, bevor sie sich daran erinnerte, wo sie waren. Und in welcher Situation.

Mit einem Blick auf Valeries schlafendes Gesicht rappelte Diana sich hoch. Meer. Wohin sie blickte, war nur Wasser. Kein Land, kein Schiff, gar nichts. Sie fühlte, wie die Tränen ihr in die Augen stiegen. Valerie hatte gelogen. Bestimmt hatte sie gelogen, das konnte sie ja gut. Kein Schiff würde kommen, niemand, niemand ... Ein verzweifeltes Schluchzen entrang sich ihrer Kehle.

»Was ist?« Anscheinend war Valerie aufgewacht.

»Nichts.« Diana wischte sich die Tränen fort, bevor sie sich zu Valerie umdrehte, doch es war sinnlos, denn sie rollten sofort wieder über ihre Wangen. »Ja, genau das ist es«, schluckte sie. »Nichts. Hier ist gar nichts. Nichts, nichts, nichts!« Sie merkte selbst, wie ihre Stimme sich in immer größere Panik steigerte.

»Hör auf!«, fuhr Valerie sie hart an. »Wir müssen einen kühlen Kopf bewahren. Alles andere macht unsere Situation nur schlimmer.«

»Ach ja? Ist das überhaupt möglich?« Diana blitzte Valerie wütend an. »Schlimmer kann es doch gar nicht werden.«

»Hast du Durst?«, fragte Valerie.

Diana schluckte erneut, und diesmal bemerkte sie, wie trocken ihre Kehle war. »Ja.«

»Hm.« Valerie nickte. »Ich auch. Und wir haben kein Wasser.«

Diana schaute sich um. »Und ich dachte, wir hätten jede Menge.«

»Kein Trinkwasser«, berichtigte Valerie. »Selbst du wirst ja wohl wissen, dass man Salzwasser nicht trinken kann.«

»Selbst ich?« Es hatte einfach keinen Sinn. Valerie hatte vielleicht Lust gehabt, mit ihr zu schlafen, aber für Diana als Person interessierte sie sich nicht. Es war ihr völlig egal, wie sie sich fühlte, ob das, was Valerie sagte, Diana verletzte. Sie sah nur ihre eigenen Interessen und Bedürfnisse. »Noch nie gehört«, erwiderte sie ätzend. »Ich habe meine Patienten immer mit Salzwasser gesundgepflegt, ich dachte, das wäre normal.«

Valerie betrachtete sie eine Weile stumm. »Das ist kontraproduktiv«, sagte sie dann. »Statt uns zu streiten sollten wir unsere Kräfte vereinen und das Boot irgendwo hinsteuern, wo uns jemand finden kann.«

»Und wo ist das?« Diana starrte sie immer noch verletzt an. »Das Steuer überlasse ich gern dir, ich habe ja sowieso keine Ahnung.« Sie ließ sich auf die Sitzbank plumpsen und verschränkte die Arme, um sich darüber zu beugen und zu wärmen.

Valerie blinzelte nach oben. »Es sieht so aus, als ob sich die Wolken auflösen würden. Dann müsste der Wind auch nachlassen. Wenigstens sind wir so recht schnell trocken geworden.«

»Ich bin begeistert.« Diana wusste nicht, was schlimmer war: in nassen Klamotten frieren oder mit nach außen gekehrtem Magen alles doppelt und dreifach sehen, denn langsam begann ihr schlecht zu werden.

Valerie sagte nichts mehr, sondern begab sich an die Ruderpinne, um den Kurs zu bestimmen.

Immer schneller stieg die Sonne an den Himmel, und innerhalb kürzester Zeit war es brennend heiß. Dieses Wetter, das die Passagiere an Bord so genossen hatten, das sie lachend an den Pool und auf das Lido-Deck getrieben hatte, wirkte auf einmal bedrohlich. Dianas Kopf begann zu brummen. Sie stöhnte und legte die Hände an die Schläfen.

»Kopfschmerzen?« Valerie schaute zu ihr herüber.

»Du hast nicht zufällig irgendwelche Tabletten dabei, oder?« Diana hatte das Gefühl, sie müsste sich gleich übergeben.

»Bevor ich das nächste Mal über Bord geworfen werde, nehme ich noch ein Erste-Hilfe-Pack mit.« Valerie schien ganz ernst.

»Die Sonne brennt mir ein Loch in den Kopf, und du machst Witze. Echt toll.« Diana wäre am liebsten über Bord gesprungen. Valerie und sie, hier auf engstem Raum – und es war kein romantischer Traum. Eher das Gegenteil. Sie wünschte sich, sie könnte die Situation so schnell wie möglich beenden.

Valerie ließ die Ruderpinne los und zog ihre Jacke aus. »Hier. Das kannst du als Sonnenschutz verwenden.« Sie reichte Diana die Jacke.

Zuerst zögerte Diana, doch dann wurde ihr klar, dass ein Sonnenstich kein Zuckerschlecken war. Das zumindest hatte sie als Krankenschwester gelernt. Sie nahm die Jacke und hielt sie sich über den Kopf. Sofort wurde der Schmerz gelindert, als der Schatten auf sie fiel.

Valerie stand auf, hielt sich eine Hand als Sonnenschutz über die Augen und suchte das Meer ab. Nach einer vollen Runde setzte sie sich wortlos, klemmte die Ruderpinne wieder unter ihren Arm, und da der Wind nachgelassen hatte, schaukelten sie nur leicht vor sich hin.

Jetzt, da die Sonne nicht mehr ungehindert ihren Kopf versengen konnte, fühlte Diana sich schon etwas besser. Sie ließ die Jacke auf ihr Haar sinken und ruhte ihre Arme aus. »Bekommst du keinen Sonnenstich?«

Valerie verzog leicht die Mundwinkel. »Würdest du mich dann pflegen?«

»Womit?« Diana hob die Hände. »Du hättest das wirklich besser organisieren sollen mit dem Über-Bord-Werfen.«

Valerie zog die Augenbrauen zusammen. »Was will Oskar nur?«, fragte sie eher sich selbst als Diana. »Er kann die *Königin* nicht einfach entführen. Mit den vielen Passagieren an Bord kann er auch nicht ewig auf See bleiben. Und ich glaube kaum, dass ihn die ganze Mannschaft unterstützt. Die paar Mexikaner und ein paar Leute vielleicht. Das geht nicht lange gut. Sie werden bemerken, dass wir nicht da sind, und es gibt keine Erklärung, warum sowohl der Käpt'n als auch eine Krankenschwester über Nacht verschwunden sein sollen.« Sie lachte leicht. »Dr. Fjodorowa wird sicherlich nichts als Erklärung akzeptieren, wenn man ihr eine ihrer Schwestern raubt!«

Diana musste bei der Vorstellung auch lachen. »Das allerdings. Sie wird allen die Hölle heißmachen und herauszufinden versuchen, was mit uns passiert ist. Was werden sie dann tun?

Sie auch über Bord werfen?«

»Ich glaube nicht.« Valerie sah nachdenklich aus. »Sie hatten das nicht geplant. Wir waren einfach nur zur falschen Zeit am falschen Ort. Oskar hatte etwas anderes vor.«

»Aber was?« Diana schüttelte den Kopf. »Wenn du immer noch an Bord wärst, könnte der Erste nichts tun, ohne dich zu fragen.«

Valerie nickte. »Oder er hätte mich tatsächlich eingesperrt und behauptet, ich wäre krank.«

Diana schmunzelte. »Das hätte Dr. Fjodorowa bestimmt auch nicht akzeptiert, ohne dich persönlich behandeln zu wollen.«

»Vielleicht haben sie einfach nicht so weit gedacht.« Valerie runzelte die Stirn. »Diese Mexikaner sehen nicht so aus, als würden sie überhaupt sehr weit denken. Was auch immer Oskar mit denen zu tun hat. Ich kenne ihn nicht sehr gut, es war meine erste Fahrt mit ihm.« Sie zuckte die Schultern. »Ich mochte ihn nie besonders, aber er ist ein guter Seemann.«

»Besser als du?«

Valeries Mundwinkel zuckten. »Nein, nicht besser als ich. Wenn ich ein ordentliches Schiff hätte, würde ich ihn schnell einholen.« Sie atmete tief durch und warf einen resignierten Blick auf das Boot. »Hiermit allerdings nicht.«

Erneut stieg Panik in Diana hoch. »Was sollen wir jetzt machen?« Furchtbare Gedanken kamen in ihr auf. Sie trieben in einer Nussschale mitten auf dem Meer, ohne Nahrung, ohne Wasser. Sie würden sterben! Sie würden jämmerlich verdursten! Sie würden in einem Sturm kentern und ertrinken! Sie würden von Piraten aufgelesen und zu Sklavenarbeit gezwungen werden! Sie würden –

»Schhhh, ruhig, ich bin ja da«, erklang Valeries Stimme in Dianas Gedanken hinein.

Jetzt erst merkte sie, dass sie angefangen hatte zu zittern, je schlimmer die Vorstellungen ihrer Zukunft wurden. »Valerie … was wird denn jetzt aus uns?«

Valerie seufzte. »Nun … wir treiben auf einer vergleichsweise stark befahrenen Route. Um diese Jahreszeit sind viele Kreuzfahrten hier unterwegs. Die Strömung treibt uns in Richtung der polynesischen Inseln, und das Wetter scheint zu halten.

Es sieht also gar nicht mal schlecht aus für uns.«

»Und was ist mit Piraten?«, fragte Diana stirnrunzelnd.

Valerie schmunzelte. »Hier gibt es keine Piraten. Die tummeln sich am Horn von Afrika.«

Wirklich beruhigt war Diana nicht. »Was ist mit Haien?«

»Du hast zu viele Filme gesehen. Solange du nicht blutend im Wasser hängst und gerade ein hungriger Hai in der Nähe ist, passiert uns nichts.« Valerie begann unbewusst Dianas Rücken zu streicheln. Als sie es merkte, hielt sie sofort inne.

Diana hatte ebenfalls unbewusst die zarte Berührung genossen, aber sie wollte Valerie nicht zum Weitermachen auffordern. Noch immer nagten die brüske Zurückweisung und die Enttäuschung an ihr.

Sie schloss die Augen. In ihrem Magen grollte der Hunger, in ihrer Kehle der Durst. Ihr T-Shirt klebte schweißnass an ihrem Körper. Sie fragte sich, wie lange sie das aushalten konnte, ohne hysterisch zu werden und durchzudrehen. Wenn sie sich wenigstens ganz ohne Hintergedanken an Valerie schmiegen könnte, sich von Valerie beschützen lassen könnte ... sie döste hinüber in einen unruhigen Schlaf.

Ein sanftes Rütteln weckte sie. »He, Diana, wach auf.«

Diana blinzelte. Nein, sie wollte nicht aufwachen. Sie wollte weiterschlafen, denn im Schlaf war alles gut.

»Kannst du mal das Ruder übernehmen? Ich muss mich mal strecken, langsam werde ich steif.« Es ging schon auf den Abend zu, von Minute zu Minute wurde es dunkler.

Unwillig setzte Diana sich auf. Die kleine Bewegung fuhr ihr schmerzhaft durch alle Knochen. Ihre Gelenke waren steif geworden vom langen Liegen in einer nicht wirklich bequemen Position. Sie setzte sich auf und streckte sich, da zuckte ein Blitz durch ihren Kopf. »Au!«, stöhnte sie und rieb sich über die Stirn.

»Schwindelig?«, fragte Valerie, die aufgestanden war und vorsichtig ihre Arme und Beine lockerte. »Das kommt von der Hitze und der Dehydration.«

Wem sagte sie das, schließlich war Diana Krankenschwester. Sie blickte auf das glitzernde Wasser, so nah, so kühl ... ihre Kehle brannte regelrecht, und das Verlangen drohte überhand zu nehmen, doch Diana riss sich zusammen. Wie viele Menschen waren gestorben, weil sie in ihrer Verzweiflung das Salzwasser getrunken hatten?

Diana blickte hoch und betrachtete Valeries Silhouette in der untergehenden Sonne. *Mein Gott, ist sie schön ...* schoss es ihr durch den Kopf. Und alle verdrängten Gefühle für Valerie schwemmten wieder hoch. Diana war zu schwach, um sich erneut dagegen zu wehren. Wie gern hätte sie alles vergessen, hätte einfach von vorn angefangen, als würden sie sich jetzt zum ersten Mal sehen ... doch gleichzeitig mit der Sehnsucht und dem Verlangen nach Zärtlichkeit waren auch die Enttäuschung und die Wut wieder da. *Oh nein, warum muss immer mir so was passieren ...*

»Okay, lass uns tauschen«, sagte sie knapp. »Obwohl es wahrscheinlich egal ist, ob ich am Ruder sitze oder nicht. Hier ist ja sowieso nichts.«

»Es ist immer gut, Wache zu halten«, erwiderte Valerie. »Wir schlafen abwechselnd.«

Diana nickte, setzte sich neben die Ruderpinne und klemmte sie unter ihren Arm. Sie hatte so etwas noch nie in ihrem Leben gemacht, und es kam ihr komisch vor, dass Valerie ihr diese Sache überhaupt zutraute.

Valerie versuchte eine einigermaßen bequeme Position im Boot zu finden, um zu schlafen. Der stille Ozean war so still, dass Diana ihr Atmen hörte, als sie eingeschlafen war.

Ihr Blick wanderte zu den Sternen empor. Die glitzernde Pracht schien sie verhöhnen zu wollen. *Wir sind hier oben, wir sind immer hier oben, und du kleines Menschlein wirst elend verrecken auf dem Meer,* grinsten sie hämisch. Der Große Bär drehte sich zu ihr und brüllte laut. Dann schlug er mit einer Tatze nach dem kleinen Bären, woraufhin der erschrocken quietschte. Schnaubend kam der Stier angaloppiert und drohte das Boot zum Kentern zu bringen, als ihn ein Pfeil aus dem Bogen des Orion traf und er winselnd davonschlich. Der funkelnde Gürtel blendete regelrecht in Dianas Augen, dann begannen alle Sterne wild auf und ab zu springen ... zu tanzen ...

Ein Ruck ging durch ihren Körper, sie fuhr hoch.

Da war es wieder. Etwas schlug gegen das Boot. Valerie hatte sich bereits aufgesetzt und versuchte in der Dunkelheit zu erkennen, was da gegen die Planken stieß und das Boot zum Schaukeln brachte.

»Kannst du was sehen? Was ist das? Ein Hai?«, fragte Diana flüsternd.

Valerie antwortete nicht, sondern starrte weiter auf das glitzernde Schwarz des Meeres.

Nach wenigen Minuten hörte es auf.

»Was auch immer unser Boot erkundet hat, es scheint weg zu sein. Ich konnte aber nicht erkennen, ob es Delfine waren oder größere Fische oder ... meinetwegen ein Hai. Aber Hauptsache, es ist nichts passiert.« Die letzten Worte wurden von einem Gähnen verschluckt.

Diana ließ den Kopf wieder sinken. Ihr Herz hämmerte wild gegen den Brustkorb. Ein hungriger Hai hatte ihnen gerade noch gefehlt. Oder ein Wal, der es lustig fand, das Boot rumzuschaukeln. Mal sehen, ob da was Interessantes drin ist und ob das schwimmen kann. Wie konnte Valerie nur so ruhig bleiben? Sie musste doch viel besser wissen, was alles für Gefahren auf so einem Ozean lauerten.

Das Hämmern ließ dennoch langsam nach, und die Müdigkeit übermannte sie. Diana wollte nicht einschlafen, sie wollte Wache halten, wie sie es versprochen hatte, aber immer wieder nickte sie ein, bis sie endlich über die Ruderpinne gebeugt zusammensank.

19

Der Morgen brachte stechende Kopfschmerzen. Die grelle Sonne sandte unbarmherzig ihre heißen Strahlen auf die Erde und verschonte das kleine Boot nicht.

»Valerie ... Valerie ...«, murmelte Diana durch aufgeplatzte Lippen. Schreien wollte sie, doch aus ihrer Kehle röchelte es nur.

»Bald kommt ein Schiff und rettet uns, bald.« Valerie legte ihr wieder die Jacke über den Kopf, setzte sich neben sie und zog die Jacke dann über ihrer beider Köpfe.

Diana schluchzte. Zum Weinen hatte sie keine Tränen, aber das Schluchzen schüttelte ihren Körper. »Wir werden sterben ... wir werden hier sterben ...«, krächzte sie.

»Nein, das werden wir nicht.« Valeries Stimme klang jetzt sehr entschlossen. »Wir sterben nicht, zumindest nicht hier und nicht heute. Wir müssen kämpfen, wir müssen durchhalten. Die *Königin* wird uns nicht im Stich lassen.«

Tausend Nadeln bohrten sich durch Dianas Kopf. Sobald sie die Augen öffnete, begann sich alles um sie herum zu drehen. Wenn sie die Augen schloss, tanzten winzige Lichtpunkte hinter ihren Lidern herum und machten sie verrückt. *Durchhalten, wir müssen durchhalten* ... das sagte sich so leicht dahin. Immer mehr wünschte sie sich, sie wäre lieber tot, als diese Schmerzen noch weiter ertragen zu müssen.

Ablenkung. Sie musste sich ablenken. Doch sie konnte keinen klaren Gedanken mehr fassen. Alles raste durch ihren Kopf, die Punkte rasten vor ihren Augen ... wie kleine Feen, die durch das Märchenland zischen mit ihren Zauberstäben, Funken sprühen, kichern, verschwinden ... plötzlich wieder auftauchen, ganz weit, in der Ferne ... und sie schleudern die Funken Diana direkt in die Augen, sie hält sich die Hände schützend vors Gesicht, die Funken prasseln wie elektrische Schläge auf sie nieder ... vorsichtig öffnet Diana die Augen wieder, da starrt sie in das hämische Grinsen einer Fee, die sich über sie beugt, tiefe Falten im Gesicht, ein fauliger Atem schlägt Diana entgegen, der aus einem schwarzen Mund mit braunen und schiefen Zähnen dringt, das Gesicht kommt näher und näher, der Mund wird größer, immer größer ... Diana will wieder ihr Gesicht verdecken, doch ihre Hände stecken fest, sie kann ihre Hände nicht bewegen ... der Gestank ist nicht mehr zu ertragen und der riesige, schwarze Schlund droht sie völlig zu verschlingen, da befreit sie sich mit letzter Kraft, schlägt um sich, aber ihre Hände und Arme werden schon wieder festgehalten ... etwas hält sie fest ... sie muss sich wehren, sie muss ...

»DIANA!«

Sie schrie auf.

»Wach auf, verdammt!«

Valeries Rufe drangen zu Diana vor. Sie öffnete die Augen, wollte herumfahren, aber Valerie hatte ihre Arme gepackt und hielt sie fest. »Du hast geträumt, was auch immer es war, es war nur ein Traum.« Der Griff lockerte sich.

»Wo ... was ... ich ...« Diana hob orientierungslos den Kopf. Sie schaute in Valeries besorgte Augen. Dann glitt ihr Blick an Valeries Gesicht hinab, über den Lippen prangte ein blauer Fleck. »War ich das? Oh Mann, das tut mir leid ...«

»Ist ja gut, du kannst ja nichts dafür. Ich war auch ein wenig eingedöst, da trifft mich plötzlich ein Schlag ins Gesicht. Hast du mich vielleicht erschreckt. Ich wollte dich festhalten, aber du hast dich heftig gewehrt und wolltest einfach nicht aufwachen.«

»Ich habe auch etwas Fürchterliches geträumt ... eklig war das. Puh.«

Diana setzte sich und ließ ihre Blicke über das unendliche Meer streifen. Auf den glitzernden Wellen erschien ein Muster, ein schönes, sanftes Muster wie aus tausend Diamanten ... doch dann wurde das Muster unterbrochen. Etwas störte. Diana schloss die Augen, öffnete sie wieder. Da war etwas. »Valerie?«

»Hm?«

»Guck mal, da ist was im Wasser.«

»Was?« Valerie schoss hoch und kniff die Augen zusammen. Sie folgte Dianas ausgestrecktem Arm. Dann hielt sie ihre Hände schützend über die Augen.

»Und? Siehst du das auch?«

»Was meinst du? Da ist nichts, nur Wasser.«

»Aber da hinten, da ist eine Insel, oder ein Schiff, oder irgendetwas.«

Valerie strengte sich deutlich an, schüttelte aber nur den Kopf. »Das ist eine Fata Morgana. Spiegelungen, mehr nicht.«

»Tschuldige, hätte ja was Richtiges sein können, oder?« Diana ließ die Schultern hängen.

»Ja, hätte es.« Valerie nickte und legte sich wieder ins Boot. »Aber sie werden uns sehen, bevor wir sie sehen. Rechne doch mal nach. Im Sitzen ragen wir vielleicht einen Meter über die Meeresoberfläche hinaus. Der Horizont ist also gerade mal drei oder vier Kilometer entfernt. Ein Schiff ist viel höher, von der Brücke eines Kreuzfahrers kann man fünfzehn, zwanzig Kilometer weit sehen. Ehe wir die also entdeckt haben, wissen die schon längst, dass es uns gibt. Ständig rumzugucken und nach Schiffen Ausschau zu halten wäre also reine Energieverschwendung.«

Doch Diana war noch nicht zufrieden. »Gibt es das denn heutzutage noch, einen Matrosen, der auf einem Ausguck steht? Haben die nicht alle Radar und GPS und so was?«

»Ja, das stimmt, heute verlassen wir uns viel mehr auf unsere Instrumente. Allerdings dürfte ein Schiffsradar unser Holzboot kaum sehen. Aber bedenke eins: Auf einem Kreuzfahrtschiff stehen ständig mehrere ältere Männer mit Fernglas herum. Keine Angst, wenn wir in Sichtweite eines Schiffes kommen, dann sieht uns auch jemand. Und nun leg dich wieder hin.«

»Hm«, brummelte Diana nur. Dann suchte sie sich einen einigermaßen bequeme Liegeposition und schloss die Augen ebenfalls.

Die Stunden gingen dahin, ohne dass irgendetwas passierte. Langsam versank die Sonne ein weiteres Mal in den Fluten, zauberte eine glitzernde Farbenpracht ins Meer. Wolken am Horizont tauchten den Himmel in glühendes Orange. Die weiße, blasse Sichel des aufgehenden Mondes kämpfte vergeblich gegen die verschwenderische Kraft der Sonne, doch seine Zeit würde kommen, bald, sehr bald würde er den Nachthimmel erhellen.

Valerie und Diana wechselten kein Wort mehr miteinander. Das Reden strengte viel zu sehr an. Kopfschmerzen und Schwindel hielten Diana gefangen, nur das Hinüberdämmern in einen leichten Schlaf konnte die Qualen des Hungers und Durstes mildern.

Die zweite Nacht unter sternenklarem Himmel hätte hoffnungslos romantisch sein können, allein zu zweit, das Meer, der Mond, die Sterne ... Diana musste selbst in ihrem Zustand schmunzeln bei dem Gedanken daran, wie sich so etwas in einem Reiseprospekt machen würde. Wahrscheinlich würden viele Menschen viel Geld für eine solche Gelegenheit ausgeben.

Doch sie lag nun hier und wusste nicht, wie viele Nächte sie noch verbringen würde in diesem Boot. Wie lange würde sie es aushalten ohne Wasser? Würde es etwas bringen, wenn es regnen würde? Das Regenwasser könnten sie trinken, aber wäre Regen nicht auch gefährlich? Könnte der begleitende Sturm das Boot nicht zum Kentern bringen?

Wie sie es auch drehte, das Ende war stets nicht happy.

20

Die ersten Sonnenstrahlen begrüßten Diana erneut hämisch. Na, seid ihr immer noch da? fragten sie. Sollen wir uns heute noch etwas mehr anstrengen, um euch das Leben zur Hölle zu machen?

Wieso sehnten sich eigentlich immer alle nach Sonne, wenn es um Urlaubsreisen ging? Sonne konnte grausam sein. Sie verbrannte einem die Haut, die Augen, ließ den Kreislauf in den Keller sinken, verursachte Übelkeit ... doch was wäre eine Alternative? Keine Sonne – keine Wärme. Kälte. Diana versuchte sich vorzustellen, wie es wäre, im Nordatlantik zu schaukeln. Sie würde elend frieren, Tag und Nacht. Wahrscheinlich wäre sie schon längst erfroren. Also doch lieber Sonne.

Sie schraubte sich hoch und blickte übers Meer. Da war sie schon wieder: Die Fata Morgana in Form einer Insel. Diana schloss die Augen, öffnete sie wieder, das Trugbild blieb. *Eine hartnäckige Fata Morgana,* dachte sie. Vielleicht wurden die häufiger, je dehydrierter man wurde. Vielleicht war es auch diesmal keine Fata Morgana, sondern schlicht eine Halluzination. Und das hieß, es ging aufs Ende zu.

Diana sank auf die Planken zurück. Ihren Körper spürte sie schon gar nicht mehr, alles fühlte sich taub an. Taub und steif. Sogar an die Kopfschmerzen hatte sie sich gewöhnt. Sie war in einen Zustand geglitten, in dem ihr einfach alle egal war. Leben, sterben ... egal.

Die Sonne stieg höher und höher. Es mussten wohl wieder Stunden vergangen sein, Diana hatte jegliches Zeitgefühl verloren, da stöhnte es neben ihr.

»Wenn wir nicht bald von diesem Kahn runterkommen, drehe ich noch durch.« Valerie streckte sich, rieb sich Ellenbogen und Knie. »Mann, so steif war ich noch nie.« Sie stand auf und reckte sich in den Himmel, dann ließ sie plötzlich die Arme wieder fallen. »Was ist denn das?« Sie trat einen Schritt nach vorn, als ob sie das signifikant näher an das entdeckte Objekt bringen würde. Dann hielt sie ihre Hände schützend über ihre Augen. »Das gibt es doch nicht, wir treiben auf Festland zu! Eine Insel!« Fast ungläubig blickte sie Diana an.

Die winkte nur ab. »Das ist nur eine Fatusination. Die hab ich auch schon 'sehn«, murmelte sie.

»Was??? Du siehst eine Insel und sagst nichts? Mensch, wir hätten da jetzt auch dran vorbeitreiben können!«

Die Lebensgeister in Diana erwachten teilweise, wenn auch nur aus Wut. »Ach ja? Damit ich wieder angeblafft werde, dass ich falschen Alarm schlage?«

Valerie rollte die Augen und richtete ihre Blicke wieder auf die Insel. »Also, die Strömung treibt uns zwar drauf zu, es könnte aber sein, dass wir kurz vor der Insel wieder abgetrieben werden. Außerdem dauert mir das zu lange. Los, aufstehen, wir rudern! Das wird anstrengend, aber dann haben wir es geschafft. Ich nehme Backbord, du Steuerbord. Wir hängen uns über den Rand und schaufeln Wasser mit den Armen.«

Da war sie wieder, die Kommandeurin. Diana zögerte. Sie hasste einen solchen Befehlston. Außerdem fühlte sie sich überhaupt nicht dazu in der Lage, irgendwas Anstrengendes zu tun. Sollte Frau Kapitän doch allein rudern.

»Was ist? Problem?«

Am liebsten wäre Diana aufgesprungen und hätte Valerie einfach stehenlassen. Nur ging das schlecht. Sie schnaufte.

»Jetzt komm schon. Wenn wir rudernd nachhelfen, sind wir ganz schnell bei der Insel. Dann können wir von dieser elenden Nussschale runter und finden bestimmt auch Wasser und was zu essen. Klingt das nicht verlockend?« Valeries Tonfall war sanfter geworden.

In der Tat, das klang verlockend. Diana rappelte sich hoch, dann hielt sie wieder inne.

»Was ist denn nun noch?« Valerie wurde ungeduldig.

»Nichts, nur, ich ... wo ist Steuerbord?« Diana zog die Schultern ein.

Valerie verdrehte die Augen, dann zeigte sie auf eine Seite. »Da.«

Diana begab sich auf ihre Position.

»Wir müssen zuerst drehen. Ich rudere, du machst nichts.« Gleich darauf begann Valerie wie wild im Wasser herumzuplanschen. Zwischendurch blickte sie immer wieder auf. Als der Kurs gesetzt war, befahl sie: »So, jetzt müssen wir gleichzeitig rudern. Das ist ganz wichtig, dass wir im Takt bleiben, sonst fahren wir im Kreis.«

Diana nickte.

»Auf drei: Eins ... zwei ... drei!«

Das kalte Wasser fühlte sich zunächst recht angenehm an, doch schon bald verließen Diana die Kräfte. »Halt, halt, Pause!« hechelte sie, dann zog sie ihre Arme aus dem Wasser.

Valerie hielt inne und schaute prüfend Richtung Insel. »Wir haben uns nicht signifikant genähert, aber immerhin sind wir auf Kurs. Du musst weitermachen. Reiß dich zusammen. Je länger das dauert, umso mehr schwinden unsere Kräfte, umso geringer werden unsere Chancen, die Insel je zu erreichen. Aber ich werde den Takt etwas langsamer vorgeben. Also, los!« Und schon war sie wieder halb im Wasser verschwunden.

Diana biss die Zähne zusammen. Am liebsten wäre sie aufgesprungen, hätte Valerie ein »So nicht! Nicht in diesem Ton!« entgegengeschleudert, aber was hätte das genützt? Auch wenn sie es ungern zugab, aber der Käpt'n hatte recht. Je schneller sie die Insel erreichten, desto besser.

Mit zusammengekniffenen Augen ruderte sie. Ein Schlag, noch ein Schlag, noch ein Schlag, vier Schläge, fünf ... wie viele Schläge würden sie brauchen? Hundert? Zweihundert? Nein, sagen wir hundert. Also noch 99, 98, 97 ... 63, 62, ... 47 ... »Ich kann nicht mehr! Ich kann einfach nicht mehr!« Diana brach im Boot zusammen.

Valerie blickte hoch und maß zuerst die Entfernung zur Insel, dann beugte sie sich über Diana. »Okay, ruh dich etwas aus. Wir sind schon weit gekommen, die Insel ist schon ganz nah. Nach einer kleinen Pause machen wir weiter.« Sie setzte sich wieder an den Rand und schaufelte im Wasser herum, damit das Boot den Kurs nicht verlor.

Kleine Pause? Ich brauche eine große Pause, eine ganz große, dachte Diana. Sie würde das nicht schaffen, sie schaffte es einfach nicht. Sie war zu schwach. Sie war am Ende. Nie würde sie diese Insel erreichen, nie. Und wer sagte, dass es auf dem Eiland Wasser gab? Und Essbares? Vielleicht wohnte da nur Godzilla und würde sie sofort in Stücke reißen, kaum dass sie den Boden betreten hatten.

»Verdammt! Verflixt und zugenäht!«

Diana fuhr hoch. »Was ... was ist?« Waren hier Haie?

»Die Strömung, sie treibt uns ab. Los, wir müssen weiterrudern, sonst war alles umsonst!«

Auch das noch. Mit der Strömung zu plantschen ging ja noch, aber sich auch noch gegen die Wassermassen zu stemmen ... Aber die Worte »sonst war alles umsonst« hallten in Dianas Kopf wider. Nein, es durfte nicht umsonst gewesen sein, die ganze Anstrengung! Also hängte sie sich wieder über den Bootsrand und paddelte weiter.

Nach einer halben Ewigkeit hielt Valerie inne. »Es hat keinen Sinn, so schaffen wir das nicht«, keuchte sie.

Diana blickte hoch. Die Insel schien zum Greifen nah, doch die Strömung war so stark, dass sie nicht dagegen ankamen. Statt näherzukommen, entfernten sie sich langsam wieder. Schon wollte ein hysterischer Anfall sie überkommen, da verschwand Valerie plötzlich aus dem Boot. Diana erschrak. *Frau über Bord!* Sie sprang auf die andere Seite. »Valerie! Was tust du ...?«

Valerie hing im Wasser und schnappte sich das Ende des abgeschnittenen Seils, das Oskar noch übriggelassen hatte. Mit einem Arm rudernd schwamm sie los. Das Boot setzte sich langsam in Bewegung.

»Valerie, kann ich etwas tun? Kann ich dir helfen?«, rief Diana mit großen Augen.

»Nein«, schnappte es aus dem Wasser. »Bleib ... liegen.«

Diana betrachtete gespannt die Entfernung zur Insel. Kamen sie näher? Würde Valerie es tatsächlich schaffen, das Boot an

Land zu ziehen?

Mit kräftigen Stößen durchmaß Valerie das Wasser, Meter für Meter. Minuten vergingen, Minuten des Bangens, des Hoffens. Wie lange würde Valerie das durchhalten? Wie viel Kraft hatte sie noch?

Da erschütterte ein Ruck das Boot. Es war auf Grund gelaufen. Doch die Insel war noch nicht erreicht. Wahrscheinlich hatten sie eine Sandbank oder ein Riff erwischt.

Valeries Kopf erschien. »Komm, spring rein, den Rest müssen wir schwimmen. Ich helfe dir, du schaffst das.«

Diana stand auf, sprang ohne weiter nachzudenken ins Wasser und schwamm los. Doch bereits nach ein paar Metern waren ihre Kräfte aufgebraucht. Sie spürte, wie die Strömung an ihr riss, sie weg von der Insel spülen wollte, sie konnte nicht mehr dagegen ankämpfen ... doch schon war Valerie bei ihr, griff ihr unter die Arme und zog sie mit sich. Stück für Stück ... ein Meter, noch ein Meter ... und dann geschah es ... Diana spürte Grund unter ihren Füßen, festen Grund ... schwimmend und stolpernd kämpfte sie sich aus dem Wasser, halb zog Valerie sie, halb kroch sie selbst ... der Sand fühlte sich an wie das Paradies, weich und samtig ... sie erreichten den Schatten einer Palme, dann wurde es dunkel.

21

Kühle Tropfen benetzten Dianas Lippen, kühle, nasse Tropfen. Unwillkürlich leckte sie mit der Zunge danach. Wasser! Trinkbares Wasser! Sie schlug die Augen auf.

Über sie gebeugt kniete Valerie und hielt eine Kokosnuss in der Hand, aus der das willkommene Nass tropfte. »Hier, trink!« Sie fuhr mit der Hand unter Dianas Kopf und hob ihn an, dann hielt sie ihr die Kokosnuss vor den Mund.

Gierig schlang Diana die Kokosmilch hinunter. »Mehr!«, krächzte sie, als die Nuss leer war.

Valerie lachte. »Hier.« Sie hielt eine weitere Kokosnuss in der Hand.

Auch die trank Diana in einem Zug aus. Oh, das tat gut! Noch nie in ihrem Leben hatte sie solch wohlschmeckendes Wasser getrunken. Sie stöhnte, als sie sich aufrichten wollte.

»Immer langsam.« Valerie deutete auf ein paar weitere Nüsse, die neben ihr im Sand lagen. »Es gibt genug.«

War hier ein Supermarkt in der Nähe, wo es die Dinger im Dutzend zu kaufen gab?

»Wir haben Glück, es wächst so einiges auf dieser Insel«, erklärte Valerie. »Sie ist nicht so klein, wie ich befürchtet hatte. Hier werden wir wieder zu Kräften kommen.« Sie setzte sich neben Diana in den Sand. »Du bist ohnmächtig geworden, da bin ich sofort los und habe Wasser gesucht. Die Palmen hier am Strand tragen keine Früchte, aber weiter drinnen gibt es Kokosnüsse im Überfluss.«

Diana nahm eine Frucht in die Hände und betrachtete sie stirnrunzelnd. *Wie kriegt man da so akkurate Löcher rein?*

Valerie sah das, griff in die Hosentasche und holte das Taschenmesser heraus. »Na, wie ist das, kriege ich jetzt den McGyver-Orden?«

Diana musste schmunzeln. »Ja, du kriegst den McGyver-Orden.« Sie ließ ihren Kopf zurück in den Sand sinken.

Valerie begann die leergetrunkenen Kokosnüsse so lange zu malträtieren, bis sie aufbrachen. Dann schnitt sie mit dem Messer das Fruchtfleisch heraus und hielt es Diana hin. »Aber vorsichtig essen, langsam und lange kauen. Dein Magen muss sich erst wieder an was Festes gewöhnen.«

Etwas skeptisch nahm Diana ein Stück entgegen. Sie hatte noch nie für diese süßen Kokosnussriegel geschwärmt. Wenn das hier genauso schmeckte? Doch diese Kokosnuss schmeckte wie ein Fünf-Sterne-Menü. Sie hatte Mühe sich zu beherrschen und nicht alles auf einmal herunterzuschlingen. Denn Valerie hatte recht, das wäre ihrem Magen nicht gut bekommen.

Bereits von einer halben Frucht fühlte sie sich pappsatt. Der Kopfschmerz hatte nachgelassen, der kühle Schatten der Palme, die kühle Brise vom Meer ... Diana fühlte sich rundum zufrieden und glücklich. Nach einer Fahrt durch die Hölle waren sie ins Paradies eingekehrt.

Den Rest des Tages erholte sich Diana im Schatten der Palme, während Valerie weitere Kokosnüsse heranschleppte.

Nachdem sie einen ansehnlichen Berg aufgetürmt hatte, ließ sie sich in den Sand fallen. »So, das muss jetzt reichen für die Nacht. Morgen gehen wir los und erkunden die Insel. Wenn wir Glück haben, finden wir eine Süßwasserquelle. Und dann müssen wir endlich auf uns aufmerksam machen. So weiß ja niemand, dass wir hier auf dieser Insel hocken und gerettet werden wollen.«

Diana betrachtete Valerie von der Seite. Und bewunderte sie für ihren Pragmatismus und die schier unerschöpfliche Energie. Sie selbst war noch zu gar nichts imstande, weder zum Denken noch zum Handeln. Für Valerie schien das wie ein Betriebsausflug zu sein: Buffet organisieren, Band bestellen, für Getränke sorgen ... Und Diana war froh darüber. Ohne Valerie hätte sie die Insel nie erreicht, und selbst wenn, sie hätte weder zu trinken noch zu essen. Wahrscheinlich wäre sie schon längst in einem Anfall von Hysterie ins Meer gesprungen und ertrunken. Aber Valeries ruhige, besonnene Art beruhigte auch sie.

Es dauerte nicht lange, da war Valerie schon wieder auf den Beinen und verschwand im Pflanzengestrüpp der Insel.

Was ist denn jetzt wieder? dachte Diana. So nett, wie es einerseits war, dass Valerie sich um alles kümmerte, etwas nervig war es auch. Es würde nicht mehr lange dauern, und Valerie würde den gleichen Einsatz auch von ihr erwarten.

Nach einer Weile kehrte Valerie mit einigen großen Blättern zurück. Sie hielt sie Diana hin. »Ein provisorisches Bett. Zumindest für den Kopf. Ich hasse es, wenn mir nachts im Schlaf irgendwelche Viecher im Ohr herumkrabbeln.«

Diana zuckte zusammen. Viecher? Natürlich, auch daran hatte sie nicht gedacht: Im Sand tummelten sich allerhand Insekten herum, die auch vor darin liegenden größeren Objekten nicht haltmachten. Dankbar nahm sie die Blätter und formte sie zu einem Kopfkissen. Das war zwar kein hundertprozentiger Schutz, aber immer noch besser, als direkt mit der Nase im Sand zu liegen.

Dennoch ging ihr die Vorstellung von herumkrabbelnden

Krabbeltierchen nicht mehr aus dem Kopf. Denn die würden ja nicht nur in ihre Ohren kriechen, sondern auch sonst wo auf ihrem Körper herum-

Sie sprang auf. »Da ist was! Was Großes!«

Valerie beugte sich zu ihr hinüber. »Ich sehe nichts ... wo ... ach da. Nur ein kleiner Käfer, guck.« Sie nahm den Käfer zwischen die Finger. »Sieh mal, der ist aber hübsch. So bunt.«

Diana zog die Stirn kraus. *Fehlt noch, dass sie ein »Ist der nicht süß?« von sich gibt. Es ist ein Käfer, Käfer sind nicht süß.*

Vorsichtig setzte Valerie den Käfer beiseite. »Der ist harmlos. Die wirklich gefährlichen Insekten sehen auch meist so aus.«

Merkt sie eigentlich, was sie da sagt? Panik kroch in Diana hoch. Bis vor kurzem hatte sie entspannt im Sand liegen können und Kräfte sammeln, aber nun sah sie vor ihrem inneren Auge nur noch Tausende Insekten sich im Sand tummeln, die darauf warteten, ihren Körper zu bevölkern.

Als Valerie merkte, dass sich Diana nicht wieder hinlegen wollte, beschwichtigte sie sie. »Du hast gerade stundenlang hier gelegen, und es war nichts. Also wird auch in den nächsten Stunden nichts sein. Wahrscheinlich gibt es auf dieser Insel nur harmlose Tiere, und wahrscheinlich noch nicht mal viele. Also leg dich wieder hin und versuch zu schlafen. Morgen wird ein langer Tag.«

Der letzte Satz hallte in Dianas Kopf wider. Ein langer Tag? Was meinte sie damit? War das hier eine Strafkolonie? Ein Arbeitslager? Und wieso musste Valerie immer bestimmen, was zu tun war?

Trotzig setzte sich Diana hin. Sie war doch nicht Valeries persönliche Sklavin! Sie könnte wenigstens mehr Respekt zeigen und etwas höflicher sein. *Morgen wird ein langer Tag.* Wie wäre es mit einem *»Wirst du dich denn morgen in der Lage fühlen, mit mir ein paar Erkundungen zu unternehmen? Wenn du zu schwach bist, dann kannst du auch hierbleiben.«* Oder so ähnlich.

Grollend blickte Diana in den Sonnenuntergang. Ein Sonnenuntergang im Pazifik auf einer einsamen Insel. *Kreuzfahrten Südseeträume.* Und neben ihr lag eine wunderschöne, begehrenswerte Frau, die tatsächlich so weit weg war wie das Schiff, das sie verlassen mussten ... Diana lachte bitter auf. Ja, unter anderen Umständen könnte das die Erfüllung aller romantischen Träume sein. Es stimmte schließlich alles. Doch wieso mussten Dianas Träume immer so schrecklich falsch wahr werden? Ein einziges dummes Detail, das alles vermasselte. Und hier hieß dieses Detail *Valerie*. Der fast perfekte Tarzan für sie, Jane. Aber eben nur fast.

Verstohlen betrachtete sie Valerie aus den Augenwinkeln. Die muskulösen Oberarme glänzten in der Abendsonne, unter dem engen Hemd traten ihre wohlgeformten Brüste hervor ... wie gern hätte sich Diana jetzt in diesen Brüsten vergraben, von den starken Armen gehalten ... aber nein. Sie schalt sich selbst. Wenn sie sich Valerie jetzt näherte, würde diese wahrscheinlich noch nicht mal nein sagen und spätestens morgen wieder über sie lachen. Diesen Triumph wollte sie ihr nicht gönnen.

Vorsichtig schob sich Diana ihr provisorisches Kissen zurecht, legte sich darauf und schloss die Augen. Wenn Schwäche zu zeigen schon verboten war, ein wenig träumen war doch bestimmt erlaubt ... nur ein wenig ...

22

He, aufwachen, hallo!« Valerie rüttelte energisch an Diana herum.

»Was? Was ist denn?«, murmelte Diana schlaftrunken. »Ist was passiert?«

»Wir müssen aufbrechen. Ich will endlich wissen, wie groß diese Insel ist, und was uns hier noch erwartet.«

Sofort war der Groll wieder da. *Wenn* du *wissen willst, wie groß dieses dusslige Eiland ist, warum ziehst* du *dann nicht allein los?* Diana schnaubte. »Kann ich wenigstens noch was essen vorher?«

Valerie hielt ihr eine geöffnete Kokosnuss unter die Nase.

Diana seufzte. Gestern noch ein Gourmet-Menü, heute konnte sie das Zeug schon fast nicht mehr sehen. Widerwillig nahm sie die Nuss und nagte am Fruchtfleisch herum.

Valerie schaute sich das vielleicht zwei Minuten an, dann

stand sie auf. »Lange genug gefrühstückt. Wir gehen.«

»Jetzt reicht's mir aber!«, schleuderte ihr Diana entgegen. »Wieso müssen wir eigentlich zu zweit losrennen? Ich fühle mich noch nicht gut. Immer noch Kopfschmerzen.« Zur Untermauerung rieb sie sich die Schläfen.

»Wenn wir unterwegs Nahrung finden, dann sollten wir die mitnehmen. Und ich kann nicht alles allein tragen.« Valeries Tonfall ließ keine Widerrede mehr zu. Dann drehte sie sich um und ging.

Diana blickte ihr nach. Schon bald hatte die Vegetation Valerie vollständig verschluckt. Sie zögerte. Doch dann fuhr ihr ein schrecklicher Gedanke wie ein Blitz durch den Kopf: Was, wenn Valerie nicht mehr wiederkam? Wenn ihr etwas zustieß? Und Diana ganz allein zurückblieb? »Halt! Warte!«, rief sie und rannte los.

Keuchend erreichte sie Valerie, die sie mit einem undefinierbaren Blick bedachte und dann weiterging. Schweigend stapften sie durchs Gestrüpp, und irgendwie ging es immer bergan.

»Wo gehen wir eigentlich hin?«, fragte Diana nach einer Weile vorsichtig.

»Wir versuchen den höchsten Punkt der Insel zu erreichen. Von da haben wir vielleicht einen Überblick über unser derzeitiges Heim.«

Das klang logisch. Und wie hätte es auch anders sein sollen.

Das Tempo, das Valerie vorgab, das unwegsame Gelände, das Buschwerk, das sich stetig in ihre Beine krallte, forderten schon nach kurzer Zeit ihren Tribut. Völlig außer Atem ließ sich Diana auf einen abgebrochenen Baum sinken. »Pause«, keuchte sie, »bitte, Pause.«

Valerie blieb stehen und drehte sich um. »Du solltest dich da nicht hinsetz-«

»IIIIIIIIIHHHHH!«, kreischte Diana los, sprang hoch, schüttelte sich und schlug wild um sich.

Valerie trat heran. »Sie ist weg, du hast sie abgeschüttelt.«

Diana zitterte am ganzen Körper. »Ha-ha-hast du ge-gegesehen, w-w-w-wie g-g-g-groß die war?« Das Zittern ging in ein Schlottern über.

Valerie hielt sie fest, zaghaft, dann entschlossener, schließlich drückte sie Diana an sich. »Ist ja vorbei. Außerdem hatte die Spinne garantiert noch viel mehr Angst vor dir. Die sitzt jetzt bestimmt im Unterholz und zittert noch mehr als du.«

In Dianas Kopf kreiselte nur der Anblick der handtellergroßen Spinne auf ihrem Bein herum, doch Valeries Nähe, ihre Wärme beruhigten sie.

Nachdem sie sich einigermaßen gefasst hatte, ließ Valerie sie los. »So, jetzt komm, wir müssen weiter. Wenn wir auf die Felsen da drüben klettern, können uns keine Spinnen mehr was anhaben.«

Was so ein kleines Erlebnis ausmachte: Hätte Valerie vor der Spinne etwas von *auf Felsen klettern* gesagt, hätte Diana wahrscheinlich einen Anfall bekommen, aber jetzt dachte sie nur daran, dass an kahlen Felsen keine versteckten Spinnen lauern konnten und war froh über diese Aussicht.

Der Felsen war nicht sehr hoch, dafür sehr zerklüftet, so dass das Klettern leichter ging als gedacht. Hier oben brannte ihnen zwar die Mittagssonne aufs Haupt, aber der Ausblick war in der Tat fantastisch. Man hatte einen Überblick über die gesamte Insel, die rundherum von einem weißen Sandstrand umgeben war. Zudem konnten sie sehr weit übers Meer blicken.

Kein Schiff weit und breit.

Valerie setzte sich auf einen Vorsprung und bedeutete Diana, sich neben sie zu setzen. »Also pass auf, folgender Plan: Die einzige Möglichkeit, um auf uns aufmerksam zu machen, ist Rauch. Eine Rauchsäule kann man sehr weit sehen. Ich gehe mal davon aus, dass auf der *Königin* mittlerweile reichlich Chaos herrschen muss, und ich hoffe, sie suchen schon nach uns. Dann haben sie auch per Funk an andere Schiffe durchgegeben, dass wir vermisst werden. Und wenn dann jemand Rauch auf einer Insel sieht, interpretiert er das hoffentlich als Hilferuf.« Sie räusperte sich mehrmals, dann fuhr sie fort: »Um Rauch zu machen, brauchen wir Feuer, ein großes Feuer. Ich will aber nicht die ganze Insel abbrennen, und wenn dann tatsächlich ein Schiff kommt, ist kein Feuerholz mehr da. Daher werden wir am Strand ein riesiges Lagerfeuer vorbereiten. Daneben machen wir ein kleines Feuer, das wir am Brennen halten. Eine von uns wird dann hier oben Ausschau nach Schiffen halten, und sobald eins in Sichtweite kommt, zündet die andere unten das große Feuer an. Für das große Feuer werden wir irre viel Brennholz brauchen, das müssen wir erst mal sammeln.« Sie hielt inne und schaute Diana an. »Einverstanden?«

Diana nickte stumm. Das klang nach Arbeit, nach harter Arbeit, aber es klang auch vernünftig.

»Langsam wird es mir zu heiß hier oben. Lass uns zurück zum Strand gehen und unterwegs was Nahrhaftes sammeln. Diejenige, die hier oben Ausschau hält, sollte einen Sonnenschutz haben. Vielleicht kann ich da aus Blättern was bauen.«

War Valerie im Dschungel groß geworden? Hatte sie bei den Pfadfindern Orden gesammelt? Diana kam sich klein und unbedeutend vor, Valerie schien ja nichts aus der Bahn zu werfen, kein Problem war für sie unlösbar. Die anfängliche Bewunderung drohte in Neid umzuschlagen.

Sie kletterten wieder von den Felsen herunter. Diana wollte schon den Weg einschlagen, den sie hergekommen waren, doch Valerie hielt sie zurück. »Nein, auf der anderen Seite der Insel habe ich eine Bucht gesehen, die viel günstiger als Lagerplatz ist.«

Widerwillig, aber Gegenargumente fielen ihr nicht ein, fügte Diana sich.

Der Weg in die andere Richtung entpuppte sich als weitaus schwieriger. Geröll und Schlingpflanzen ließen sie nur langsam vorankommen. Die wenigen Kokosnüsse, die Valerie als Wegzehrung mitgenommen hatte, waren längst ausgetrunken, Diana war erschöpft, verschwitzt, müde. Sie konnte sich jedoch nicht noch einmal dazu durchringen, irgendwo sitzenzubleiben.

Die Entfernung zu Valerie wurde größer und größer. Merkte sie denn nicht, dass Diana nicht mehr nachkam? Oder wollte sie Diana indirekt zwingen, nicht schlappzumachen?

Schließlich verschwand Valeries Silhouette völlig im Dickicht. Diana schleppte sich noch ein paar Schritte, dann blieb sie stehen. »Valerie?« Keine Antwort. »Valerie!« Nichts. Diana stolperte weiter. »Vaaaaalerieee!!!« Sie horchte – nichts.

Panik machte sich in ihr breit. Valerie schien wie vom Erdboden verschluckt. »Verdammt, das ist nicht lustig! Wenn das ein Scherz sein soll, dann ...«

Diana schluckte, von Valerie war weder etwas zu hören noch zu sehen. Sollte sie jetzt einfach stehenbleiben und hier warten, bis Valerie von wo auch immer zurückkehrte? Oder lieber weitergehen und allein den Strand erreichen? So oder so, sie würde definitiv die falsche Entscheidung treffen. Bliebe sie hier, käme Valerie irgendwann und würde sie ausschimpfen, weil sie nicht selbst weiter zum Strand gegangen war, würde sie weitergehen, hieße es, sie hätte da bleiben sollen, damit Valerie sie wiederfinden konnte.

Noch während sie grübelte, was sie tun sollte, tauchte Valerie plötzlich wieder auf. »Ich habe Wasser gefunden. Komm, ich zeig's dir.« Als wäre nichts gewesen, als hätte sich Diana überhaupt keine Gedanken gemacht, ob vielleicht was Schlimmes passiert wäre.

Die Aussicht auf frisches Wasser jedoch ließ Diana den Groll schnell wieder vergessen, und sie folgte Valerie.

Nach ein paar Metern stießen sie auf eine Felsspalte, in die sich Valerie zwängte. »Ist etwas eng, aber nur kurz, danach wird es breiter.«

Diana schob sich in die Spalte hinein, und tatsächlich: Schon nach einem halben Meter tat sich eine Höhle vor ihr auf, in der es plätscherte. Im spärlichen Licht, das durch den Spalt hereinschien, glitzerte Wasser. Sie glitt an den Rand des kleinen Sees und schaufelte gierig das kalte, klare Nass mit den Händen auf.

»Das Problem ist nur: Wie kriegen wir das Wasser transportiert?« Während Diana noch damit beschäftigt war, lebensnotwendige Bedürfnisse zu stillen, konstruierte *Valerie McGyver* in Gedanken wahrscheinlich schon einen Kochtopf aus Palmenblättern. »Kokosnüsse als Behälter sind zu klein. Ein Kürbis wäre gut, aber so was habe ich hier nicht gesehen. Und bleiben möchte ich hier nicht, ein ungünstiger Rastplatz.« Sie schaute sich um. »Wir füllen erst mal die Nüsse auf, die wir mitgenommen hatten, dann schauen wir mal, wie weit es bis zum Strand ist.« Mit diesen Worten kletterte sie schon wieder aus der Höhle hinaus.

Diana folgte ihr, wobei sie das Wasser in ihrem Bauch hin- und herschwappen spürte. Sie hoffte, Valerie würde ihr häufigere Austritt-Pausen verzeihen ...

Es war nicht mehr weit bis zum Strand. Diana hätte allerdings die Höhle nicht mehr wiedergefunden, doch sie zweifelte nicht daran, dass Valerie blind wieder zurückgehen konnte.

Gerade, als Diana dachte, sie hätten es endlich geschafft, ging es plötzlich nicht mehr weiter. Einige Meter steiler Hang trennten sie vom Strand.

Valerie inspizierte den Hang, dann schaute sie sich um. »Da hinten sieht es flacher aus, aber das ist ein ziemlich großer Umweg. Hier sind einige Vorsprünge.« Sie schaute Diana an. »Traust du dir zu, hier runterzuklettern? Es sind nur ein paar Meter, ich helfe dir.«

Diana lugte vorsichtig hinunter. »Ich weiß nicht ... also ...« Sie zögerte. Aber Valerie hatte recht, auf den großen Umweg hatte sie auch keine Lust. »Okay, ich versuche es.«

Valerie stieg zuerst hinunter, blieb auf einem Vorsprung stehen und reichte Diana die Hand.

Zaghaft schob Diana sich über den Rand, tastete mit den Füßen nach Halt, stieg einen Schritt nach dem anderen hinunter, bis sie zusammen mit Valerie auf dem Vorsprung stand.

Dann kletterte Valerie weiter und blieb auf einem weiteren Vorsprung stehen, der noch ungefähr zwei Meter über dem Strand aus dem Felsen ragte. Sie musste sich mit einer Hand festhalten, um auf dem schmalen Stein nicht auszurutschen, reichte dennoch die freie Hand nach oben, um Diana zu bedeuten, dass sie nachkommen solle.

Sich an jeden Winkel im Fels festklammernd rutschte Diana mehr als sie stieg nach unten. Kurz bevor sie Valeries Vorsprung erreichte, verlor sie den Halt und plumpste in Valeries Arme.

Im selben Moment krachte es unter ihnen, der Fels brach, Valerie konnte sich nur noch Sekunden mit der einen Hand halten, dann stürzten sie nach unten.

Diana klammerte sich instinktiv an Valerie fest, die im Fall versuchte eine Drehung zu machen, um sich im Sand abrollen zu können.

Weniger als eine Sekunde später plumpsten sie in den Sand.

Diana sprang hoch, fuchtelte mit den Armen. »Oh Gott, Mann, so was, ich hätte mir das Genick brechen können, wir hätten uns ...«

»Diana?«

»... alle beide das Genick brechen können, puh, ich –«

»Diana!«

Sie fuhr herum.

»Ich glaube, ich könnte jetzt eine Krankenschwester gebrauchen.«

Das Wort *Krankenschwester* trieb den Schock aus Dianas Gliedern. Sie beugte sich über Valerie, die noch immer im Sand lag. »Was ist passiert? Kannst du dich nicht bewegen?«

»Mein Fuß. Mein rechter Fuß. Sieh mal nach.«

Bevor sich Diana dem Fuß zuwendete, betrachtete sie kurz Valeries Gesicht. Sie versuchte es zu verbergen, aber der Schmerz zeichnete sich deutlich in ihren Zügen ab.

Dann zog Diana vorsichtig die Hose nach oben und konnte die Schwellung schon sehen. Ebenso vorsichtig löste sie den Schuh vom Fuß. Das Gelenk war rot und geschwollen. Sie tastete ein wenig darauf herum.

»Also, ich denke, gebrochen ist da auf jeden Fall nichts, es sieht aber ausgerenkt aus.«

Valerie runzelte die Stirn. »Kannst du das einrenken?«

»Das wird höllisch wehtun.«

»Es wird aber noch mehr wehtun, wenn es so ausgerenkt bleibt. Oder hast du einen Arzt auf dieser Insel gesehen?«

Diana seufzte. Sie hatte in ihrer Ausbildung zwar gelernt, wie man Gelenke einrenkt, aber Übung hatte sie darin keine. Das machten normalerweise immer die Ärzte.

Aber es blieb ihr nichts anderes übrig. »Kannst du da rüberkriechen? Ich brauche mehr Platz neben deinem Bein.«

Valerie nickte, mit dem gesunden Fuß schob sie sich vom Felsen weg.

»So.« Diana setzte sich in Position und betrachtete das geschwollene Gelenk. Dann stand sie jedoch auf und lief den Strand hinunter.

Valerie schaute ihr etwas ratlos nach, sagte aber nichts.

Nach wenigen Minuten kehrte Diana mit einem Stück Baumrinde zurück. »Hier, nimm das zwischen die Zähne.«

Valerie versuchte ein Lächeln. »Gute Idee.« Sie nahm die Rinde und biss darauf.

Erneut begab sich Diana in Position, nahm den Fuß in die Hände, schaute, korrigierte ihre Position, hielt inne. »Ich zähle jetzt bis drei. Okay? Okay. Eins ... zwei ...«

Krack!

»HHHRRRRRRRR!!!«, stieß Valerie zwischen ihren Zähnen hervor, dann spuckte sie die Rinde aus. »Wo war die Drei???«

Diana schmunzelte. Eine kleine Rache für die seelischen Schmerzen, die Valerie ihr zugefügt hatte. »Jetzt solltest du den Fuß ins Wasser halten zum Kühlen, und morgen kannst du vielleicht schon wieder auftreten.«

Valerie setzte sich auf. »Danke. Was hätte ich jetzt nur ohne dich gemacht?«

Diana errötete leicht. »Ohne mich wäre das gar nicht erst passiert.«

Der Blick, mit dem Valerie Diana bedachte, war so zärtlich, dass Diana ein Schauer über den Rücken lief. Das war jetzt aber gar nicht der richtige Zeitpunkt ...

Diana stand auf und räusperte sich. »Soll ich dich stützen bis zum Wasser?«

Valerie verzog das Gesicht. Sie war nicht gern die Schwache, das sah man deutlich. »Wäre wohl besser.«

»Das denke ich auch. Komm.« Diana beugte sich hinunter und legte einen Arm unter Valeries Achsel.

Valerie stützte sich ab, und gemeinsam richteten sie sich auf.

Diana spürte, dass es ihr gut tat, Valerie einmal nicht so ganz perfekt und überlegen zu sehen. Im Moment war Valerie diejenige, die Dianas Hilfe brauchte, nicht umgekehrt.

Langsam unterstützte Diana Valerie dabei, zum Ufer zu humpeln, wo sie sie halb im Wasser absetzte.

»Gut so?« Sie warf einen fragenden Blick auf Valerie.

Valerie atmete tief durch. »Gut ist anders, aber ich spüre, dass das Wasser hilft. Eis wäre natürlich besser.«

Immer findet sie ein Haar in der Suppe. »Damit kann ich jetzt leider nicht dienen«, erwiderte Diana spitz. »Du musst dich mit dem begnügen, was da ist.« Sie wollte wütend davonstampfen.

»Diana.« Valerie streckte einen Arm in ihre Richtung aus. »Es tut mir leid. Ich habe Schmerzen und fühle mich nicht sehr gut.«

Sie hat sich entschuldigt. Sie hat sich tatsächlich entschuldigt. Wunder gibt es immer wieder. »Schon gut.« Diana lächelte. Zuerst war es nur ihr Krankenschwesternlächeln, doch dann wurde es wärmer. Valerie so schwach zu sehen rief zärtliche Gefühle in ihr hervor. Sie wollte sie auf einmal beschützen, versorgen, gesundpflegen ...

Verrückt. Etwas hektisch schaute sie sich um. »Warte einen Moment.« Sie lief los und kam kurz darauf mit einem Palmenwedel zurück. Damit wedelte sie Valerie Luft zu und verschaffte ihr etwas Schatten.

Valerie schmunzelte. »Das kannst du aber nicht ewig machen.«

»Nein, leider nicht.« Diana steckte den Palmwedel neben Valerie in den Sand, so dass er weiter Schatten auf sie warf. »Aber zumindest sitzt du so nicht ungeschützt in der Sonne.«

»Wenn du ein paar Palmblätter holst, können wir uns Hüte basteln«, sagte Valerie. »Wie Robinson und Freitag.« Sie grinste etwas.

»Denk bloß nicht, ich bin dein Freitag«, grinste Diana zurück. »Das kannst du dir abschminken.«

Valerie schüttelte den Kopf. »Ich habe nicht gesagt, dass ich Robinson bin. Darauf kann ich gern verzichten. Aber ein paar Palmblätter wären trotzdem gut.«

Diana nickte. »Ja, das stimmt. Ich hole welche.« Sie lief zu den Palmen zurück, von denen sie auch den ersten Wedel geholt hatte, und sammelte etliche Blätter zusammen.

Als sie zu Valerie zurückkehrte, ließ sie die grünen Fächer neben ihr in den Sand fallen. »Und? Schon besser? Ich könnte auch eine Bandage aus Palmblättern machen, wäre vielleicht nicht schlecht.«

Valerie grinste schief. »Du bist die Krankenschwester.«

»Hm.« Diana streckte die Hand aus. »Gibst du mir dein Messer?«

Valerie angelte danach in ihrer Tasche und reichte es Diana, die sich neben ihr im Sand niederließ, um die Palmblätter abzuschneiden, damit man sie zu Trichtern formen konnte.

Valerie begann bereits mit dem ersten, nachdem Diana das Blatt abgeschnitten hatte.

So waren sie eine Weile beschäftigt, bis sie sich endlich so eine Art Hut auf den Kopf setzen konnten.

»Und jetzt brauchen wir gar keine mehr, weil die Sonne untergeht.« Valerie lachte leicht, während sie zum Horizont blickte, wo der glühende Ball sich langsam dem Meer näherte.

»Morgen werden wir sie auch noch brauchen.« Diana warf einen Blick auf Valeries Bein. »Und jetzt mache ich noch deine Bandage.«

»Eigentlich fühlt es sich schon wieder ganz gut – Au!« Valerie verzog schmerzverzerrt das Gesicht, als sie ihren Fuß zu bewegen versuchte.

Diana schmunzelte. »Ich sehe schon. Rutsch rückwärts und zieh dein Bein vorsichtig aus dem Wasser. Muss ich vorsichtig buchstabieren?«, fügte sie in Krankenschwesternton tadelnd hinzu, als Valerie mit einem Ruck, der ihr selbst ein dumpfes »Umpf!« entlockte, aufstehen wollte.

»Nein, ich weiß schon, was das bedeutet«, brummte Valerie unwillig. »Aber das ist alles so lästig.«

»Da stimme ich dir zu.« Diana hatte ein weiteres Palmblatt abgeschnitten und maß die Größe mit einem Blick ab, dann halbierte sie es. Sie beugte sich zu Valeries Bein hinunter, formte vorsichtig das Blatt zu einer Bandage und drückte es leicht an. »Jetzt müsste ich nur noch etwas haben, um es festzubinden«, murmelte sie.

Ratsch!

»Hier. Nimm das.« Valerie hatte einfach ein Stück von ihrem Hemd abgerissen. Ihr Arm war nun fast bis zu ihrer Brust frei.

Diana fühlte sich von der nackten Haut für einen Moment so angezogen, dass sie nicht wegschauen konnte. Aber dann nahm sie das Stück Stoff, riss es in schmale Streifen und fixierte die Bandage damit.

»Das wird nicht lange halten«, stellte sie mit einem prüfenden Blick fest, »aber ich hoffe, morgen geht es dir schon besser, und du brauchst das nicht mehr.«

»Das hoffe ich auch.« Valeries Stimme klang grimmig. »So was kann ich jetzt gar nicht gebrauchen.«

»Wo tut es denn am meisten weh?«, fragte Diana. Ihre Finger fuhren oberhalb der Bandage über Valeries Bein und begannen es leicht zu massieren. »Hier auch?«

Valerie atmete tief ein. »Nicht ... direkt«, antwortete sie mühsam.

Diana massierte weiter. »Hilft die Massage etwas? Sie soll die Muskeln entspannen, damit sie nicht so stark auf den Knöchel einwirken.« Sie schaute Valerie nicht an, sondern versuchte im dunkler werdenden Licht mehr durch Tasten als durch ihre Augen weitere Anzeichen von Verletzungen festzustellen. Man konnte nie wissen.

Valerie sagte nichts, nur ihr Atem ging schwer.

»Tut es jetzt mehr weh?« Diana schaute sie an. »Das kann leider manchmal kommen, wenn man massiert wird.«

»Nein, ist ... schon gut.« Valerie wirkte äußerst angespannt, das Gegenteil von dem, was Diana hatte erreichen wollen.

Diana schaute zum Horizont. »Schade, dass du gerade jetzt solche Schmerzen hast, der Sonnenuntergang ist atemberaubend. Warum haben wir das bisher noch nie so gesehen?« Sie runzelte die Stirn.

»Weil wir auf der anderen Seite der Insel waren«, sagte Valerie.

Diana massierte geistesabwesend Valeries Bein, während sie fasziniert den Sonnenuntergang beobachtete.

»Diana?«

»Hm?« Diana wollte nicht von dem paradiesischen Bild wegschauen, das ihr zum ersten Mal das Gefühl vermittelte, wirklich einen Südseetraum zu erleben. Wenn auch nicht ganz in der Art, wie sie es sich vorgestellt hatte.

»Denkst du wirklich, dass du da massieren musst? Dass das was für den Knöchel bringt?«

»Was?« Diana schaute endlich zu Valerie und bemerkte, dass ihre Hände sehr weit nach oben gerutscht waren. »Oh ... ich ... entschuldige, das wollte ich nicht.«

Gleichzeitig spürte Diana jedoch, dass sie dort, wo sie zufällig gelandet war, nicht mehr wegwollte. Sie schob sich noch mehr nach oben und glitt neben Valerie in den Sand. »Hast du schon viele solche Sonnenuntergänge erlebt?«

»Einige.«

Diana konnte nicht feststellen, wie Valeries Stimme klang,

amüsiert, gelangweilt? Weil es für sie nichts Besonderes war, so einen Sonnenuntergang zu erleben?

»Ich habe so etwas noch nie gesehen«, sagte Diana leise. »Diese Farben, der warme Wind, der weiße Sand –«

Plötzlich stutzte sie. Doch, sie hatte das schon mal gesehen. Palmwedel wiegten sich über ihr, die Wellen rollten sanft heran, der Strand sah aus wie Puderzucker – so war es in ihrem Traum gewesen.

Und jetzt hier. Es war fast genauso. Sie atmete tief durch und seufzte.

»Was ist?« Valeries Stimme klang nicht gelangweilt, nein, sie wirkte fast so weich wie der Wind.

»Ach nichts.« Diana warf einen Blick zu ihr. »Träume sind Schäume, oder?«

Als ob sie Dianas Aussage bestätigen wollten, bildeten die Wellen kleine Schaumkronen am Rand des Wassers.

»Warum sagst du das?«

»Weil es so ist. Ich habe von so etwas geträumt, von so etwas wie dem hier, aber es war natürlich trotzdem – anders.« Sie lachte resigniert. »Ich habe nicht davon geträumt, gestrandet zu sein.«

»Und trotzdem ist es jetzt ein bisschen wie ein Déjà-Vu?«

»Ja.« Diana betrachtete Valerie, die im Sand lag und zu ihr aufblickte. Ja. Auch in ihrem Traum hatte sie mit Valerie im Sand gelegen an einem Puderzuckerstrand, aber nicht als ihre Krankenschwester.

»Er war romantisch, dein Traum«, stellte Valerie fest.

Diana wusste nicht, ob es richtig war, darauf zu antworten, aber sie nickte dennoch. »Sehr«, sagte sie.

Valerie schaute von ihr weg auf die Sonne, die ihr rotes Licht an den Himmel warf und den Sand fast golden erscheinen ließ. »Das hier ist auch romantisch«, sagte sie ebenso leise wie Diana zuvor. »Wenn wir vergessen, dass wir hier gestrandet sind.«

»Vielleicht für eine Sekunde«, wisperte Diana und legte ihren Kopf in den Sand. Er war noch warm, und der weiche Untergrund passte sich ihr an wie ein Handschuh. Als ob er sie streicheln und umfangen würde wie eine liebende Umarmung.

Dianas Haut begann zu kribbeln. »Iih! Tiere!« Sie warf sich

herum und lag plötzlich halb auf Valerie.

Ihre Haut kribbelte erneut, aber diesmal war sie sich sicher, dass es keine Tiere waren. Sie schaute auf Valerie hinunter, die ruhig zu ihr aufschaute, aber nichts sagte.

Diana konnte spüren, wie sich ihr Körper nach Valerie sehnte, immer wieder zogen die Szenen aus ihrem Traum vor ihrem Inneren vorbei, lösten die gleichen Gefühle in ihr aus wie damals. Sie konnte sich einfach nicht wehren. Ihre Lippen senkten sich auf Valeries, fühlten sich magisch angezogen, vereinigten sich mit warmen Lippen, die sich öffneten und sie einließen.

Es war alles ganz selbstverständlich, als ob sie sich schon ewig kennen würden. Der Kuss schien endlos zu dauern. Als Diana von Valeries Lippen an ihre Schulter sank und sie beide gemeinsam den Sonnenuntergang betrachteten, schien es, als hätten sie schon Jahre damit verbracht.

Sie sprachen nicht, lagen nur da, während es langsam immer dunkler und dunkler wurde. Diana begann erneut, Valeries Bein zu massieren, ihre Hand wanderte höher zu Valeries Bauch, noch höher, bis sie den zerrissenen Teil des Hemdes erreichte. Es war sehr einfach, dort hineinzuschlüpfen, ohne auch nur einen Knopf öffnen zu müssen.

»Diana.« Valerie zog hart die Luft ein.

»Was macht dein Knöchel?«

Valerie lachte leise. »Du meinst, ob ich fit genug für Sex bin?« Sie richtete sich auf einem Arm auf, und ihre Augen spiegelten den rötlichen Schein des Himmels wider. »Ich denke, wir sollten das nicht tun.«

Diana schaute sie von unten herauf an. »Nein, sollten wir nicht«, sagte sie leise.

Valeries Gesicht schwebte über ihr, und plötzlich senkte es sich auf sie.

Diana schloss die Augen. Sie fühlte, dass der Kuss diesmal leidenschaftlicher war, nicht mehr so vorsichtig und zurückhaltend wie der erste. Valeries Hände wanderten über ihren Körper und ihre eigenen über Valeries. Diana seufzte in Valeries Mund. Es war so wundervoll. Die Erregung bemächtigte sich all ihrer Sinne, und sie hatte das Gefühl, bei Valerie geschah dasselbe.

Valeries Zunge stieß in ihren Mund, als wollte sie die ganze

Tiefe erforschen, dann zog sie sich wieder zurück, um sie sanft zu streicheln. Diana konnte sich nicht erinnern, je so geküsst worden zu sein.

Auf einmal wanderte Valeries Hand zum Bund von Dianas Jogginghose, sie schob ihn leicht herunter und glitt hinein.

Diana hielt die Luft an. Ihre Erregung ließ ihr kaum eine Wahl, sie spreizte die Beine.

Valerie wanderte mit ihren Lippen von Dianas Mund auf ihre Brust. Ohne Diana auszuziehen, suchte sie unter dem Stoff die harte Brustwarze und nahm sie zwischen ihre Lippen, ihre Zunge nässte den Stoff, bis er sich anfühlte, als wäre er ein Teil von Dianas Haut, dann fuhr die Zunge immer schneller über die harte Spitze.

Diana schrie leise auf. Der Stoff war so rau und reizte sie in einem Maße, wie es allein eine Zunge nie gekonnt hätte. »Valerie ...«, flüsterte sie heiser, ihr Unterleib glühte, als ob Valerie einen Waldbrand von ihren Brüsten bis zwischen ihre Beine gelegt hätte. »Oh, Valerie, bitte ...« Sie hob ihre Hüften an.

»Komm«, raunte Valerie. Sie sog die Brustwarze noch mehr in ihren Mund hinein, und gleichzeitig stieß ein Finger zwischen Dianas Beine, teilte die nassen Schamlippen und drang ein, stieß wieder zu.

Diesmal schrie Diana nicht leise, sondern laut. Sie waren allein hier, sie musste sich nicht beherrschen, und die Gefühle, die Valerie in ihr auslöste, waren unglaublich.

Sie hätte sich gewünscht, ganz nackt zu sein, und auch Valeries Körper wünschte sie sich unbedeckt, Haut an Haut, heiße Schweißperlen, die von einer zur anderen rannen und sie miteinander verbanden. Denn heiß genug war es. Außen und innen.

Valeries Daumen unterstützte nun ihre Finger, tanzte auf Dianas weit hervorstehendem Zentrum und forderte den letzten Einsatz.

Dianas Brustwarzen rieben rauer und rauer unter dem T-Shirt, steigerten ihre Erregung mit, und Valeries Finger waren so erfahren, dass sie keinen Zentimeter ausließen. Und sie waren so kräftig, so stark ...

Diana stöhnte. Sie wollte noch mehr von Valerie spüren, ihre Finger tasteten sich unter Valeries Hemd, aber da war es schon zu spät. Diana erstarrte, ihr Atem setzte aus, ihr Unterleib brannte lichterloh, der Brand breitete sich aus, ihre Haut konnte ihn nicht löschen, erglühte über ihren ganzen Körper, und sie spannte jede Faser an, als die Wellen sie überrollten. Sie stöhnte und schrie gleichzeitig, dann war es vorbei. Sie spürte nur noch das Nachglühen, die kleinen Wellen, die den großen folgten, das Pochen in ihrem weit geöffneten, nassen Schoß.

Keuchend lag sie da, und als sie wieder sprechen konnte, sagte sie beschämt: »Tut mir leid. Tut mir furchtbar leid.«

»Was tut dir leid?« Valeries Augen schwebten über ihr wie kleine Planeten. Sie hoben sich aus ihrem dunklen Gesicht hervor und durchforschten Dianas Gesicht.

»Das ... ich war viel zu schnell, und ich habe dich nicht –«

»Pscht.« Valerie legte ihr lächelnd einen Finger auf die Lippen. »Es war alles perfekt. *Du* warst perfekt. Du bist wunderschön, wenn du kommst.«

Diana spürte, wie sie rot wurde, aber im immer noch leicht rötlichen Schimmer der untergehenden Sonne fiel das nicht auf. Sie griff an Valeries Hemd und begann es aufzuknöpfen. »Und jetzt will ich sehen, wie du aussiehst, wenn du kommst.«

Valerie gab ein unterdrücktes Stöhnen von sich, als Diana ihre Brüste freilegte. Diana blieb unter ihr liegen und nahm Valeries Brüste in ihre Hände, fuhr mit den Daumen auf die harte Mitte, ersetzte den Daumen durch ihre Zunge.

Valerie zuckte über ihr und biss sich auf die Lippen.

Diana lachte. »Hier kann uns niemand hören. Lass dich gehen, bitte ...«

Ihre Stimme wurde heiser zum Schluss, und ihre Hände schoben Valerie das Hemd von den Schultern. Dann suchten ihre Finger den Hosenbund, öffneten ihn, schoben die Hose über Valeries Hüften.

Valerie erstarrte, als Dianas Finger in Richtung ihrer Mitte wanderten.

Diana suchte die Härchen, den Eingang. Valerie war so nass, als wäre sie soeben aus dem Wasser gestiegen. Diana leckte über eine Brustwarze, gleichzeitig zuckte ihr Daumen über Valeries Perle, die sich so weit vorgewagt hatte, dass sie kaum zu verfehlen war.

Ganz laut stöhnte Valerie auf. Diana nahm die Brustwarze fest zwischen ihre Lippen, rollte sie, fuhr mit der Zunge über die raue Oberfläche, während ihre Finger Valeries Schamlippen spreizten und eindrangen.

Valeries Hüften drängten sich ihr entgegen, sie stießen heftig vor und zurück, so dass Diana gar nicht viel tun musste. Vielleicht wollte Valerie auch nur ihren, Dianas, Geschwindigkeitsrekord brechen, sie wurde bestimmt nicht gern Zweite. Als Kapitänin war sie immer die Erste.

Kurz darauf fühlte Diana, wie sich Valeries Muskeln um ihre Finger verkrampften, wie Flüssigkeit sich über ihre Hand ergoss, heiße Wellen fast auf sie überschwappten.

Im Gegensatz zu Diana keuchte Valerie nicht. Sie war eben viel besser trainiert. Kaum war ihr Orgasmus abgeklungen, legte sie mit einer schnellen Bewegung ihre Kleidung ab, zog Diana fast ohne Übergang die Hose von den Hüften und das T-Shirt über den Kopf. Nackt lagen sie beide im Sand.

Valerie tauchte mit einer gleitenden Bewegung zwischen Dianas Schenkel und legte sich ihre Beine über die Schultern. Tief drang ihre Zunge in Diana ein, bevor sie es richtig bemerkte.

Die Hitze schlug augenblicklich über ihrem Kopf zusammen. Ihr Innerstes hatte nur auf eine Fortsetzung gewartet und öffnete sich Valerie bereitwillig.

»Valerie ...«, flüsterte sie schwach, »oh, Valerie, das ist so schön ...«

Valerie verstärkte ihre Zungenschläge, bezog Dianas Perle mit ein, glitt hinein und hinaus, bis Diana erneut schrie, ihre Hüften sich aufbäumten, aber diesmal erlaubte Valerie ihr keine Pause und keine Gegenleistung.

Erst eine Weile später wand sich die Kapitänin dann unter Diana im Sand, die ihr ebenfalls nichts ersparte, bis sie beide erschöpft nebeneinander lagen, aneinandergeschmiegt und kaum von dem sie umgebenden Strand zu unterscheiden.

»Valerie ...« Diana flüsterte den Namen lächelnd. Sie hätte ihn immer nur flüstern mögen. Sie fühlte sich so wohl in Valeries Arm, an ihrer nackten Brust, die starken Schenkel wie eine Festungsmauer neben sich, die niemand überwinden konnte.

Dianas Lächeln wurde noch tiefer. Und doch konnte man diese Festungsmauer überwinden, konnte dazwischen ein Paradies entdecken, das mindestens so schön war wie jede Südseeinsel. Valerie war so leidenschaftlich, wie Diana es sich gewünscht hatte, und sie hatte Dianas Leidenschaft ebenso geweckt und ausgekostet.

Sie hatten sich gegenseitig auf eine Art verwöhnt, wie Diana es noch nie erlebt hatte. Gerade Valerie hatte sie das überhaupt nicht zugetraut. Sie hatte Dominanz erwartet, Befehle, keine Sanftmut, keine Hingabe. Denn das war das, was sie von Brigitte gewöhnt war.

Aber Valerie war ganz anders. Sie war stark, ja, und sie war das Befehlen gewöhnt, und trotzdem konnte sie sanft und zärtlich sein. Sie war einfach eine Traumfrau.

Sie fühlte Valeries streichelnde Hand, die ganz zart über ihre Schulter fuhr. »Müde?«

»Nein, ich dachte, wir machen jetzt noch eine Nachtwanderung.« Diana lachte leise.

»Da melde ich mich ab«, erwiderte Valerie, auf ihren neckenden Ton eingehend. »Ich habe eine gute Entschuldigung. Mit meinem Knöchel kann ich nicht wandern.«

»Aber eine Menge andere Dinge.« Diana schob sich etwas höher, um Valerie anschauen zu können. »Ich –« Sie brach ab. Nein. Nein, das ging nicht. »Danke«, sagte sie stattdessen. »Es war wunderschön.«

»Dito.« Valerie schluckte. »Ich hoffe, die Realität ist nicht zu weit hinter deinem romantischen Traum zurückgeblieben.«

Diana nahm zwei Finger und kniff Valerie in die Hüfte.

»He!« Valerie sah irritiert aus. »Was soll das denn? Habe ich was Falsches gesagt?«

»Nein, ich wollte nur überprüfen, ob ich nicht vielleicht doch träume.«

»Müsstest du dich da nicht eigentlich selbst kneifen?« Valerie runzelte die Stirn.

Diana grinste. »Das habe ich wohl verwechselt.«

Jetzt endlich begriff Valerie. »Ich glaube, ich melde mich doch noch freiwillig zu der Nachtwanderung.« Sie beugte sich über Diana und küsste sie erneut.

Diana hatte gedacht, sie wäre völlig erschöpft, aber als Valerie sie küsste, erwachten sofort wieder alle Lebensgeister in ihr.

In dieser Nacht wurde der Sand noch mehr als einmal aufgewühlt und kam nicht so schnell zur Ruhe.

23

Ein knackendes Geräusch weckte Diana. Wieder ein Knacken, dann noch eins. Sie schlug die Augen auf. Valerie war dabei, mit geschmeidigen und kraftvollen Bewegungen größere Äste zu zerbrechen und aufzustapeln.

Diana tat, als würde sie noch schlafen und beobachtete Valerie verstohlen. In diesen muskulösen Armen hatte sie vergangene Nacht gelegen, diese Brüste hatte sie liebkost … das Verlangen kehrte unweigerlich zurück. Vielleicht konnte sie Valerie von einer Pause überzeugen, zur Abwechslung ein paar andere körperliche Anstrengungen zu unternehmen …

Sie streckte sich gähnend, stand auf und sprang ins Meer, genoss das kühle Wasser auf ihrer Haut. Auffordernd blickte sie zu Valerie, doch die kümmerte sich nicht um sie, sondern zerbrach weiter Äste. Dann stand sie auf und humpelte, auf einen zum Stock umfunktionierten Ast gestützt, den Strand hinunter.

Missmutig schlich Diana wieder an Land und zog sich an. Aber sie wusste ja mittlerweile, wie Valerie war, wenn sie arbeitete – da konnte sie nichts und niemand abhalten, da schien sie immun gegen die erotischste Verführung.

Ein Grummeln aus ihrer Magengegend meldete sich. Sie blickte zur Seite, wo mehrere Kokosküsse lagen. Angewidert verzog das Gesicht. Auf ihrem Weg durch die Insel hatten sie sonst keine essbaren Früchte gefunden, beziehungsweise was sie fanden, war ihnen unbekannt, und daher rührten sie das nicht an – es hätte giftig sein können. Also blieben wieder nur Kokosnüsse auf dem Speiseplan.

Mit langen Zähnen kaute sie ein wenig Kokosfrucht, dann schaute sie sich nach Wasser um. Von dem, was sie von der Süßwasserquelle mitgenommen hatten, war nichts mehr da. Jemand sollte zur Quelle gehen und neues Wasser holen. Diana seufzte. Das war jetzt ein schöner Schlamassel: Sie würde die Quelle nicht mehr wiederfinden, und Valerie konnte diesen Weg mit ihrem Fuß nicht machen.

Während sich Diana mit dem Gedanken vertraut machte, allein durchs Gestrüpp zu irren und den Eingang zur Quelle zu suchen, kam Valerie mit Ästen beladen zurück. Diana sprang auf und eilte ihr entgegen. Auf die Idee, ihr zu helfen, hätte sie auch schon mal eher kommen können.

Nachdem sie Valerie einen Teil der Äste abgenommen und sie zur Feuerstelle geschleppt hatte, wurde ihr bewusst, dass mit Valerie etwas nicht stimmte. Nicht ein Wort hatte sie gesagt, kein »Guten Morgen« oder »Gut geschlafen?« oder sonst irgendwas. So ein kleiner Kuss am Morgen wäre auch nicht falsch gewesen. Diese Nacht hatte sie schließlich wahrlich nicht kalt gelassen.

Valerie setzte sich und fuhr damit fort, kleinere Äste über dem Knie zu zerbrechen. Diana stand etwas verträumt herum und tat nichts dergleichen.

Da hielt Valerie inne, zog ihr Messer aus der Tasche und warf es Diana hin. »Du kannst die größeren Äste ansägen, damit ich die leichter zerbrechen kann. Außerdem wird der Stapel langsam zu groß, im Sitzen komme ich nicht mehr dran. Stapel du das Holz weiter.« Mit einem Krachen zerbrach ein weiterer Ast in zwei Teile, die Diana vor die Füße fielen.

Nein, hier stimmt etwas überhaupt gar nicht, dachte sie. Valerie tat so, als hätte es die vergangene Nacht nie gegeben. Dieses Verhalten kam Diana bekannt vor, sehr bekannt. Schlagartig wich ihr das Blut aus dem Kopf, sie wankte leicht. Valerie war dabei, alles zu wiederholen: die Kälte, die Zurückweisung, die Enttäuschung.

Diana fiel auf die Knie. Wie ein Hagelsturm prasselte diese Erkenntnis auf sie nieder. Tränen stiegen hoch. Wie hatte sie nur so dumm sein können zu glauben, diesmal würde alles anders werden? Wie hatte sie sich nur so leicht täuschen lassen können? Wie hatte sie nur annehmen können, eine Nacht voller Leidenschaft würde Valeries Einstellung ändern?

Natürlich blieb Valerie ihrer Frau treu, selbst auf einer einsamen Insel, selbst mit der Aussicht, sie möglicherweise nie wieder zu sehen. Und nach einer Nacht der Schwäche musste sie jetzt doppelt und dreifach Stärke zeigen, ihr, Diana, gegenüber alle Härte anschlagen.

Während Diana auf den Knien hockte und mit sich kämpfte, zeigte Valerie keinerlei Mitgefühl oder Anteilnahme. Statt dessen brummte sie: »Willst du da Wurzeln schlagen, oder hilfst du mir endlich?«

Diana riss die Augen auf. Das war zu viel. Sie sprang auf und rannte los, einfach nur weg, weg von Valerie, weg von den Demütigungen, weg von ihrer eigenen Schwäche, der sie in der Nacht erlegen war. Hätte sie sich nicht hinreißen lassen, hätte sie Valeries Reizen widerstanden, würde sie sich heute weitaus besser fühlen.

Sie rannte eine Weile am Strand entlang, dann sprang sie ins Dickicht und schlug wild mit den Armen umher. Jeder Ast, jedes Blatt, das sich ihr in den Weg stellte, wurde wütend niedergemäht.

Als sie eine Lichtung erreichte, verließ sie die Kraft. Wut und Zorn wichen der Verzweiflung, dem Schmerz. Sie brach in lautes Weinen aus.

Das Wehklagen verhallte lange ungehört, dann versiegten die Tränen, und Diana schluchzte nur noch. Ob sie wollte oder nicht, sie musste sich Gedanken darüber machen, wie es weitergehen sollte. Valerie hatte einfach beschlossen, so zu tun, als wäre nichts gewesen, doch Diana konnte das nicht. Sie konnte Valerie nicht mehr gegenübertreten, ohne an die vergangene Nacht zu denken. Ihre Gefühle ließen sich nicht einfach so abschalten.

Und dann waren da noch die ganzen Umstände: Auf dieser elenden Insel waren sie aufeinander angewiesen. Diana konnte nicht einfach so losziehen, ihr Lager auf der gegenüberliegenden Seite aufschlagen und Valerie ignorieren. Sie konnte keine Kokosnüsse von den Bäumen holen, sie konnte sie nicht öffnen, die Wasserquelle würde sie nicht wiederfinden, und sie hatte keine Ahnung, welche Pflanzen und Früchte sie essen konnte und welche nicht.

Erneut begannen die Tränen zu laufen, doch diesmal aus Wut.

Wut darüber, dass sie so abhängig von Valerie war. Wut auf sich selbst, dass sie so hoffnungslos unselbständig war in der Wildnis. Sie würde reuig zurückkehren müssen, würde sich Valerie gegenüber zusammenreißen müssen, und das machte sie noch wütender. Sie steckte in einer verdammten Sackgasse und wusste keinen Ausweg.

Die Sonne stieg unaufhaltsam empor und schickte ihre unbarmherzigen Strahlen auf die Erde. Diana musste sich wohl oder übel ein schattiges Plätzchen suchen. Sie sah einige Felsen in der Nähe und hoffte auf eine kleine Höhle oder zumindest einen Vorsprung, der ihr Schatten spenden würde. Ihr Durst wurde größer, aber noch hielt sie es aus.

Vorsichtig kletterte sie um die Felsen herum, da hörte sie ein Plätschern. Zunächst glaubte sie an das Rauschen des Meeres, aber das klang anders. Sie folgte dem Geräusch, das Plätschern wurde lauter.

Dann stand sie vor einer aus dem Fels springenden Wasserquelle.

Überglücklich trank sie und benetzte ihr Gesicht, dann hielt sie den Kopf darunter. Endlich konnte sie sich mal das Salz aus den Haaren und von der Haut spülen.

Na, ein blindes Huhn findet auch mal ein Korn, dachte sie und fühlte sich gleich viel wohler. Das hier war *ihre* Quelle. Die hatte sie ganz ohne Valeries Hilfe gefunden. Und hier konnte sie noch eine Weile bleiben.

Sie suchte sich eine bequeme Position in der Nähe der Quelle und schloss die Augen. Wenn sie nicht wiederkäme, würde Valerie dann nach ihr suchen? Könnte sie mit ihrem Fuß nach ihr suchen? Würde sie solange durch den Busch humpeln, bis sie sie gefunden hätte?

Ach was. Diana schalt sich selbst. Valerie war es völlig egal, was aus ihr wurde. Im Gegenteil. Wahrscheinlich war sie froh, den Quälgeist endlich los zu sein.

Sollte sie nicht vielleicht doch zurückkehren und Valerie beim Feuermachen helfen? Schließlich wäre es auch in ihrem Interesse, so schnell wie möglich dieses Eiland und damit Valerie verlassen zu können. Und es war nun mal eine unumstößliche Tatsache: Niemand wusste, dass sie auf dieser Insel hockten, also mussten sie auf sich aufmerksam machen.

Nein. Es war ganz eindeutig Valeries Schuld. *Sie hat sich unmöglich benommen, also muss sie auch mit den Konsequenzen leben.*

Nur, dass die Konsequenzen auch Diana betrafen. Würde Valerie das Feuer nicht zustande kriegen, würde nie jemand kommen und sie retten.

Schon wieder so eine verflixte Sackgasse.

Das Plätschern drang in ihre Ohren. Natürlich! Sie würde einfach mit Wasser zurückkehren, dann würde es nicht so aussehen, als hätte Diana die beleidigte Leberwurst gespielt. Dann würde es so aussehen, als wäre nur das ihr Ziel gewesen: Wasser zu holen. Dann könnte Valerie auch keine hämische Bemerkung machen, sondern sie gleich zur Arbeit einteilen.

Dieser Gedanke gefiel Diana gut. Er hatte nur einen Haken: Worin sollte sie das Wasser transportieren? Sie schaute sich um. Gab es nicht irgendetwas, worin man Wasser transportieren konnte? Es musste irgendwas geben. Sie begann die Gegend nach potenziellen Gefäßen abzusuchen.

Eine Zeitlang blieb ihre Suche erfolglos, dann entdeckte sie ihn: einen ausgehöhlten Baumstumpf. Er steckte zwar noch in der Erde, aber ein Großteil der Wurzeln ragte in die Luft. Wenn es ihr gelingen würde, den Stumpf rauszureißen und der nach unten dicht wäre, hätte sie den perfekten Krug.

Nach einigem Graben und Fluchen hielt sie den Baumstumpf in der Hand. Sie riss soweit es ging unnötige Wurzeln ab, dann trug sie ihn zur Quelle.

Der Baumstumpf war leer schon nicht leicht, aber mit Wasser gefüllt ließ er sich nur mühsam tragen.

Schon nach ein paar Metern setzte Diana ihren Krug wieder ab. Das Ding konnte sie unmöglich allein bis zum Lagerplatz zurückschleppen. Und Valerie wollte sie zum Einen nicht fragen, und zum Anderen hätte sie ihr auch nicht wirklich helfen können mit ihrem Fuß.

Die Sackgassen wuchsen sich langsam zur Plage aus.

Nach ein paar Minuten Ausruhen versuchte Diana sich den Stumpf auf die Schulter zu hieven. Da oben war er leichter zu tragen. Sie atmete tief durch, dann marschierte sie zum Lagerplatz zurück.

Jedes Mal, wenn sie das Gefühl hatte, gleich unter der Last zusammenzubrechen, brauchte sie nur an Valeries Reaktion zu denken, wenn sie völlig erschöpft ohne Wasser ankäme und ihr erzählen würde, dass sie den selbstgebastelten Krug nicht mehr tragen konnte. Die Augen würde sie verdrehen, loshumpeln und das Ding am kleinen Finger hängend anbringen. Nein, diesen Triumph wollte Diana ihr nicht gönnen. Und schon ging es wieder ein paar Meter vorwärts.

Sie erreichte den Strand und wanderte weiter an der Küste entlang. Hier musste sie zwar nicht ständig gegen Buschwerk ankämpfen, aber ihre Füße versanken im Sand, rutschten weg. Ihr Atem war bereits in ein Röcheln übergegangen, schwer stieß sie die Luft ein und aus, im Gleichtakt mit den Schritten, die sie ging. Sie schaute nicht nach vorn, nur nach unten, auf ihre Füße. Ein Schritt, noch ein Schritt, und noch ein Schritt. Immer weiter geradeaus. Einatmen, Fuß nach vorn, ausatmen, Fuß nach vorn.

Nach einer halben Ewigkeit drang endlich die erlösende Stimme an ihr Ohr. »He, was schleppst du denn da? Sag mir doch Bescheid, ich hätte dir geholfen!«

Diana blieb stehen und blickte auf. Valerie warf ihre Krücke zur Seite und lief beziehungsweise humpelte auf sie zu. *Sie sollte den Fuß aber noch nicht so stark belasten,* rief die besorgte Krankenschwester in ihr aus. Doch dieser Ruf verhallte ungehört. Denn als Valerie bei ihr war und den Baumstumpf nahm, klappten unter Diana die Knie weg, und sie fiel zu Boden.

Valerie stellte den Wasserbehälter zur Seite und beugte sich über Diana. »Du Dummerchen, du hättest das doch nicht allein schleppen müssen. Du musst mir doch nichts beweisen …« Sie richtete Diana ein wenig auf, deren Atem sich kaum beruhigen konnte. »Geht es? Ich bin gleich zurück.« Valerie nahm den Krug, trug ihn zum Lagerplatz, schöpfte mit einer halben Kokosnussschale Wasser daraus und brachte es Diana. »Hier, trink.«

Gierig schluckte Diana das Wasser hinunter und fing an zu husten.

»Langsam, langsam. Ist genügend da. Dafür hast du ja gesorgt.«

Während das Husten, Röcheln und Keuchen langsam nachließ, wurde Diana bewusst, wie fürsorglich Valerie war. Hatte sie sich alles am Ende nur eingebildet? Wollte Valerie sie gar nicht zurückweisen? Hatte Diana ihr Verhalten vom Morgen nur völlig missverstanden? Ihr Verstand gemahnte jedoch, vorsichtig zu sein und nicht zu viel in diese kleinen Gesten hinein zu interpretieren.

»Ich habe in der Zwischenzeit genügend Holz für ein größeres Feuer gesammelt. Meinem Fuß geht es auch schon viel besser.« Valerie lächelte kurz, dann erstarb ihre Miene. »Jetzt muss ich nur noch sehen, dass ich das angezündet kriege ... *nur noch* ist gut. Mein Vater hat mir zwar als Kind mal gezeigt, wie man Feuer macht, aber damals dachte ich nur: *Wozu gibt es Streichhölzer?* und habe das nicht ganz ernst genommen.« Sie stand auf und ging zur Feuerstelle hinüber.

Diana blieb noch sitzen und klammerte sich an der Kokosnussschale fest. Ja, Valerie war nett und höflich, aber auch nicht mehr. So nett, wie die Kapitänin mit ihren Passagieren umgeht. Aber nicht wie eine Frau, die ihre Leidenschaft in der Nacht zuvor in den klaren Nachthimmel geschrien hat.

Nein, Diana, du hast beschlossen, dass dir das nichts ausmacht, dass du es hinnimmst, bis ihr von dieser Insel runter seid und euch nie wieder sehen müsst. Also reiß dich zusammen.

Im nächsten Moment musste sie schmunzeln. Sie stand auf und ging zu Valerie hinüber. Der Gedanke, Valerie dabei zuzuschauen, wie sie sich vergeblich abmühen würde, ein Feuerchen zu entfachen, ließ ein wenig Schadenfreude in ihr aufkommen.

Valerie hatte wenige Meter neben dem großen Holzstapel einen kleinen errichtet, der aus vielen winzigen Zweigen bestand. Inmitten dieser Zweige drehte sie an einem Stäbchen herum und pustete immer wieder hinein.

Neugierig setzte sich Diana daneben.

Das Stäbchen kreiselte und kreiselte, aber nichts passierte. Schließlich ließ Valerie es fallen und rieb sich die Handflächen.

»So wird das nichts. Da ist nicht genügend Reibung ...« Sie blickte um sich, dann blieb ihr Blick im Sand hängen. »Ja klar, warum bin ich darauf nicht schon eher gekommen!« Sagte es und warf ein paar Sandkrümel auf das untere Holz. Dann legte sie wieder das pfeilförmige Stäbchen ein und begann es drehen.

Und plötzlich geschah es: Feiner Rauch stieg auf. Valerie pustete vorsichtig, der Rauch wurde dichter, rote Fünkchen erschienen.

»Schnell, halt ein paar von den trockenen Blättern hier rein«, forderte sie Diana aufgeregt auf.

Die tat wie ihr geheißen, die Blätter entzündeten sich, dann fingen die Zweige Feuer. Nach wenigen Sekunden stand die kleine Feuerstelle in Flammen.

»Jetzt müssen wir dafür sorgen, dass das hier nicht wieder ausgeht. Also immer schön Holz nachschieben.« Sie griff neben sich und hielt einen größeren Ast hinein. »Und damit zünde ich jetzt das große an.«

Als der Ast in Flammen stand, zog sie ihn heraus und hielt ihn an kleine Zweige des großen Holzstapels, die zwischen größere Äste geschichtet waren. Es dauert nicht lange, und auch dieser brannte lichterloh. Eine dicke Rauchsäule stieg gen Himmel.

Stolz blickte Valerie ins Feuer. »Na, wie ich habe ich das gemacht?«

Diana konnte ihre Bewunderung nicht verleugnen, aber auch Neid mischte sich hinein. *Ja klar, die große Heldin hat Feuer gemacht. Soll ich ihr jetzt zu Füßen liegen deshalb? Wer sagt, dass ich das nicht vielleicht auch hingekriegt hätte?*

Eine Weile standen sie am Feuer und schauten in die Flammen. Dann wandte Valerie sich Diana zu. »Ich denke, wir lassen das brennen, bis es dunkel wird. Nachts kann man den Rauch nicht sehen, also lassen wir das große Feuer dann ausgehen, müssen aber das kleine am Brennen halten. Währenddessen müssen wir auch frisches Holz heranschaffen. Und morgen zünden wir das große wieder an.«

Es dauerte ein bisschen, dann zuckte Diana zusammen. *Morgen? Und übermorgen? Und über-übermorgen ... wie lange gedachte Valerie noch auf dieser Insel zu bleiben?*

»Wie sieht es aus, willst du mir nicht mal die Stelle zeigen, wo du das Wasser gefunden hast? Mir scheint, das ist leichter zu erreichen als der kleine See in der Höhle.«

»Kannst du denn so weit laufen mit deinem Fuß?« Diana schaute nach unten. Die Schwellung war schon stark zurückgegangen. Offensichtlich war ihre Behandlung erfolgreich gewesen.

»Ja, es geht schon wieder sehr gut. Außerdem müssen wir unterwegs neues Brennholz sammeln.«

Diana verdrehte unmerklich die Augen. Hörte die Schlepperei denn nie auf? Dann setzte sie sich in Bewegung. »Wir müssen ein Stück den Strand runterlaufen, dann da hinten, wo es nicht so steil ist, ins Inselinnere gehen. Ich denke, es ist nicht weit.« Es konnte nicht wirklich weit sein, mit der schweren Last hatte sie nicht kilometerweit laufen können.

Valerie folgte ihr, schweigend liefen sie nebeneinander her.

Diana hoffte die Stelle wiederzufinden, wo sie aus dem Busch herausgekommen war. Suchend blickte sie um sich, als Valerie stehenblieb. »War es hier?« Sie zeigte auf Fußspuren im Sand.

»Ja, das müssen wohl meine sein. Einen anderen Freitag habe ich hier noch nicht gesehen.«

Valerie schmunzelte ob des kleinen Scherzes, dann machte sie eine einladende Handbewegung. »Nach dir.«

Diana kraxelte die kleine Böschung hoch, oben wurde es wieder recht eben. Ihre hinterlassene Spur war weiterhin deutlich zu erkennen, und bereits nach weniger als hundert Metern hörten sie es plätschern.

Als sie den kleinen Wasserfall erreicht hatten, spülte auch Valerie sich als erstes das Salz aus den Haaren. Beide erfrischten sich, labten sich an dem kühlen Nass.

Dann kehrten sie zur Feuerstelle zurück, wobei Diana als Packesel für Feuerholz herhalten musste. Die Äste landeten sofort in der Glut.

»Ob uns schon ein Schiff gesehen hat?«, fragte Diana, während sie ins Blau des Meeres starrte.

»Gut möglich. Ist nur die Frage, ob sie selbst den Kurs ändern, um nachzuschauen, oder ob sie per Funk ein anderes Schiff benachrichtigen, das uns suchen kommt. In jedem Fall rechne ich heute nicht mehr mit der Rettung. Morgen ... nun, wenn wir viel Glück haben, vielleicht morgen.«

Valerie ging zum Wasser, stapfte bis zu den Knien hinein, streckte sich und schaute ebenfalls aufs Meer hinaus.

Was für ein Bild ..., musste Diana unwillkürlich denken. *Die große Herrscherin, das Meer ist ihr untertan.* Augenblicklich kehrten ihre Gedanken zu der vergangenen Nacht zurück, doch sie verscheuchte sie sofort wieder. *Nein, keine Gefühle. Da steht keine wunderschöne Frau im Wasser, sondern ... sondern ... was auch immer, es geht uns nichts an. Gar nichts. Wir stellen uns jetzt vor, wir wären hetero. Wir haben keinerlei Interesse an ...*

Kraftlos ließ sich Diana in den Sand sinken. Es funktionierte nicht. Sie begehrte Valerie noch immer, trotz allem, was geschehen war.

Auf einmal tauchte Valerie unter. Kam hoch, tauchte wieder. War kurz zu sehen, versank dann völlig zwischen den Wellen.

Diana sprang auf. Es schien, als kämpfte sie mit etwas. Einem Hai? *Ich sollte ihr helfen, nur wie? Wenn ich jetzt ins Wasser renne, bin ich nur die Nachspeise ...*

Da tauchte Valerie wieder auf und hielt etwas Zappelndes vor sich fest. Diana kniff die Augen zusammen: Ein Fisch! Valerie hatte einen Fisch gefangen! Mit bloßen Händen!

Valerie kehrte zum Strand zurück, warf den Fisch auf den Boden, suchte einen Stein und haute den Unglücklichen k.o. Dann packte sie ihn an der Flosse und kam auf Diana zu. »Na, was hältst du von gebratenem Fisch zum Mittag?«

Diana schaute stirnrunzelnd auf den Fisch und konnte sich nicht so recht freuen. »Wahrscheinlich denkst du jetzt wieder, ich bin ein Weichei, so eine Landratte, aber ich habe noch nie gesehen, wie jemand einen Fisch getötet hat. Ich weiß nicht, ob ich das essen kann.«

Valerie rollte die Augen. »Und ich dachte, du freust dich mal über ein bisschen Abwechslung auf dem Speiseplan.«

»Tue ich ja auch.« Diana versuchte zu vergessen, was sie gesehen hatte. »Ich habe die Kokosnüsse wirklich satt. Aber ich fürchte, ich werde nie eine Jane.«

»Schon gut.« Valerie verzog schief das Gesicht. »Du musst das nicht essen, wenn du nicht willst.«

Reiß dich zusammen, Mensch! Wir sind hier nicht in der Stadt mit einem Supermarkt an jeder Ecke! »Wenn wir das essen wollen, brauchen wir einen Grill«, sagte Diana. »Ich suche ein paar Äste zusammen.«

Sie sah noch, wie Valerie die Augenbrauen hob, bevor Diana

sich dem Holzstapel zuwandte, um dort ein paar möglichst gerade Äste herauszusuchen. *Soll sie doch. Soll sie mich doch für ein Weichei halten. Nicht jeder ist als harter Kerl geboren wie sie. Ich möchte nicht mit ihr verheiratet sein. Ihre Frau hat es bestimmt nicht leicht.*

Valerie hatte den Fisch schon geschickt zerlegt, als Diana mit den Ästen zurückkehrte. Gemeinsam bauten sie einen provisorischen Grill über dem kleinen Feuer, worauf das Mittagsmahl landete.

Valerie stocherte im Feuer herum, legte nach, drehte die Fischstücke, und Diana suchte zwei flache Steine, die sie als Teller benutzen konnten.

Es dauerte nicht lange, und die köstlichste Mahlzeit auf Erden war fertig. Jedenfalls duftete es so, das musste Diana zugeben. Wenn sie nicht gesehen hätte, wie der Fisch auf den Grill geraten war ...

Valerie schnitt den Fisch in fingerfertige Teile, verteilte sie auf die provisorischen Teller und hatte nach einem knappen »Guten Appetit« bereits das erste Stück im Mund.

Diana zögerte zwar zuerst, tat es ihr aber dann nach, und kaum dass sie den Fisch schmeckte, konnte sie sich nicht mehr zurückhalten, genüsslich zu kauen. »Hmmmm, daf ift guuut ...«

»Hab ich doch gesagt.« Valerie nickte.

Als von dem Fisch nur noch Gräten, Schuppen und andere ungenießbare Reste übrig waren, ließen sie sich satt und zufrieden in den Sand fallen.

»Die nächste Mahlzeit fängst du«, sagte Valerie etwas neckend.

»Okay, dann fällt die nächste Mahlzeit wohl aus.« Diana seufzte. Sie sah sich bereits im Wasser herumplantschen, während sich sämtliche Meeresbewohner totlachten. Na ja, das war auch eine Methode. Das ersparte den Stein auf den Kopf.

Nach einer Weile stand Valerie auf. »Das Feuer. Ich kümmere mich mal darum.«

Diana erhob sich ebenfalls, sammelte die Teller-Steine ein und trug sie Richtung Meer. Dann wusch sie sie im Wasser und brachte sie zurück. *Wie ein altes Ehepaar,* dachte sie dabei. *Der Mann bringt das Essen heim, die Frau spült das Geschirr.*

Unwillkürlich musste sie bei diesem Gedanken schmunzeln.

Eigentlich hasste sie solche Rollenverteilungen, aber hier und mit Valerie ... verdammt, es hätte so romantisch sein können ... *Bumm.* Da waren sie wieder, ihre drei Probleme. *Drei?* Woher kam die Drei? *Ein* Problem war es, nur eins ...

»So, das reicht sicherlich für heute.« Valerie betrachtete stolz das Großfeuer. »Aber wir sollten noch weiteres Holz sammeln für morgen. Es wäre gut, wenn mal jemand Ausschau halten würde da oben«, sie zeigte in Richtung des kleinen Berges mit dem Rundumblick über die Insel, »ob wir nicht vielleicht schon entdeckt worden sind.«

»Ich?« Diana erstarrte.

Valerie nickte. »Ich glaube, ich kann das meinem Fuß noch nicht zumuten. Oder was denkst du?«

Aus Krankenschwesternsicht musste Diana ihr zustimmen. Es war sicher nicht gut, wenn Valerie heute noch einmal irgendwo herumkraxelte, das Wasserholen war schon schlimm genug gewesen, und sie hinkte jetzt auch wieder mehr.

Sie atmete tief durch. »Ich weiß nicht, ob ich den Weg dahin wiederfinde. Außerdem«, sie zeigte zu der Stelle, an der sie beide von den Felsen abgestürzt waren, »müsste ich mir eh einen anderen Weg suchen. Und darin bin ich wirklich nicht gut.«

Gedanken daran, sich erneut in den Busch zu schlagen und eventuell wieder Bekanntschaft mit Krabbeltierchen zu machen, behagten ihr gar nicht. Wenn sie entdeckt worden waren, würde das Schiff schon kommen, egal ob sie es früher sahen oder später.

»Na gut.« Valerie wandte sich ab.

Diana schloss die Augen. *Und jetzt?*

Der Tag schien sich endlos dahinzuziehen, so ganz ohne Abwechslung. Zudem laugte es sie ziemlich aus, Valerie gegenüber stets so zu tun, als wäre alles in bester Ordnung. Wie lange konnte sie sich noch zusammenreißen und Neutralität spielen?

Sicher, sie konnte für ein paar Stunden Valerie aus dem Weg gehen. Aber vor allem, wenn es um Nahrungsaufnahme ging, war sie auf Valerie angewiesen. Sie traute sich nicht zu, sich ganz allein zu versorgen. Die Kokosnüsse hingen einfach zu hoch an den Bäumen, und mit dem Töten lebender Tiere konnte sie sich auf keinen Fall anfreunden.

Genau deshalb konnte sie auch keinen Streit vom Zaun brechen, am Ende würde Valerie sie fortjagen, und dann säße sie da, hungernd und durstend.

Wie sie es auch drehte und wendete, es gab keinen anderen Ausweg, als den Status Quo aufrechtzuerhalten.

Diana döste eine Weile vor sich hin, dann öffnete sie blinzelnd die Augen. Valerie saß in einiger Entfernung und betrachtete sie. Schnell schloss Diana ihre Augen wieder und tat so, als würde sie weiterdösen. Ein, zwei Minuten später blinzelte sie wieder, Valerie hatte ihre Blicke immer noch auf Diana gerichtet.

Was glaubt sie denn hier zu sehen? dachte Diana. *Stellt sie vielleicht langsam fest, was sie alles verpasst, wenn sie weiterhin an einer – derzeit – imaginären Beziehung festhält?* Wie konnte man nur so schrecklich treu sein?

Treue war gerade das richtige Wort. Ha! Unter Treue verstand Diana auch null Sex mit Fremdpersonen. Oder ging es darum, dass Valerie für reinen Sex eine wunderbare Ausrede hatte? *Wir waren ganz allein auf dieser Insel, wir wussten nicht, ob wir je gerettet werden, da sind mir einfach die Hormone durchgegangen ... aber sonst war nichts, gar nichts, bestimmt!*

In Gedanken malte Diana sich das Bild einer mit verschränkten Armen auf Valerie niederblickenden Frau aus, die sich geduldig die verschiedenen Ausreden anhörte ... die Person der Frau nahm mehr und mehr Gestalt an, je länger sie über diese Szene nachdachte, die Form wurde klarer und klarer, bis Diana erschrak: Dr. Fjodorowa stand da und wedelte mit dem Zeigefinger vor Valerie herum!

Sie öffnete die Augen. Valerie hatte sich in der Zwischenzeit abgewendet und bearbeitete den Baumstumpf, der als Wasserkrug diente. Mit ihrem Messer sägte sie an den Wurzeln herum.

Diana legte den Kopf wieder zurück. Der Gedanke an Dr. Fjodorowa ging ihr nicht mehr aus dem Kopf. So streng, wie sie auf Ordnung und Kommandofolge achtete, müsste Oskar ihr schon ein tüchtiges Märchen erzählen, das das Verschwinden des Kapitäns sowie einer der Krankenschwestern erklärte. Was könnte denn glaubhaft erscheinen auf einem Kreuzfahrtschiff mitten auf dem Ozean?

Diana war über Bord gefallen, Valerie hinterhergesprungen,

und beide versanken in den Fluten? Dr. Fjodorowa verschränkte schon wieder die Arme.

Valerie wollte Diana die Rettungsboote zeigen, dabei sind sie ins Wasser gefallen? Beim Versuch, zu den Mexikanern auf das Boot zu klettern, sind sie von Haien gefressen worden?

Dr. Fjodorowas Blick verfinsterte sich zusehends. Solches Seemannsgarn würde sie bestimmt nicht glauben. Und wenn es keine vernünftige Erklärung gab, dann musste sie doch an eine Verschwörung denken, eine Meuterei des Ersten Offiziers vermuten, Gegenmaßnahmen ergreifen …

Diana seufzte. Sie wusste, dass die Ärztin eine Waffe auf der Krankenstation aufbewahrte, aber konnte sie allein etwas gegen mehrere Crewmitglieder ausrichten? Und die Mexikaner?

Aber der Sicherheitsoffizier ließ sich nicht so leicht ein X für ein U vormachen. Er war ziemlich aufmerksam. Nur hatte er offenbar die Mexikaner auch nicht ausreichend im Auge behalten, sonst hätte das alles, was sie auf diese Insel verschlagen hatte, nicht passieren können.

Jetzt zumindest würde der Chef der Sicherheit Fragen stellen, er würde den Käpt'n vermissen und eine Erklärung verlangen, die Vorgänge untersuchen, Aussagen überprüfen.

Diana sah ihn schon gemeinsam mit Dr. Fjodorowa über Bord fliegen. Ja, warum eigentlich nicht? Wo zwei Leute so verschwunden waren, konnten auch noch mehr verschwinden.

Und was war mit dem Rest der Crew? Würden die alle einfach Dienst nach Vorschrift schieben, ohne zu hinterfragen, was mit dem Käpt'n geschehen sein könnte? Diana kannte die Mannschaft viel zu wenig, um darüber spekulieren zu können. Und nicht zuletzt: Wie hatten denn die Passagiere reagiert? Ältere Menschen konnten fuchsteufelswild werden, wenn etwas nicht genau nach Plan verlief.

Aber die würden das Schiff wohl kaum hierher zurückbringen.

Es war hoffnungslos. Diana spürte Tränen in sich aufsteigen. Sie würden ewig hier bleiben. Valerie hatte sie belogen. Hier kam niemand vorbei. Niemand.

Ein Schatten verdunkelte Diana plötzlich die Augen. Sie blickte hoch.

Valerie stand vor ihr und trug den Baumstumpf-Wasserkrug auf der Schulter. Die weit hervorstehenden Wurzeln hatte sie beseitigt, was das Gefäß nicht nur handlicher, sondern auch leichter gemacht hatte. »Ich gehe mal Wasser holen. Pass bitte solange auf das Feuer auf.«

»Du solltest mit deinem Fuß nicht –« *Was geht mich das an? Sie ist der Käpt'n. Soll sie doch tun, was sie will.* Diana verstummte.

»Das geht schon.« Valerie hinkte mit einem knappen Nicken davon.

Diana drehte sich zu dem lodernden Holzhaufen um. Alles in bester Ordnung. Sie legte sich hin und schloss die Augen. Sie wollte eigentlich nur neben dem Feuer dösen, bis Valerie zurückkam, aber sie schlief ein.

Wassertropfen weckten sie. Valerie stand lächelnd über ihr. »Süßwasser für eine süße Frau.«

»Valerie.« Diana setzte sich erstaunt auf. »Was ist denn plötzlich mit dir los?«

Valerie ließ den behelfsmäßigen Krug vorsichtig zu Boden sinken. »Ich glaube, ich habe dich heute ziemlich schlecht behandelt, hm?«

Diana schaute sie an und zuckte leicht die Schultern. »Du versuchst dein Bestes. Holz machen, das Feuer am Brennen halten, Essen und Wasser besorgen, da bleibt nicht viel Zeit für –«

»Für einen Kuss?« Valerie beugte sich zu ihr und küsste sie ganz sanft. »Vielen Dank für heute Nacht«, flüsterte sie an Dianas Lippen. »So viel Zeit muss sein.«

Dianas Gesicht überzog ein Lächeln. »Den Dank kann ich zurückgeben. Das war nicht einseitig.«

»Nein, wirklich nicht.« Valerie ließ sich neben ihr in den Sand sinken. »Ich ... du bist –« Sie brach ab und schaute Diana mit einem komisch-entschuldigenden Blick an. »Ich bin nicht gut in so was. Aber du hast ja schon auf der *Königin* gemerkt – Ich meine, ich konnte es kaum verbergen –« Sie wirkte etwas überfordert.

»Ja.« Diana lachte leise. »Das habe ich gemerkt. Aber ich verstehe auch, wenn du deine Frau –« Sie schluckte. »Du kannst ihr sagen, ich hätte dich verführt. Sie muss verstehen, dass das hier keine normale Situation war ... dass es niemals passiert wäre, wenn nicht –«

»Doch, es wäre passiert.« Valeries Stimme wurde rau, und sie drückte Diana sanft auf den warmen Sand hinunter. »Es wäre passiert, weil es passieren musste. Weil ich mit dir zusammensein will. Weil ich nie mehr ohne dich sein will.« Sie küsste Diana leidenschaftlich.

»Valerie ...« Diana wisperte den Namen glücklich vor sich hin. »Oh Valerie. Ich liebe dich ...«

»Verdammt!« Ein Schlag riss sie aus Valeries Armen, als wäre eine Bombe neben ihnen explodiert.

»Willst du die ganze Insel abfackeln?« Valerie schlug mit größeren Blättern auf glühende Äste ein.

Diana schrak hoch und wurde im nächsten Moment von einem Windstoß mit Sand bedeckt. Sie schlug die Hände vor die Augen und hielt kurz die Luft an.

»Jetzt hilf mir endlich!«, brüllte Valerie keuchend.

Diana öffnete vorsichtig die Augen und blickte sich um. Was war denn nur ... eben waren sie doch noch ...

Plötzlich wurde ihr klar, dass sie geträumt hatte. Sie war eingeschlafen, und während sie geschlafen hatte, war heftiger Wind aufgekommen und hatte den Holzstapel umgerissen. Die brennenden Äste waren dem Buschwerk am Rande des Strandes gefährlich nahe gekommen. Valerie bemühte sich, beginnende Grasbrände zu löschen.

Diana brauchte zwar einige Sekunden, um die Situation zu erfassen, doch dann rannte sie los und half Valerie Sand auf Glutnester zu schaufeln, um sie zu ersticken. Immer wieder wirbelten Windstöße Sand durch die Luft, was das Atmen und Sehen erschwerte.

Dieser verflixte Sand war bald überall: im Mund, in der Nase, in den Ohren. Aber tapfer hielt Diana durch, bis das Feuer unter Kontrolle war.

Valerie stapelte die herumliegenden Äste nicht wieder auf. »Wir lassen das Feuer ausgehen, auch wenn es noch nicht dunkel ist. Bei diesem Wind ist das zu gefährlich. Außerdem wäre es besser, sich momentan weiter im Innern der Insel aufzuhalten, da fliegt einem nicht dauernd dieser Sand um die Ohren.« Sie drehte sich um und stapfte auf den Busch zu.

»Valerie ...« Diana lief ihr hinterher. »Es tut mir leid. Ich bin eingeschlafen –«

Valerie warf ihr einen vernichtenden Blick zu. »Das habe ich gesehen. Kannst du denn nichts richtig machen? Ich war doch nur kurz weg. Nur für die kurze Zeit solltest du aufs Feuer aufpassen. Ist ja nicht so, dass du sonst viel zu tun hättest. Und dann komme ich zurück, und alles steht in Flammen.«

Wut stieg in Diana hoch, und gleichzeitig musste sie Tränen unterdrücken, was aber nicht weiter auffiel, da ihnen beiden die Augen vom Qualm und vom Sand tränten.

Eben war alles noch so schön gewesen, Valerie war so gewesen, wie Diana sie sich wünschte. So, wie sie auch letzte Nacht gewesen war. Liebevoll, zärtlich, unwiderstehlich stark und sanft in einem.

Aber nur in einem Traum. Was auch immer letzte Nacht passiert war, das hatte nichts mit Kapitän Valerie Kemp zu tun, die hier das Kommando hatte und erwartete, dass man ihren Befehlen widerspruchslos gehorchte.

»Du machst nie Fehler, nicht wahr?«, fauchte Diana sie an. »Du schläfst nie, du brauchst keine Ruhe, du brauchst keinen Menschen.« Sie warf einen abschätzigen Blick auf Valeries Knöchel. »Außer vielleicht eine Krankenschwester, die dich versorgt, wenn es nötig ist, und die am besten auch gleich noch deine anderen Bedürfnisse befriedigt!« Sie hatte sich ziemlich in Rage geredet und wurde sehr laut. »Wie gut, dass du nicht allein hier gestrandet bist, oder? Wie praktisch für dich. So hast du gleichzeitig einen Kuli und eine ... eine –« Sie brach ab, und ein Schluchzen brach aus ihr heraus. »Ach, hätte ich dich doch nie kennengelernt! Warum musste ich unbedingt auf diesem bescheuerten Schiff anheuern?«

»Die *Königin* ist kein bescheuertes Schiff.«

»Ja.« Diana schluchzte noch einmal auf. »Für die *Königin* trittst du jederzeit ein. Du würdest sie nie im Stich lassen, wenn sie dich braucht. Du würdest ihr bestimmt keine Vorwürfe machen, wenn sie beim Feuer eingeschlafen wäre. Wieso schläfst du nicht mit ihr? Ihr passt doch so gut zusammen!«

Valerie musterte sie eine lange Sekunde, dann drehte sie sich weg, ging ein paar Schritte und setzte sich auf einen Felsen. »Du bist jetzt aufgeregt«, sagte sie ruhig. »Lass uns nicht streiten. Das Feuer ist unter Kontrolle, es ist nichts Schlimmes passiert.«

Nein, nichts Schlimmes, außer dass du mich verletzt und gedemütigt hast. Gar nichts Schlimmes. »Ich gehe weiter«, verkündete sie knapp. Wütend stapfte sie durchs Unterholz, bis sie es hinter sich knacken hörte. Alarmiert drehte sie sich um. Ein Tier?

»Das ist nicht gut«, sagte Valerie, die ihr offenbar gefolgt war. »Wir sollten uns jetzt nicht trennen. Es wird bald dunkel.«

»Lass mich in Ruhe! Ich entscheide selbst, was ich tue!« Diana wollte weitergehen.

Valeries fester Griff hielt sie auf. »Diana.« Nun klang ihre Stimme wieder sanft. »Ich weiß, es ist schwer für dich. Glaub mir, das weiß ich. Aber es nützt nichts, wenn wir uns selbst bemitleiden. Das bringt uns nicht weiter.«

»Lass mich los.« Diana presste die Lippen aufeinander. »Fass mich nie wieder an!«

»Okay.« Valerie ließ sie los und hob die Hände. »Ich fasse dich nicht an. Aber ich will auch nicht, dass du im Unterholz verschwindest. Wir wissen immer noch nicht, was auf dieser Insel alles kreucht und fleucht. Das könnte gefährlich sein.«

»Wieso interessiert dich das? Ich bin dir doch völlig egal!« Diana machte zwei Schritte, dann blieb sie stehen. Sie hatte einfach keine Kraft mehr. Das Feuer zu löschen war so anstrengend gewesen, dass sie auf einmal zitterte.

Außer den Geräuschen des Dschungels hörte man nichts, bis Valerie tief durchatmete. »Du bist mir nicht egal.«

Dianas Knie gaben nach, sie sank auf den weichen Boden und blieb dort liegen.

Valerie kam und hockte sich neben sie. »Du bist mir überhaupt nicht egal.« Sie ließ sich ins Grün fallen und schaute Diana an. »Ich dachte, das hättest du gemerkt.«

»Woran merkt man das?«, schnappte Diana. Jetzt, wo sie nicht mehr stehen musste, konnte sie ihre ganze Kraft zum Reden verwenden. »An der Anzahl der Orgasmen?«

Valeries Mundwinkel zuckten. »Es waren eine ganze Menge, oder nicht?«

Diana konnte sich nicht wehren, sie musste sich gegen alles verwahren, was sie Valerie näherbrachte, aber sie konnte nicht.

»Und? Was hätte ich daraus schließen sollen?« Aber sie konnte ihren Mund nicht dazu bringen, ganz ernst zu bleiben, er begann sich in Richtung eines Schmunzelns zu verziehen.

»Ich –« Valerie richtete sich auf, zog ihre Knie an sich heran und legte ihre Arme darum. »Ich habe so etwas schon lange nicht mehr gehabt.«

Diana wandte den Kopf zu ihr. »Auf dem Schiff«, sagte sie. »Ja, ist schon eine Weile her, dass wir abgelegt haben.«

»Das meinte ich nicht.« Valerie stützte ihr Kinn auf ihre Knie. »Marianne und ich sind ... Marianne ist –« Sie atmete tief durch. »Wir schlafen schon eine ganze Weile nicht mehr miteinander.«

»Oh nein, bitte nicht.« Diana verzog das Gesicht. »Nicht diese Arie: Meine Frau versteht mich nicht.«

»Ja, stimmt, so was klingt immer unglaubwürdig.« Valerie atmete hörbar aus. »Habe ich früher auch gedacht. Aber wenn man dann selbst in der Situation ist –« Ein gezwungenes Lächeln überzog ihr Gesicht. »Aber du hast recht: Das hat nichts mit dir zu tun. Ich muss das mit mir selbst abmachen.«

»Und mit Marianne«, ergänzte Diana. »Denkst du nicht?«

»Ja.« Valerie brütete eine Weile vor sich hin.

»Und wenn wir nie mehr wieder nach Hause kommen?«, unterbrach Diana ihr Brüten irgendwann mit zitternder Stimme. »Wenn wir immer hier bleiben müssen?«

Valerie hob den Kopf und sah sie an. »Sie werden uns finden.«

»Bist du da wirklich so sicher, oder sagst du das nur, um mich zu beruhigen?«

Valerie schaute sie immer noch an, antwortete aber nicht.

»Du bist nicht sicher.« Dianas Stimme brach.

»Es gibt Tausende von Inseln in der Südsee, und so winzige wie diese hier sind kein Reiseziel«, gab Valerie zu. »Aber sie werden das Feuer sehen, und dann werden sie kommen –«

»Was ist, wenn wir kein Holz mehr haben? So groß ist die Insel nicht. Und dann gibt es kein Feuer mehr.« Dianas Stimme wurde hysterisch. »Sie werden uns nicht finden! Nie, nie, nie!« Sie schluchzte und brach zusammen, wimmerte leise vor sich hin. »Nie, nie, nie ...«

»Sch-sch, beruhige dich«, flüsterte Valerie, während sie ihre

Arme um Diana legte und sie an sich zog. »So schlimm ist es nicht. Wir haben Wasser und zu essen, einen schneeweißen Sandstrand, um den uns jeder Reiseprospekt beneidet –«

Diana versuchte ihre Panik in den Griff zu bekommen. »Hättest du das gedacht, als du mir damals die Prospekte in die Hand gedrückt hast?«

Valerie lächelte und streichelte Diana sanft. »Nein. Da dachte ich nur, was für eine reizende kleine Krankenschwester ich mir da geangelt habe.«

»So hast du aber nicht gewirkt.« Diana drehte sich erstaunt in Valeries Arm.

»Marianne war kurz vorher im Büro gewesen – Entschuldige, ich wollte nicht mehr davon reden.«

Diana atmete tief durch. »Doch, kannst du ruhig. Schließlich haben wir hier nicht viel anderes zu tun als zu reden.« Sie musterte Valeries Gesicht, das sich verschlossen hatte. »Erzähl mir von ihr. Wie ist sie?«

»Sie ist sehr schön.« Valerie hob den Kopf und schaute über Diana hinweg auf das Meer, das zwischen den grünen Pflanzen hindurchschimmerte. »Und sie mag Wasser nicht.«

»Wie?« Diana schüttelte ungläubig den Kopf. »Wie habt ihr euch dann überhaupt kennengelernt?«

»Auf einer Party der Reederei. Normalerweise liegt mir nichts an so was, aber ich musste hingehen. Es war die Feier meines Kapitänspatents.«

»Aber wieso war sie denn da? Wenn sie nichts mit Schiffen zu tun hat?«

»Das habe ich nicht gesagt. Ich habe nur gesagt, dass sie kein Wasser mag. Aber sie ist die Tochter des Reeders.«

»Oh.«

»Ich weiß, was du jetzt denkst«, sagte Valerie, »aber so ist es nicht. Sie war dagegen, dass ich das Kommando auf der *Königin* bekomme. Sie möchte, dass ich zu Hause bleibe, an Land.«

»Du?« Diana konnte sich Valerie kaum ohne Wasser um sie herum vorstellen. »Du liebst das Meer mehr als –«

»Mehr als alles andere.« Valerie schaute immer noch hinaus. »Mehr als sie. Das wirft sie mir ständig vor.«

»Hast du versucht, an Land zu bleiben?«

»Ja. Ihr zuliebe. Du hast gesehen, dass ich es versucht habe. Fandst du, dass ich in dieses Büro passte?«

Diana lachte. »Nein, nicht wirklich. Ich dachte, du wärst die Sekretärin, aber irgendwie ... irgendwie passte es nicht. Ich konnte mir keinen Chef über dir vorstellen.«

»Die Sekretärin war nicht da, weil sie ein Kind bekommt, und der Personalleiter war nicht da, weil er gerade Urlaub hatte. Das überschnitt sich, als du kamst, deshalb –«

»Deshalb hast du mich eingestellt.« Diana schmunzelte. »Ich hatte schon damals irgendwie den Eindruck, dass das nicht deine normale Arbeit ist.«

»Nein. Ich habe da im Grunde genommen nur ein Büro, weil ... weil Marianne es so will. Ich habe mich da nie wohlgefühlt. Sie dachte wohl, wenn ich erst einmal ein Büro habe, mit einem Ledersessel und einem Riesenschreibtisch und einer Sekretärin, dann würde mir das gefallen.« Valerie lachte trocken auf. »Sie hat mir ein paar Bilder mit Schiffen erlaubt. Die konnte ich dann an der Wand anstarren.«

»Hört sich furchtbar an.«

»Das war es auch. Ich habe erst wieder angefangen zu leben, als ich das Deck der *Königin* betrat.« Ein leises Lächeln überzog Valeries Gesicht. »Es war wunderbar, wieder ein Schiff zu haben. Die trockene Büroluft gegen Seeluft einzutauschen.«

»Dein Schiff ...« Diana starrte blicklos in die Luft.

Valerie seufzte. »Ja, ich weiß. Du denkst genauso wie Marianne. Mein bescheuertes Schiff ...«

Diana legte eine Hand auf Valeries Arm. »Tut mir leid, dass ich das gesagt habe. Tut mir wirklich leid. Aber es ist so ungeheuer schwer, mit der *Königin* zu konkurrieren. Das kann einen schon wütend machen.«

»Du musst nicht mit der *Königin* konkurrieren.« Valeries Stimme klang auf einmal sehr weich. Sie beugte sich herunter, und ihre Lippen fuhren zärtlich über Dianas Wange. »Das hast du überhaupt nicht nötig.«

Diana runzelte die Stirn. »Nun ja, im Moment ist sie ja nicht da, aber wenn sie zurückkommt –«

»Werden wir gerettet«, setzte Valerie fort. »Das willst du doch.«

Es ist ja nicht nur die Königin, dachte Diana. *Wenn die Königin kommt, heißt das, wir fahren nach Hause. Und für Valerie bedeutet das: nach Hause zu Marianne.* »Ja«, sagte sie, »das will ich. Aber im Moment ...« Ihre Finger streichelten Valeries Arm.

Valerie schmunzelte leicht. »Im Moment willst du etwas anderes?«

»Ist der Käpt'n einverstanden?«

»Der Käpt'n ist nicht hier«, murmelte Valerie, beugte sich über sie und begann sie zu küssen.

24

Der Wind brachte nicht nur unangenehme Sandstürme, sondern auch dicke Regenwolken. Die Sonne verdunkelte sich zusehends, erste Blitze zuckten aus dem wallenden Wolkenteppich herab. Der anschließende Donner ließ Diana zusammenfahren.

Valerie schaute skeptisch nach oben. Wieder blitzte es, wieder und wieder. Das Donnergrollen wollte gar nicht mehr aufhören. »Ich glaube, wir sollten uns einen sicheren Unterschlupf suchen. Es fängt bestimmt gleich an zu –«

Die Worte waren kaum gesprochen, da prasselte der Regen auf sie nieder. Der Wind peitschte die Wassermassen über die Insel, innerhalb weniger Sekunden waren beide völlig durchnässt.

»Was machen wir denn jetzt?« Diana verzog das Gesicht. Wenigstens war der Regen nicht kalt. Dennoch fühlte sich die unfreiwillige Dusche mit der Zeit recht unangenehm an.

»Wir warten einfach hier, bis es wieder aufhört. Jetzt durch den Matsch zu stapfen, um einen Unterschlupf zu finden, wäre reichlich unsinnig. Hoffen wir, dass die Blitze woanders einschlagen.« Valerie zog sie beschützend in ihren Arm. »So ein tropischer Sturm ist schnell vorbei. Keine Angst.«

Diana fühlte, dass Valeries Worte sie beruhigten und dass ihre Arme ihr für einen Moment Sicherheit gaben, auch wenn der vielleicht nicht lange andauerte.

»Was mich allerdings viel mehr ärgert«, fuhr Valerie fort: »Unser Feuer ist jetzt aus. Und bei der Nässe wird sich schwerlich ein neues entzünden lassen. Verdammt.« Sie fuhr sich durch die nassen Haare.

Diana bemerkte ein leichtes Zittern in Valeries Händen. Offensichtlich nahm dieses Abenteuer Valerie mehr mit, als sie zugab. Die Coolness, die Ich-habe-alles-im-Griff-Attitüde wahren wohl doch mehr Fassade, als Diana vermutet hatte. Valerie war genau der Typ Frau, die Schwäche oder Verzweiflung niemals zugeben konnte. Erhobenen Hauptes in den Untergang.

Die Wolken lichteten sich, der Regen ließ nach. Überall auf der Insel stürzten winzige Wasserfälle zu den Ufern. Der aufgeweichte Boden hatte sich in eine einzige Schlammpfütze verwandelt.

Über den glitschigen Pfad rutschten sie mehr zum Strand zurück als sie gingen. Dort bot sich ihnen ein trauriges Bild: Die nassen Äste der Feuerstellen lagen verstreut von teilweise nassem Sand bedeckt.

Valerie starrte einige Sekunden auf das Chaos, dann straffte sie sich und begann die Äste auszugraben. »Wenn wir die schön einzeln auf den Sand legen, trocknet die Sonne sie bestimmt schnell. Vielleicht kann ich morgen schon versuchen, ein neues Feuer anzuzünden.«

Diana half ihr schweigend. Sie beobachtete Valerie nur von der Seite. Jetzt war der Käpt'n wieder da.

Von der Sonne würden sie heute aber nicht mehr viel sehen, die hing schon zu tief über dem Horizont. Wenn es nur nachts oder morgen früh nicht erneut regnete ... Aber selbst wenn es trocken blieb, würde die folgende Nacht recht ungemütlich werden, denn der Nässe, die der Regen zurückgelassen hatte, würden sie nirgendwo entkommen können.

An diesem Abend färbte sich der Himmel erneut glutrot, bevor die Sonne sich endgültig in die Nacht verabschiedete. Jedem Hobbyfotografen wäre das Herz höhergeschlagen ob der Farbenpracht, Diana jedoch begann in diesen Stunden die Insel zu hassen.

Die feuchte Kleidung klebte an ihr, der feuchte Sand klebte an ihr, die nassen Haare wollten nicht trocknen, und die Aussicht, dieses Eiland bald verlassen zu können, war miserabel.

Valerie gegenüber durfte sie keine Schwäche zeigen, alles musste sie tapfer ertragen. Und das Leben in der Wildnis erwies sich als hart. Wenn die nächste Mahlzeit nicht im Supermarktregal auf sie wartete, sondern quicklebendig im Meer herumschwamm, wenn sie schutzlos den Naturgewalten ausgesetzt waren, dann zehrte das an den Kräften. Es forderte Instinkte heraus, die Diana irgendwo zwischen Bürosesseln und leicht zu füllenden Einkaufswagen verloren hatte. Und selbst Valerie schien nicht mehr so stark und selbstbewusst wie noch zu Beginn ihrer Reise. Dabei waren sie noch nicht einmal eine Woche auf sich gestellt ... wie sollte das werden, wenn die Rettung auf sich warten ließ? Wie lange würden sie hier überleben können?

Tage harter Arbeit standen ihnen bevor. Sie würden sich eine Hütte bauen müssen, zwischendurch für das Essen sorgen, das Feuer am Brennen halten ... tagein, tagaus.

Wut und Verzweiflung mischten sich, während Diana sich ihre nahe Zukunft in allen Details ausmalte. Nein, sie wollte das nicht. Sie wollte nicht täglich ums Überleben kämpfen. Sie wollte ein Bett, einen Herd und einen Supermarkt um die Ecke. Sie wollte ein festes Haus mit Heizung, Dusche und Toilette. Sie war einfach nicht geschaffen für das hier. Sie hatte das auch nie gewollt.

Ihr brodelndes Inneres verwandelte sich in Tränen, die sich nicht lange bekämpfen ließen. Sie stand auf und entfernte sich einige Schritte von ihrem Lager und von Valerie. Sie wollte ihr nichts vorheulen. Valerie hatte genug mit sich selbst zu tun.

Unaufhaltsam ging die Dämmerung in pechschwarze Nacht über. Die schmale Sichel des Mondes wurde von umherziehenden Wolken verdeckt, nur einzelne Sterne blinzelten zwischen den Schwaden hervor.

Diana versuchte so leise wie möglich zu schluchzen. Noch immer liefen die Tränen in Strömen. Sie fühlte sich am Ende, körperlich und seelisch am Ende.

Da spürte sie etwas Warmes, Weiches auf ihrem Arm. Sie drehte sich um. Valerie saß über sie gebeugt und streichelte zärtlich ihren Arm.

»Wenn dich etwas bedrückt, warum redest du dann nicht mit mir?«, fragte sie sanft.

Diana schluchzte nur. Tausend Dinge wollte sie erzählen, viel zu viel auf einmal.

Valerie legte sich neben sie, schmiegte sich an sie. »Was bedrückt dich denn? Hm?«

»Du ... ich ...« Womit sollte Diana beginnen? »Ich halte das hier einfach nicht mehr lange aus.«

»Morgen brennt das Feuer wieder, dann –«

»Du weißt genau, was du gesagt hast: Niemand steuert diese Insel an oder kommt in der Nähe vorbei.«

»Wir dürfen den Mut nicht verlieren. Wenn wir aufgeben, haben wir wirklich verloren. Wir müssen einfach daran glauben, dass jemand vorbeikommt.«

»Glauben.« Diana schluckte. »Du kennst dich aus auf See, und selbst du glaubst es nicht. Wie soll ich es dann glauben? Ich will jetzt die Wahrheit hören.« Sie richtete sich auf. »Wie steht es wirklich um uns?«

Valerie studierte eingehend den Sand. »Der Pazifik ist riesig. Selbst wenn die nächste Schiffsroute nur fünfzig oder sechzig Kilometer weg ist, kann uns keiner sehen. Wenn wir Feuer haben und der Rauch hoch genug steigt, dann könnte uns vielleicht jemand – bei guter Sicht – noch in solch einer Entfernung ausmachen, aber ... was sind schon fünfzig Kilometer? Das ist nichts im Vergleich zu den Entfernungen auf dem Ozean.«

»Aber ... wenn sie nach uns suchen, dann schicken sie doch bestimmt Flugzeuge oder so.«

»*Wenn* sie nach uns suchen. Wir wissen nicht, was auf der *Königin* passiert ist in den letzten Tagen. Sicher, ein Flugzeug könnte unser Rauchsignal auch in größerer Entfernung sehen, aber ich habe bislang noch keins gehört.«

»Also heißt das, wir müssen noch Tage, Wochen hierbleiben?« Diana starrte Valerie mit großen Augen an.

»Nun ... wir sollten das in Betracht ziehen, ja.« Valerie konnte Diana nicht in die Augen sehen. Das Eingeständnis, gescheitert zu sein, schmerzte tief.

Die Tränen, die für wenige Minuten versiegt schienen, brachen sich erneut Bahn. Eine nach der anderen rollte Dianas

Wangen hinab, glitzernd wie kleine Edelsteine im Mondlicht.

Valerie hob ihren Blick, bemerkte die Tränen und zog Diana wieder fest an sich. »Vergiss nicht, ich habe immer noch mein Taschenmesser. McGyver hätte damit schon längst ein Schiff gebaut.«

»Ja, das stimmt. Also, wann stechen wir in See?« Dianas Stimme wurde gespielt munter. Sie glaubte nicht wirklich an Valeries Voraussage, aber auch für sie selbst war es besser, wenn sie so tat.

»Mal sehen ... wenn ich heute Nacht durcharbeite ... segeln wir morgen los.« Valerie lachte, und Diana fiel in das Lachen ein. »Aber mal ernsthaft, der nächste Regen kommt bestimmt. Eine Unterkunft wäre gut. Da drüben, in dieser Felsnische, könnten wir gut eine kleine Hütte bauen.« Sie zeigte mit dem Finger in die Richtung.

Diana blickte ins Dunkel, wo sich schemenhaft der Fels im Mondlicht abzeichnete.

»Das Dach befestigen wir in den Steinen, dann brauchen wir nur ein Stütze vorn. Und nur zwei Wände. Dann haben ein richtiges kleines Haus.« Valerie schien diese Vorstellung zu gefallen. »Und in das Haus kommen dann zwei Betten, damit wir nicht mehr auf dem Boden schlafen müssen. Der ewige Sand überall ist schon recht lästig.« Versonnen blickte sie in den Himmel. In Gedanken malte sie sich ihr zukünftiges häusliches Leben anscheinend schon aus. »Vielleicht baue ich noch ein zweites Zimmer an, eine Küche vielleicht. Damit wir auch bei Regen kochen können. Und dann könnte ich –«

»Stop!«, rief Diana. »Bis gerade eben ging es mir besser, aber deine Zukunftsfantasien machen mir jetzt wieder Angst. Wir hatten uns gerade eben auf einige Wochen geeinigt, von mehreren Monaten war nicht die Rede. Das klingt ja wirklich total nach Robinson und Freitag.«

»Okay, nur eine kleine Hütte. Für Notfälle.« Valerie schmunzelte.

»Danke, das klingt schon besser.« Diana fuhr sich mit den Händen übers Gesicht. »Valerie ... ich ...« Sie hielt inne.

»Was ist?«

»Bitte ... ich ... geh nicht weg.« Diana zog Valerie zu sich heran. »Bitte, lass mich einfach nicht mehr los ...«

Valerie erwiderte die Umarmung erst zögernd, dann fest. »Ich gehe nicht weg. Wo sollte ich denn hingehen hier auf der Insel?« Sie lachte, aber es klang gespielt. »Komm, wir sollten jetzt ein wenig schlafen. Und morgen bauen wir unser Signalfeuer wieder auf, und dann richten wir uns eine kleine Hütte ein. Ja?«

Diana atmete tief durch. Eine Hütte mit Valerie. Eine Hütte für zwei. Auf einmal klang es nicht mehr so furchtbar, wenn sie wusste, dass Valerie dabei war. Sie war nicht allein. Die Augen fielen ihr zu.

Sie kuschelten sich aneinander und schliefen ein.

25

Am nächsten Morgen erwachte Diana wieder allein. Frühaufsteherin Valerie war bereits dabei, getrocknete Äste aufzuschichten. Diana seufzte. Daran würde sie sich wohl gewöhnen müssen.

Sie streckte sich und ging zum Wasser, um ihr morgendliches Bad zu nehmen. Sollte es Valerie tatsächlich fertigbringen, Betten zu bauen, müsste sie einen Nobelpreis dafür bekommen. Diana hatte es so satt, morgens voller Sand aufzuwachen.

Als sie aus dem Wasser zurückkehrte, hielt Valerie in ihrer Arbeit inne. »Na, wie geht es dir heute?«

»Besser. Kann ich dir helfen?«

»Sammel mal ein paar kleine Zweige ein, so trocken wie möglich, und ein paar trockene Blätter. Das brauche ich wieder zum Anzünden.«

»Ja, Käpt'n. Zu Befehl, Käpt'n.« Diana salutierte etwas.

Valerie grinste. »Du weißt, dass ich es nicht so gemeint habe. Wir können das mit dem Feuer auch lassen.«

»Nein.« Diana schüttelte den Kopf. »Ist schon gut. Ich bringe dir was.«

»Danke, Eins-O.« Valerie grinste noch mehr.

Diana runzelte die Stirn.

»Wir sind nur zu zweit hier«, erklärte Valerie, »also bist du mein Erster Offizier, mein IO.«

Diana verzog das Gesicht. »Nicht, dass ich mir so eine Beförderung gewünscht hätte.«

Sie zog los, um die gewünschten Sachen zu suchen. Doch die Feuchtigkeit des Regens hing überall. Sie musste die feuchten Zweige einsammeln und erst einmal in der Sonne trocknen lassen. Zum Strand zurückgekehrt breitete sie alles im mittlerweile heißen Sand aus.

»Alles noch nass, nicht?«, rief Valerie herüber.

Diana nickte nur.

»Aber das wird schon trocken. Hier, der neue Stapel ist zwar nicht so toll wie der alte, aber für ein kleines Feuerchen reicht es. Wenn deine Zweige trocken sind, werde ich mal wieder mein Pfadfinder-Glück versuchen. Vielleicht solltest du zuschauen, damit du das auch lernst.«

Diana wollte etwas erwidern, blieb jedoch stumm. Sie wollte das nicht lernen. Sie wollte nicht eine Sekunde darüber nachdenken, selbst Feuer machen zu müssen. Denn das würde bedeuten, Valerie wäre etwas zugestoßen. Und das wiederrum würde bedeuten, sie müsste allein auf dieser Insel hocken. Dieser Horrorvorstellung wollte sie keine Nahrung geben.

»Vielleicht sollten wir uns dann jetzt mal ums Essen kümmern«, schlug Valerie vor, nachdem Diana ihr nicht antwortete. »Fisch?«

Das Thema war schon viel besser. »Gute Idee. Aber was heißt *wir*? Ich glaube nicht, dass ich was fangen kann.«

Valerie lachte. »Du kannst den Fisch aussuchen, und ich werde versuchen ihn dazu zu überreden, unser Mittagessen zu sein.«

»Okay, ich glaube, das kriege ich hin.«

Es tat gut, diese lockere Gemeinsamkeit. Etwas zusammen zu unternehmen. Und es war angenehm, dass Valerie die Kommandantin in die Wüste geschickt hatte.

Kurze Zeit später standen sie im Abstand von wenigen Metern knietief im Wasser und suchten den Meeresgrund nach Essbarem ab.

Kaum, dass Diana glaubte einen Fisch zu sehen, zeigte sie auf die Stelle und rief: »Fisch!«

Valerie sprang sofort ins Wasser, allerdings erfolglos. »Das war kein Fisch, das war eine Alge.«

Es dauert nicht lange, da schrie Diana wieder und Valerie sprang. Doch sie blieb wieder beutelos.

»Schon wieder eine Alge?«, knurrte Diana.

»Nein, entwischt«, knurrte Valerie zurück.

Dieses Spiel trieben sie eine Weile, bis Valerie ein zappelndes Flossentier in Händen hielt. Diana wandte sich ab, denn sie wollte nicht noch einmal zusehen, wie der Unglückliche sein Leben verlieren würde.

Sie bauten gemeinsam den Grill wieder auf. Fehlte nur noch das Feuer. Immer wieder drehte sich alles nur um das elende Feuer. Noch nie hatte sich Diana Gedanken darüber gemacht, was alles von diesem Element abhing: Die Wahrscheinlichkeit, gerettet zu werden, Wärme, genießbares Essen ... Sie würde in Zukunft nie mehr ohne Feuerzeug aus dem Haus gehen, das schwor sie sich. Ein wasserdichtes Sturmfeuerzeug. Das teuerste auf dem Markt.

Valerie sammelte die getrockneten Zweige ein und schichtete sie locker übereinander. Dann bohrte sie wieder ein Loch in einen größeren, spitzte einen anderen an, warf ein paar Krümel Sand in das Loch und begann mit der wilden Dreherei.

Doch es passierte nichts.

Nach zwei, drei Minuten ließ Valerie das Hölzchen fallen. »Oh Mann, mir tun die Hände weh. Das verdammte Holz ist wohl nicht trocken genug.« Sie schaute Diana auffordernd an. »Es ist wirklich ganz einfach. Das Stöckchen hier ...«, sie drückte es Diana in die Hand, »so schnell wie möglich in dem Loch drehen.« Sie rutschte zur Seite, um Diana Platz zu machen.

Diana nahm das Stöcken und versuchte Valeries Bewegungen nachzuahmen. Doch sie konnte die Geschwindigkeit nicht erreichen. Es schien hoffnungslos.

Valerie übernahm wieder, biss die Zähne zusammen und drehte. Drehte, drehte, drehte ... da, endlich, eine winzige Rauchschwade stieg auf. Valerie verkrampfte sich mehr und mehr, der Rauch wurde stärker, dann erschien eine kleine Glut.

»Pusten!«, quetschte Valerie zwischen aufeinandergepressten Kiefern hervor.

Diana beugte sich über die Glut und blies vorsichtig hinein. Das Glutnest wurde größer, bald fingen die umliegenden Zweige Feuer, und dann dauerte es nicht mehr lange, bis die Flammen aus dem kleinen Scheiterhaufen schlugen.

Schnell griff Valerie nach größeren Zweigen, legte sie hinein, dann Äste. Das Feuer loderte schließlich stark und groß.

Nachdem auch das Signalfeuer angezündet war und der Fisch auf dem Grill lag, bemerkte Diana etwas Rotes an Valeries Hand. Sie griff danach, drehte sie um und sah, dass Valeries Handflächen völlig aufgescheuert waren.

»Ach du liebe Zeit, warum sagst du denn nichts?«, schimpfte sie. »Abwaschen. Wir müssen das abwaschen. Und dann ...«

»Dann holst du einen Verband aus dem Erste-Hilfe-Kasten? So schlimm ist das nicht, das heilt schon wieder«, wiegelte Valerie ab.

Diana blickte Valerie streng an. »Das kann septisch werden. Willst du deine Hände verlieren? Bist du wenigstens gegen Tetanus geimpft?«

»Jawohl, Frau Doktor«, scherzte Valerie. »Wir Seeleute sind gegen alles Mögliche geimpft. Vorschrift.«

»Komm mir nicht so. Sei bloß froh, dass du nicht mit Dr. Fjodorowa hier hockst. Na, da könntest du dir jetzt was anhören ...«

Valerie lachte. »Ja, stimmt. Aber guck, es hat schon längst aufgehört zu bluten. Heilt schon. Ich muss jetzt nur etwas vorsichtiger sein. Geht damit los, dass du unser Mittagessen mal umdrehen müsstest.«

Diana fuhr herum. Den Grill hatte sie ganz vergessen. Sie schaltete von der Krankenschwester um zur Köchin und widmete sich ihrer Mahlzeit.

Während des Essens blickte Valerie immer wieder hinüber zu der kleinen Ecke in den Felsen, wo sie ihre Hütte bauen wollte. »Sag mal, kann ich dich dann losschicken, neues Feuerholz holen? Ich schaue mir mal den Felsen da genau an, was wir alles an Holz brauchen für das Gerüst. Ich habe ein paar Pflanzen mit großen Blättern gesehen, wenn wir die zusammenflicken können, dann würden die ein gutes Dach und gute Wände abgeben.«

Diana nickte. »Ja, mit deinen Händen solltest du keine rauen Äste sammeln.«

Valerie schien gar nicht richtig gehört zu haben, was Diana sagte. »Möglicherweise werden wir ein oder zwei kleine Bäume fällen müssen, gerade Stämme sind am geeignetsten für die Stützen.« Völlig in Gedanken versunken steckte sie sich das letzte Stück Fisch in den Mund, stand kauend auf und ging zu der Felsenecke hinüber.

Klar, der Mann geht zur Arbeit und die Frau macht den Abwasch, wie immer, dachte Diana sarkastisch. Murrend säuberte sie ihre ›Teller‹ und den Grill, dann stapfte sie wieder einmal in den Busch auf der Suche nach Feuerholz.

Als sie mit einem Holzbündel zurückkehrte, sah sie Valerie merkwürdige Figuren mit den Armen machen. Sie warf das frische Holz ins Feuer und ging zu Valerie hinüber.

»Da du ja kein Maßband mitgenommen hast, als wir das Schiff verließen, muss ich mir eben anders behelfen«, antwortete Valerie recht gutgelaunt – die Aussicht, ein Haus zu bauen, schien ihr zu gefallen – auf Dianas fragenden Blick.

»Klar, so was trage ich normalerweise immer mit mir herum.« Diana rollte mit den Augen.

»Okay, jetzt habe ich es. Wir brauchen zwei so lange Stämme«, Valerie machte eine Figur mit den Armen, »zwei so lange Stämme«, eine weitere Figur, »und einen so langen Stamm.« Die dritte Figur.

»Und das soll ich mir jetzt merken?«

»Nein, ich habe mir das gemerkt. Ich gehe jetzt mal entsprechende Bäume suchen.« Schon ging Valerie entschlossen los und wurde bald vom Grün verschluckt.

Diana schüttelte den Kopf. *Will sie mit ihrem Messer Bäume zersägen? Na, viel Spaß dabei.*

Während Valerie im Dschungel nach Balken für ihren zukünftigen Palast suchte, behielt Diana das Feuer im Auge. Noch ein Malheur wie gestern sollte ihr nicht noch mal passieren.

Das Feuer prasselte vor sich hin, Rauschwaden stiegen gen

Himmel. Immer wieder schweiften Dianas Blicke übers Meer ... bis sie plötzlich an etwas hängenblieben.

Hochkonzentriert starrte sie auf den Punkt, eine Unregelmäßigkeit, etwas, das sich von Himmel und Meer abhob. Doch je länger sie starrte, umso mehr verschwamm dieser Punkt, bis er ganz verschwand.

Diana schüttelte den Kopf. Nein, sie hatte schon wieder Halluzinationen.

Sie wandte sich wieder dem Feuer zu und überlegte, wie lange Valerie schon weg war. Es behagte ihr gar nicht, dass sie immer so oft allein da herumstolperte. Es konnte wer weiß was passieren, und Diana saß hier und wusste von nichts. Und wenn sie Valerie suchen wollte, wo sollte sie anfangen?

Während ihre Gedanken um Valeries Leichtsinn kreisten, glitten ihre Blicke wieder zum Meer zurück.

Da! Sie sprang auf. Da war es wieder! Ein Schiff! Es war eindeutig ein Schiff, was sich da am Horizont abzeichnete.

»VALERIE! VALERIE!«, rief Diana und rannte blindlings in den Busch. Sie folgte dem bereits ausgetretenen kleinen Pfad, wobei sie immer wieder »Valerie!« rief.

Endlich tauchte das schmutzig-weiße Hemd vor ihr auf. »Was ist denn los?«, fragte Valerie.

»Ein Schiff! Da ist ein Schiff!«

»Was?« Doch Valerie wollte keine weiteren Erklärungen hören. Sie stürmte los Richtung Strand, Diana folgte ihr in einigem Abstand.

Als Diana endlich aus dem Buschwerk stolperte, fand sie Valerie mit den Händen in die Hüften gestemmt vor. »Da ist kein Schiff. Das hatten wir doch schon mal. Vielleicht solltest du dir mal eine Brille machen lassen.« Doch es waren weniger Vorwürfe, die aus ihren Worten sprachen, sondern eher die Enttäuschung darüber, dass Diana entweder kein Schiff gesehen hatte oder – noch viel schlimmer – dass da ein Schiff war, es sich aber wieder entfernt hat, weil sie das Rauchsignal entweder nicht gesehen oder es falsch interpretiert hatten.

Dennoch suchten sie beide noch eine Weile den Horizont ab, doch das, was Diana gesehen hatte, blieb verschwunden.

Valerie drehte sich schließlich um und verließ den Strand

wieder. »Zwei geeignete Bäume habe ich schon gefunden, ich suche noch die anderen. Dann hoffe ich, dass wir die mit dem Taschenmesser abgesägt kriegen.«

Diana schaute ihr hinterher. *Verdammt noch mal.* Eine solche Enttäuschung war schlimm, schlimmer, als gar nichts zu sehen.

Die Nachmittagssonne brannte, Diana setzte sich in den Schatten einer Palme und versuchte nicht einzuschlafen, sondern das Feuer im Auge zu behalten.

In ihren Augenwinkeln erschien erneut etwas. Vorsichtig drehte sich Diana Richtung Meer. Ihr Atem blieb stehen. Jetzt war es ganz deutlich zu sehen: ein Schiff. Sie kniff die Augen zusammen, öffnete sie wieder. Das Schiff war immer noch da. Und es war diesmal kein verschwommener Punkt am Horizont. Es war ganz klar ein Schiff.

Erneut rannte Diana ins Dickicht. »Valerie! Valerie! Diesmal ist es echt! Ein ganz echtes Schiff! Und ganz nah! Valerie!«

»Diana! Fang mir bloß nicht an, verrückt zu werden oder so was! Ich brauche dich!«, schallte es von weiter entfernt zu Diana herüber.

»Nein, nein, wirklich, es ist ganz groß diesmal! Du musst kommen! Sonst fährt es wieder weg!«

Sonst fährt es wieder weg? Was sollte Valerie denn tun, um es aufzuhalten? Diana fing tatsächlich an, etwas irrational zu werden.

»Geh zum Strand zurück, ich komme nach.«

Diana merkte, wie sie am ganzen Leib zitterte. Die Aussicht auf Rettung hatte sie in helle Aufregung versetzt. Sie eilte zum Strand zurück, wo sie erst einmal die Augen schloss. Dann öffnete sie sie vorsichtig und redete sich ein, dass das Schiff nicht mehr da war. Wenn sie das fest glaubte, dann würde es nicht so enttäusch-

»Die *Königin*!«, rief Valerie neben ihr.

Diana riss die Augen auf. Das Schiff war nähergekommen, es war viel nähergekommen.

»Es ist die *Königin.*« Valeries Stimme brach.

»Haben sie uns gesehen?«, fragte Diana vorsichtig.

»Ja, sie kommen auf uns zu. Ihr Kurs führt sie zu unserer Insel. Aber sie müssen aufpassen auf die Klippen und die Riffs hier.

Wo unser kleines Boot aufgelaufen ist. Das ist gefährlich. Sie müssen da herumfahren und vielleicht in einigen hundert Metern ankern.«

Diana schaute Valerie an. Der Käpt'n war wieder da. Valeries ganze Körperhaltung hatte sich verändert. Stolz sah sie aus, mit aufgerichtetem Haupt blickte sie ihrem Schiff entgegen, das gekommen war, um sie zu holen.

Ohne darüber nachzudenken, ob man sie aus dieser Entfernung sehen könnte, begann Diana winkend am Strand auf und ab zu laufen. »He! Hallo! Hier sind wir!«, rief sie immer wieder.

Valerie blieb an Ort und Stelle stehen und fixierte das Schiff. Diana bemerkte, dass Valerie ab und zu mit dem Handrücken über ihre Augen strich. Weinte sie? Weinte sie tatsächlich? Diana konnte sich nicht zurückhalten und warf sich in Valeries Arme.

»Jetzt haben sie gestoppt. Sie ankern wohl an dieser Stelle. Das ist gut. Das ist weit genug weg von den Klippen.«

»Haben sie uns gesehen?« Diana löste sich wieder von Valerie und schaute ebenfalls aufs Meer hinaus.

»Ich weiß nicht, ich hoffe es. Mit Ferngläsern sollten sie uns sehen können.«

Das war das Stichwort. Sofort sprang Diana wieder los, hüpfte wild umher und schrie herum. Valerie hingegen wartete majestätisch auf eventuelle Signale von der *Königin*.

Diana hielt inne, um zu schauen, ob sich etwas tat. Und tatsächlich: Ein kleineres Boot näherte sich ihnen. »Sie kommen!«, rief sie. »Sie kommen uns zu holen!«

Valerie strahlte. Obwohl sie versuchte, Haltung zu bewahren, merkte Diana deutlich, wie aufgeregt sie war. Sie hatten es überstanden, die Rettung war nah.

Gebannt beobachteten sie, wie das Boot immer näherkam. Es saßen mehrere Personen darin, ein Winken war zu sehen. Sofort ruderte Diana wieder mit den Armen herum, um zurückzuwinken.

»Sie haben uns schon gesehen«, sagte Valerie.

»Ist mir egal, ich will auf Nummer sicher gehen.« Diana fuchtelte und hüpfte weiter herum.

Nach weiteren langen Minuten konnten sie erkennen, wer im

Boot saß: zwei Brückenoffiziere, Dr. Fjodorowa und Melly. Dr. Fjodorowa hatte einen riesigen Koffer auf dem Schoß.

Als Valerie das sah, schmunzelte sie. »Du solltest dich besser etwas kränker geben, sonst ist Dr. Fjodorowa noch ganz enttäuscht.«

Auch Diana erkannte die Insassen jetzt. »Melly! Melly!«, rief sie zur Abwechslung. Melly winkte zurück.

»Wenn Melly nicht bald aufhört zu winken, kriegt sie bestimmt einen Anschiss. So genau kann ich Dr. Fjodorowas Gesicht zwar noch nicht sehen, aber ich wette, sie ist bereits ziemlich genervt von der ganzen Winkerei.« Valerie lachte.

Als das Boot nur noch wenige Meter vom Ufer entfernt war, blieb Diana endlich stehen. Einer der Offiziere sprang heraus und zog es ein Stückchen in den Sand, dann stiegen die andern drei auch aus.

Diana und Melly flogen sich in die Arme, Dr. Fjodorowa begrüßte Valerie mit kräftigem Handschlag. »Käpt'n, ich freue mich, Sie wohlbehalten wiederzusehen. Wie geht es Ihnen?«

»Es geht uns gut. Wir hatten Wasser, und wir hatten zu essen.«

Doch Dr. Fjodorowa hatte bereits mit der ersten Untersuchung begonnen. Sie tastete an Valerie herum, entdeckte die aufgescheuerten Hände und den verstauchten Fuß.

»Der Fuß ist schon fast wieder gut«, beeilte sich Valerie zu versichern. »Und die Hände sind auch nicht so schlimm.«

»Trotzdem, an Bord will ich den Fuß röntgen. Aber die Hände hätten Sie wenigstens verbinden können.« Der tadelnde Blick traf Diana.

»Sie war eine gute Krankenschwester, nur ich bin eine schlechte Patientin«, verteidigte Valerie Diana sofort.

Dr. Fjodorowa hatte sich Diana zugewandt. »Alles in Ordnung bei Ihnen?«

»Ja, ja, es geht mir gut. Ein wenig dehydriert vielleicht, und etwas Sonnenbrand, aber sonst geht es mir gut.« Diana fühlte sich in Dr. Fjodorowas Gegenwart nicht wirklich wohl.

»Wie sieht es aus, ich würde diese verdammte Insel jetzt doch gern so schnell wie möglich verlassen wollen.« Valeries Stimme klang recht energisch. »Kramer, Neubauer, Sie kümmern sich um das Feuer. Sehen Sie zu, dass keine Glutnester bleiben.« Dann wandte sie sich den Frauen zu. »Wir steigen schon mal ins Boot. Ich glaube, darin werde ich mich schon etwas besser fühlen.«

Die beiden Offiziere begannen sofort mit den Löscharbeiten.

Als sie im Boot saß, wurde Diana einen Augenblick wehmütig. Es war so anstrengend gewesen, dieses Feuer zu entfachen, und nun war es so schnell wieder aus ...

Nachdem von dem Feuer nichts mehr zu sehen war, sprang einer der Männer ebenfalls ins Boot und warf den Motor an. Der andere schob es vom Ufer weg und gesellte sich danach zu ihnen.

Mit tuckerndem Motor entfernten sie sich von der Insel und steuerten auf die *Königin* zu.

»Wie geht es meinem Schiff? Der Crew? Den Passagieren?« Valerie blickte in die Runde.

»Wir haben die Ordnung wiederhergestellt.« Dr. Fjodorowa antwortete als erste. »Die Meuterei ist niedergeschlagen, Meuterer arretiert, Passagiere wohlauf.« Knapp und präzise.

»Meuterei?« Valerie schmunzelte. »Aber gut, ja, so könnte man das nennen. War Oskar der Anführer?«

Einer der Offiziere übernahm das Wort. »Ja, er hat einige von der Crew aufgestachelt. Es ging sicherlich um sehr viel Geld.«

»Und was ist mit unseren mexikanischen *Gästen*? Sind die noch da?«

»Alle im Arrest.«

»Haben wir nicht eine Sicherheit an Bord? Ich erinnere mich dunkel, dass die Reederei ein paar Leute eingestellt hat, die genau solche Aktionen verhindern sollten. Wo waren die? Oder haben die etwa mitgemacht?«

»Nein, mitgemacht haben die nicht, aber mitgekriegt haben die auch nichts. Sie sind jetzt zur Bewachung der Arrestzellen eingeteilt, hoffentlich kriegen sie wenigstens das hin.«

»Arrestzellen?« Valerie hob die Augenbrauen. »Ich wusste gar nicht, dass wir so was auf dem Schiff haben.«

»Naja, wir haben einige Kabinen dazu umfunktioniert. Wir konnten die Verräter ja nicht mehr frei auf dem Schiff herumlaufen lassen.«

»Ja, hätte ich genauso gemacht. Ich glaube, Sie werden mir noch alle reichlich zu berichten haben.«

Das Boot hatte die *Königin* erreicht, die Insassen wurden an Bord geholt.

Zu ihrer Überraschung brach ein Jubelsturm los, als Valerie das Deck betrat. Passagiere und Crew hatten sich versammelt, um sie willkommen zu heißen.

Offiziere schlugen die Hacken zusammen und grüßten zackig.

Der Zweite Offizier trat vor Valerie. »Käpt'n, hiermit übergebe ich das Kommando.«

Valerie grüßte zurück. »Gute Arbeit. Danke. Rühren.«

Kaum war der Befehl ausgesprochen, bildete sich eine große Traube um Valerie und Diana. Aus allen Richtungen stürmten Fragen auf sie ein. Besorgte ältere Passagiere brachten ihr Mitgefühl zum Ausdruck, Mannschaft und Offiziere wollten wissen, wie es ihnen allein auf dem Meer ergangen war.

Valerie ertrug es ein paar Minuten geduldig, dann erhob sie ihre Stimme. »Meine Damen und Herren, bitte, wir freuen uns über den herzlichen Empfang, und ich bin froh, endlich wieder an Bord zu sein, aber nun wünsche ich mir – und ich nehme an, dass es Frau Melling ebenfalls so geht – eine ausgiebige, heiße Dusche. Ich bin sicher, wir werden noch genügend Gelegenheit haben, über die Vorkommnisse der vergangenen Tage zu sprechen. Vielen Dank.« Sie drehte sich um begab sich unter Deck. Die anwesenden Passagiere blieben zurück, einige Offiziere begleiteten sie.

»Meine Heldin.«

Diana fuhr herum und blickte in Janines schmachtende Augen. »Ich bin keine Heldin. Ich will jetzt endlich aus diesen Klamotten raus. Wir sehen uns später.«

Für eine Diskussion mit Janine hatte Diana einfach keine Kraft. Duschen, frische Sachen anziehen, essen – in dieser Reihenfolge – das war alles, wonach sie sich sehnte.

Aber Janine ließ sich nicht abschütteln. Sie folgte Diana zu ihrer Kabine. »Mehrere Tage allein auf dem Meer ... hm ... es gingen da durchaus Gerüchte, was ihr so alles angestellt habt in der Zeit.« Sie hatte wirklich ein Gespür dafür, zur falschen Zeit die falschen Dinge zu sagen.

Diana schluckte ihren Ärger hinunter. Das war ja eine schöne Begrüßung. Fast wünschte sie sich auf die Insel zurück. Kaum war sie an Bord, musste sie sich gegen Janines Giftpfeile wehren.

»Frau Jankowsky, ich glaube nicht, dass Ihr Dienst schon beendet ist.«

Alex' scharfe Stimme kam genau im richtigen Moment. Diana atmete erleichtert auf. Janine rollte die Augen und verschwand.

»Ich konnte nicht eher aus dem Maschinenraum weg.« Alex kam rasch auf Diana zu. »Wie geht es dir denn? Mensch, wir haben uns solche Sorgen gemacht.«

»Es geht mir gut. Hätte alles viel schlimmer kommen können. Wir hatten wirklich Glück mit der Insel.«

»Erschöpft siehst du aus.« Alex machte eine etwas zu lange Pause, bevor sie weitersprach. »Ist anstrengend, so Survival, was?« Sie lachte. »Wie hat sich denn der Käpt'n so geschlagen ...«

Diana runzelte die Stirn.

»Nein, das meine ich nicht ... oder sollte ich das meinen?« Alex kniff die Augen zusammen. »Ich meinte, ob sie dich ordentlich versorgt hat mit allem. Mit ... ach, verdammt, du weißt schon, was ich meine.«

»Ja, ich wurde versorgt, und zwar mit Nahrung und mit Wasser.« Diana tat, als wüsste sie gar nicht, worum es Alex wirklich ging. »Aber entschuldige, ich brauche jetzt ganz dringend eine Dusche, und dann werde ich die Kombüse plündern. Danach kannst du mich ausfragen.«

»Klar. Aber dusch nicht zu lange. Wir sind schon alle ganz gespannt auf eure Geschichten.« Alex legte eine Hand auf Dianas Schulter. »Ich bin wirklich froh, dass wir euch heil aufgelesen haben. Wir hatten echt schon das Schlimmste befürchtet ... also, wir sehen uns.«

Diana öffnete die Tür zu ihrer Kabine, winkte noch einmal Alex zu, dann schloss sie die Tür hinter sich. Als würde ihr plötzlich der Boden unter den Füßen weggezogen, schwankte sie und fiel aufs Bett.

Gerettet ... sie war tatsächlich gerettet. Die Matratze unter ihr fühlte sich unendlich weich und bequem an. Die niedrige Zimmerdecke wirkte extrem beruhigend. Hier war sie in Sicherheit, hier war sie geborgen. Beschützt.

Sie spürte, wie sie langsam die Kräfte verließen. Ihr Magen knurrte immer lauter. Mit einem Ruck stand sie auf, warf die schmutzigen Klamotten auf den Boden und stieg dann in die winzige Duschkabine. Das warme, frische und salzlose Wasser tat so gut. Das Gefühl, den Sand endlich loszuwerden, der mittlerweile in jeder Hautpore zu stecken schien, war himmlisch.

Diana fühlte sich wie ein neuer Mensch, als sie ihre Kabine wieder verließ und zur Crewmesse eilte. Unterwegs malte sie sich die leckersten Sachen aus, die sie sich bestellen würde. Eine Suppe als Vorspeise, eine stark gesalzene Tomatensuppe vielleicht, dann ein richtig großes Steak mit einem Berg Gemüse und Kartoffeln, Salzkartoffeln, und als Nachtisch ein Eis. Ein großes Eis mit Früchten. Oder ein Stück Käsekuchen. Oder beides. Oder vielleicht sollte sie gleich mit dem Eis anfangen?

In dem Gang, der zur Messe führte, war es seltsam still, wie Diana erst wenige Schritte vor der Tür auffiel. Durch die Glasscheiben schien kein Licht. Diana blieb unentschlossen vor der Tür stehen. Sollte die Küche etwa geschlossen sein? Oh nein, das konnten sie ihr nicht antun ... vorsichtig öffnete sie die Tür und spähte ins Halbdunkel. Wieso war denn hier niemand?

»ÜBERRASCHUNG!«, tönte es plötzlich im Chor, dann ging das Licht an. Vor ihr stand ein großer Teil der Crew im Halbkreis um einen Buffet-Tisch herum. Auf dem Tisch standen die erlesensten Spezialitäten, die die Bord-Küche der *Königin* aufzuweisen hatte.

Melly trat einen Schritt auf die vor Schreck erstarrte Diana zu. »Wir dachten, du wärst vielleicht hungrig. Und wie du siehst, haben wir auf alles verzichtet, was man so auf einsamen Inseln zu essen findet. Also, hau rein!«

»Oh, das ist so schrecklich lieb von euch«, murmelte Diana, den Blick auf die Fleischbällchen geheftet, die liebevoll zwischen verschiedenen Gemüsen angerichtet waren. Damit sie aber nicht vor Einsamkeit umkamen, gesellten sich noch Käsebällchen hinzu, mehrere Scheiben frisch duftenden Brotes, Pasteten, Rauchfleisch ... Diana öffnete ein paar Töpfe. Spare Ribs,

Antilopenbraten und zartes Rinderfilet warteten darauf, verspeist zu werden. Als Dianas Teller nichts mehr aufnehmen konnte, balancierte sie damit zu einem Tisch und begann ohne Umschweife zu essen.

Eine Zeitlang genoss Diana mit geschlossenen Augen, dann bemerkte sie die Stille um sich herum. Sie öffnete die Augen wieder und blickte in gespannte Gesichter. »Waff?« quetschte sie mit vollen Wangen hervor. »If waf falsch?«

Alex antwortete. »Wir sind eigentlich hier, um endlich die ganze Geschichte zu hören. Wie seid ihr denn über Bord gegangen? Und wie seid ihr auf der Insel gelandet?«

»Und nicht zu ausführlich, wenn's geht, ich weiß nicht, wie lange Dr. Fjodorowa ohne mich in der Krankenstation noch auskommt«, drängelte Melly.

Diana stöhnte. Gleichzeitig essen und reden ... sie begann aber dann doch, zwischen den Bissen von ihrer und Valeries Reise übers Meer zu berichten.

Sie war gerade dabei, mit dramatischen Worten zu schildern, wie Valerie und sie mit letzter Kraft die Insel erreichten, als Mellys Pieper ertönte.

»Mist«, rief Melly. »Immer wenn's am schönsten ist, funkt Doktor Kalaschnikow dazwischen.« Sie stand auf. »Ich will das Ende aber trotzdem hören. Mal sehen, wann's passt.« Sie verließ die Crewmesse.

»Doktor Kalaschnikow?«, fragte Diana verwirrt.

»Ja ja, ihr neuer Spitzname. Aber erst erzählst du zu Ende«, antwortete Alex.

»Dein Maschinenraum kommt so lange ohne dich aus? Oder treiben wir schon antriebslos im Meer?«, scherzte Diana.

»Je länger es dauert, bis du weitermachst, umso weiter geraten wir vom Kurs ab.« Alex lachte.

Und Diana fuhr mit den noch dramatischeren Ereignissen auf der Insel fort.

»... und dann sagte der Käpt'n: ›Die *Königin*. Es ist die *Königin*.‹ Da war dann endgültig klar, dass wir gerettet sind.«

Diana schaute in die Runde. In der Zwischenzeit hatten sich noch andere Crewmitglieder hinzugesellt. Es war mucksmäuschenstill im Raum.

»Wow.« Alex fing sich als erste. »Was für ein Abenteuer.«

Ein leises Murmeln setzte ein, wurde lauter. Viele der Anwesenden sahen auf die Uhr, runzelten die Stirn, verließen die Messe. Offensichtlich hatten einige ihren Dienst vernachlässigt.

Auch Alex erhob sich. »Ich bin sicher, das wirst du noch öfter erzählen, denn ich glaube, es gibt niemanden, den das nicht interessiert.« Sie klopfte Diana auf die Schulter. »Und jetzt gehst du am besten auf die Krankenstation, lässt dich versorgen und erholst dich erst mal.«

Diana lachte. »Wenn ich jetzt auf die Krankenstation komme, werde ich sofort zur Arbeit eingeteilt. Und Melly verschwindet in Windeseile. Ich glaube, ich gehe besser in meine Kabine.«

»Stimmt schon«, sagte Alex schmunzelnd. »Erhol dich gut. Geschlafen habt ihr auf der Insel ja bestimmt genug, ihr hattet ja sonst nichts zu tun.« Sie blinzelte Diana an.

»Vergiss es, Alex.« Diana nahm sich noch etwas Nachtisch. »Es war wirklich hart. Wir waren ziemlich mit Überleben beschäftigt.« Sie hielt sich eine Hand vor den Mund und gähnte. »Zum Schlafen hatten wir gar keine Zeit. Das hole ich jetzt nach.« Sie stand auf und verließ mit Alex die Messe.

Als sie zum zweiten Mal in ihre Kabine kam, hatte sie das Gefühl, schlagartig verließen sie alle Kräfte. Das Auftauchen der *Königin*, die Rettung, die Crew, die begierig auf ihre Geschichte wartete und sie nicht in Ruhe ließ – das alles hatte ihren Adrenalinspiegel auf einem extrem hohen Niveau gehalten, aber nun spürte sie die Erschöpfung. Diese paar Tage hatten sie ausgezehrt. Sie hatte keine Kraft mehr, sich auszuziehen, sie fiel einfach aufs Bett und schlief ein.

26

He, du Schlafmütze, jetzt ist es aber genug!« Eine fröhlich-laute Melly weckte sie.

Diana schlug noch ganz verschlafen die Augen auf. »Du bist schon wieder da?«

»Schon?« Melly lachte. »Du hast vierundzwanzig Stunden durchgeschlafen!«

»Echt?« Diana richtete sich auf. Sie lag immer noch völlig bekleidet im Bett, nur die Schuhe hatte ihr jemand ausgezogen und sie zugedeckt. »So lange?«

»Na ja«, erwiderte Melly gutmütig, »ist ja verständlich. Obwohl ich dich natürlich gern sofort als Ablösung angefordert hätte.«

»Ich kann –« Diana rappelte sich auf und setzte sich auf die Bettkante.

»Nein, nein, ist schon gut. Ich habe Dr. Kalaschnikow mittlerweile ganz gut erzogen. Schließlich war sie auf mich angewiesen, nachdem du verschwunden warst.« Melly grinste. »Sie funkt mich jetzt nur an, wenn was los ist. Ansonsten lässt sie mich ziemlich in Ruhe.«

»Also das mit diesem Spitznamen interessiert mich jetzt«, sagte Diana. »Woher kommt der? Vor ein paar Tagen, bevor das alles passiert ist, war davon doch noch nicht die Rede.«

»Da hatte sie ihre Kalaschnikow auch noch nicht rausgeholt«, grinste Melly.

»Sie hat was?«

»Sie hatte sie in der Krankenstation im Schrank«, erklärte Melly. »Aber das kann Alex dir besser erzählen. Sie war dabei.«

»Alex?« Diana hatte das Gefühl, sie wäre nicht nur ein paar Tage weggewesen. An Bord schien viel mehr passiert zu sein, als sie sich vorstellen konnte. Sie schüttelte etwas irritiert den Kopf. »Ich glaube, ich muss mich langsam mal umziehen. Die Sachen sind ganz zerknittert vom Schlafen.«

»Ja, ich wollte dich nicht wecken. Ich dachte, Sachen kann man bügeln, aber du sahst so aus, als brauchtest du den Schlaf wirklich dringend.«

»Danke.« Diana stand auf. »Und ich habe das Gefühl, ich könnte schon wieder die ganze Kombüse leer essen. So eine Diät von Fisch und Kokosnuss macht doch ganz schön hungrig. Besonders, wenn man dabei noch Holz und Wasser schleppen muss.«

»Hört sich nach unserem Käpt'n an. Sklaventreiberin«, bemerkte Melly.

»Sie hat das Meiste gemacht«, fuhr Diana Melly scharf an. »Sie hat sich nicht geschont. Sogar mit ihrem verletzten Fuß –«

»Alles klar.« Melly hob die Hände. »Ich sage ja gar nichts. Hat euch wohl ziemlich zusammengeschweißt, die Zeit auf der Insel, hm? Na, mal sehen, wie lange das hält. Meistens vergessen die Bosse das ja gern schnell wieder.«

Vielleicht, dachte Diana, *hat sie es jetzt schon vergessen. Immerhin habe ich hier vierundzwanzig Stunden gelegen, und sie ist nicht aufgetaucht.* Sie schüttelte innerlich den Kopf. *Sie wird selbst geschlafen haben, wahrscheinlich hat Dr. Fjodorowa sie mit ihrem Fuß gleich auf einem Bett festgebunden.* »Das ist nicht wichtig«, sagte sie. »Wichtig ist nur, dass wir wieder hier an Bord sind.« Sie lachte. »Und dass es eine Kombüse gibt!«

Melly stimmte in ihr Lachen ein. »Ja, da lernt man die einfachen Dinge des Lebens wieder zu schätzen, auf so einer Insel, was? Kann ich mir gar nicht vorstellen, kein Kühlschrank und keine Chips, kein Kuchen, keine leckeren Cocktails –«

»Hör bloß auf.« Diana winkte ab. »Mir knurrt der Magen so schon.«

Melly verabschiedete sich, weil ihr Pieper sich meldete.

Diana begab sich erst einmal ins Bad und duschte erneut, zog frische Sachen an und steuerte dann auf die Crewmesse zu.

Plötzlich legte sich eine Hand von hinten auf ihre Schulter.

Diana fuhr erschrocken herum.

»Keine Angst, ich bin es nur. Keine Spinnen.« Valerie lächelte sie an. Sie war jetzt wieder in strahlendes Weiß gekleidet, eine neue Uniform, frisch gewaschene Haare ohne Salz, duftend wie der junge Frühling. Sie sah aus, als ob gar nichts passiert wäre.

Diana schluckte. »Käpt'n.«

»So förmlich?« Valerie hob die Augenbrauen. »Ist irgendwas?«

»Ach, nur ... ich dachte ... wir sind jetzt wieder auf dem Schiff, und du bist doch der Käpt'n.«

»Ja.« Valerie lächelte wieder. »Bin ich. Und du hast recht. Eigentlich habe ich dich auch in dieser Eigenschaft angesprochen. Ich habe gerade einen Fisch gefangen und wollte dich zum Essen einladen.«

Diana runzelte die Stirn. »Muss ich erst noch Feuer machen?«

Sie lachten beide.

»Nein«, sagte Valerie, »aber ich dachte ... Ehrlich gesagt möchte ich nicht in die Crewmesse gehen. Dauernd wird man nur ausgefragt. Geht dir doch wahrscheinlich genauso.«

»Ja.« Diana nickte.

»Also deshalb dachte ich, wie wäre es mit einem Essen in meinem privaten Speiseraum? Als Käpt'n habe ich schließlich dieses Privileg.«

Diana war für einen Moment überfordert. Valeries Nähe löste Reaktionen in ihr aus, ließ die Härchen an ihren Armen sich aufrichten und ihre Haut kribbeln. Aber das war vorbei. Sie waren wieder auf dem Schiff, es war alles wie vorher, Valerie war mit Marianne verheiratet und ihr treu, Diana war die Schiffskrankenschwester, und am Ende der Reise würden sie sich trennen, jede zu sich nach Hause gehen, Valerie zu ihrer Frau und den Kindern, Diana ... wohin auch immer.

»Ich weiß nicht, ob das so eine gute Idee ist«, sagte sie. »Aber danke für die Einladung.« Sie wollte sich umdrehen und weiter zur Crewmesse gehen.

Aber Valerie ging rasch mit einem großen Schritt an ihr vorbei und verstellte ihr den Weg. »Diana ...«, sagte sie leise. »Ich habe nichts vergessen, was war. Du denn?«

Diana schüttelte den Kopf. »Nein. Aber das war in einem anderen Leben, denkst du nicht auch? Das hat nichts mit unserem Leben hier an Bord zu tun. Und schon gar nichts mit unserem Leben, wenn die Reise vorbei ist.«

»Sie ist aber noch nicht vorbei«, sagte Valerie.

»Das ändert nichts.« Diana schaute Valerie gequält an. »Wenn wir nicht über Bord gegangen wären, wenn wir nicht auf dieser Insel gewesen wären, würdest du mich jetzt nicht einladen. Oder siehst du das anders?«

»Nein.« Valerie atmete tief durch. »Aber wir waren auf dieser Insel. Es hat sich einiges geändert.«

Diana lächelte wehmütig. »Es war ein Traum, Valerie. Unser Traum. Aber wir sind in dem Moment aufgewacht, als die *Königin* am Horizont erschien. Und sobald man aufgewacht ist, verblassen Träume schnell.«

»Ich werde mich ewig an diese Kokosnüsse erinnern«, sagte Valerie. »Es war ungeheuer mühsam, sie aufzubohren.«

Diana lachte leicht. »Das glaube ich dir. Ich hatte auch große Angst, dass dir etwas passieren könnte und ich dann allein vor dieser Aufgabe stehe.«

»Iss mit mir«, bat Valerie. »Bitte. Und wenn es nur zum Abschied ist. Es ging alles so schnell, und hier an Bord wurden wir dann sofort voneinander getrennt, alle redeten auf mich ein, ich habe dich nicht einmal mehr gesehen, außer als ich in deiner Kabine war –«

»Du warst in meiner Kabine?«

»Du hast dich nicht gemeldet, und da wollte ich nachschauen, wie es dir geht. Aber du hast nur auf dem Bett gelegen und tief und fest geschlafen. Da wollte ich dich nicht wecken. Ich habe dir nur die Schuhe ausgezogen und dich zugedeckt.«

»Du warst das?« Diana hatte angenommen, Melly hätte das getan. Dass Valerie zu ihr in die Kabine kommen würde, damit hatte sie nicht im entferntesten gerechnet.

»Schlimm?«, fragte Valerie.

In diesem Moment kamen Crewmitglieder auf sie zu, Valerie trat etwas zur Seite.

»Käpt'n«, grüßten die beiden Matrosen und legten die Hand an die Mütze.

Valerie nickte ihnen zu und hob ebenfalls grüßend die Hand.

Diana nutzte die Gelegenheit und folgte den beiden Matrosen auf dem Fuße.

Valerie schien sich anschließen zu wollen, aber dann blieb sie stehen und schaute Diana nur nach.

Kurz darauf betrat Diana die Crewmesse und bediente sich am Buffet. Sie hatte nicht gewusst, wie lecker selbst die einfachsten Salate schmecken konnten, verglichen mit immer gleich faden Kokosnüssen.

Ein paar Crewmitglieder nickten ihr zu, ließen sie aber in Ruhe. Es war niemand dabei, den sie näher kannte.

»So, und jetzt will ich die Stellen hören, die du ausgelassen hast«, hörte sie plötzlich eine Stimme hinter sich.

Dass sie heute alle Leute von hinten überfallen mussten ...

»Ausgelassen? Ich habe nichts ausgelassen«, log Diana. Und hoffte, Janine, die sich bereits zu ihr gesetzt hatte, würde es nicht merken.

»Klar. Du und der Käpt'n auf 'ner Insel, kein Mensch weit und breit, und nix passiert. Ihr wart schließlich nicht im Kloster.« Janine grinste neugierig.

»Wir hatten andere Dinge zu tun. Glaub mir, die letzten Tage waren alles andere als romantisch.« Diana stürzte sich auf ihren Salat und ignorierte Janine geflissentlich.

»Dann müsste doch jetzt dringend Nachholbedarf bestehen, oder nicht?« Janines Grinsen wurde noch anzüglicher.

»Du hast sie doch nicht alle.« Diana schüttelte den Kopf, ließ sich aber nicht vom Essen abhalten.

»Allein auf einer einsamen Südseeinsel«, deklamierte Janine theatralisch. »Zu zweit allein, die Palmen wiegen sich im Wind, der weiße Strand lockt, tropische Früchte braucht man nur vom Baum zu pflücken –«

»Ha!« Diana hörte auf zu essen. »Weißt du, wie es wirklich war? Es gab nichts zu essen auf dieser Insel außer ein paar Kokosnüssen und ein paar Fischen, die Val- ... die der Käpt'n mit bloßen Händen gefangen hat. Hast du schon mal einen Fisch getötet, bevor du ihn essen konntest?«

Janine verzog angewidert das Gesicht. »Die habe ich lieber gleich quadratisch und paniert auf dem Teller.«

»Eben«, sagte Diana. »Glaub mir, das hätte ich auch vorgezogen. Aber leider hat man nicht die Wahl, wenn man nicht verhungern will.«

»Du siehst wirklich dünn aus.« Janine ließ ihre Blicke über Dianas Körper schweifen. »Und braungebrannt. Sexy.« Sie grinste erneut.

Diana schüttelte den Kopf. »Du denkst wirklich immer nur an das Eine.«

»Ich bitte dich«, sagte Janine. »Ihr wart tagelang dort. Das hält man doch nicht aus ohne –«

»Ohne Sex?« Diana lachte. »Ein paar Tage? Na, du musst ja immer gut versorgt sein. Wie machst du das hier auf dem Schiff?« Ihre Frage klang wirklich interessiert.

»Ich habe so meine Quellen«, erwiderte Janine selbstbewusst. »Nicht alle Frauen sind so ablehnend wie Alex und du.«

»Freut mich für dich«, sagte Diana. »Aber ich glaube, für die meisten Frauen sind ein paar Tage ohne Sex kein Problem, auch wenn das für dich nicht so ist.«

»Aber jetzt sind diese Tage doch vorbei«, flüsterte Janine, beugte sich nach vorn und streichelte Dianas Bein unter dem Tisch. »Du musst nicht mehr verzichten.«

»Ich verzichte gern auf deine Gegenwart.« Diana stieß Janines Hand energisch weg. »Ich möchte nämlich in Ruhe essen. *Das* habe ich auf der Insel wirklich vermisst.«

Janine lehnte sich zurück. »Weißt du, dass du dich verändert hast, seit du zurückgekommen bist?«

Diana lachte. »Ich bin noch nie auf deine Angebote eingegangen, das hat sich absolut nicht geändert.«

»Nein«, sagte Janina nachdenklich, »aber du bist viel . . . wie soll ich sagen? . . . attraktiver geworden.«

»Weil ich abgenommen und mir einen Sonnenbrand geholt habe?« Diana rollte die Augen.

»Du hast nicht nur abgenommen und dir einen Sonnenbrand geholt – da ist noch mehr passiert«, vermutete Janine.

Diana leerte ihren Teller und lehnte sich dann in ihrem Stuhl zurück. »Ich habe ein paar Tage auf einer gottverlassenen Insel überlebt, ohne jegliche Zivilisation«, sagte sie. »Du hast recht, das hätte ich mir vorher nicht träumen lassen.« Sie stand auf. »Aber jetzt bin ich froh, wieder in der Zivilisation zurück zu sein, und das werde ich in vollen Zügen genießen.«

Janine grinste zu ihr hoch. »Ich stehe jederzeit zur Verfügung.«

Diana schüttelte den Kopf. »Weißt du, woran du mich erinnerst? An eine Spinne, die auf meinem Bein saß und nicht loslassen wollte. Aber ich habe sie dann doch abgeschüttelt.« Sie ging davon, und merkwürdigerweise folgte ihr Janine nicht.

Diana kehrte in ihre Kabine zurück, denn in einem hatte Valerie recht gehabt: Überall, wo sie auch ging und stand, wurde sie angeglotzt, und meistens reichte das nicht, sie wurde ständig ausgefragt und sollte alles, was auf der Insel passiert war, wieder- und wiederkäuen.

Natürlich hatte sie nie *alles* erzählt, was auf der Insel passiert war. Sie ging davon aus, dass Valerie und sie sich darin einig waren, dass ihre Berichte sich auf das beschränkten, was zum Überleben notwendig gewesen war.

Aber es war unmöglich, sich irgendwo auf dem Schiff aufzuhalten, wo auch andere Leute waren. So blieb nur ihre Kabine als Zufluchtsort.

Im Speiseraum des Käpt'ns wären sie sicher auch ungestört gewesen, aber das kam nicht in Frage.

Was dachte Valerie sich eigentlich dabei, ihr so etwas vorzuschlagen? Auf einmal schwappte wieder Ärger in ihr hoch. Das war typisch Valerie. Sie hatte beschlossen, dass sie den Rest der Reise nicht auf Diana verzichten wollte, und Diana sollte das einfach so akzeptieren. Vorher war es anders gewesen, und auch das hatte Valerie verlangt zu akzeptieren. Immer ging es nur darum, was *sie* wollte.

Diana spürte, dass das alles nur Schutzbehauptungen waren. Sie sehnte sich nach Valerie. Sie sehnte sich nach ihren zärtlichen Händen, nach ihrem weichen, leidenschaftlichen Mund, nach ihrem Stöhnen und Seufzen. Sie sehnte sich nach ihren starken Armen, die sie umfangen gehalten hatten, die sie getröstet hatten, wenn sie nicht mehr weiterwusste.

Was sie schon einmal auf der Insel gedacht hatte, dachte sie jetzt wieder: Valerie war eine Traumfrau.

Aber sie gehörte einer anderen.

27

Ein Klopfen an der Tür weckte Diana. Sie stand auf und öffnete.

»Guten Morgen! Frühstück?«, fragte Alex.

Diana gähnte. »Ja, Frühstück ist eine gute Idee. Aber ich mag nicht wieder die Zeitung für alle spielen. Am liebsten hätte ich ein Geheimversteck.«

Alex grinste. »Komm zu mir in den Maschinenraum. Da kann ich allen befehlen, dich in Ruhe zu lassen.«

»Ich liebe Offizierinnen«, bemerkte Diana lässig, biss sich aber sofort auf die Zunge. Verdammt! Musste das sein?

Alex tat so, als hätte sie nichts gehört. »Soll ich hierbleiben und auf dich warten? Damit du auf dem Weg in den Maschinenraum nicht unter die Wölfe fällst?« Sie lachte. »Ich kenne ein paar Wartungsgänge, in denen wir niemandem begegnen werden außer vielleicht meinen Leuten.«

»Ach, weißt du«, Diana atmete tief durch, »ich habe die Insel überlebt, also werde ich auch das hier überleben. Ich komme in den Maschinenraum, sobald ich fertig bin.«

»Ist gut«, verabschiedete Alex sich.

Diana schloss die Tür. Eine kurze Dusche weckte ihre Lebensgeister.

Im Maschinenraum hielt Alex bereits Kaffee und Brötchen für Diana bereit.

»Hm, das ist lieb von dir. Oh, Kaffee ...«, Diana nahm einen Schluck, »Koffein ... das habe ich mit am meisten vermisst.«

»Habt ihr gar keine Drogenpflanzen auf der Insel gefunden?«, fragte Alex. »Man hört doch immer so viel, was es da alles gibt.«

»Also ehrlich, dafür hatten wir wirklich keine Zeit. Wir hatten Mühe, genug zu essen zu finden.« Diana setzte sich in Alex' Raum an den Tisch, der Alex normalerweise als Schreibtisch diente. »Aber jetzt will ich endlich wissen, was in der Zwischenzeit hier auf dem Schiff los war und wie ihr uns gefunden habt.«

Alex lachte. »Na, das ist auch eine Geschichte ... Also, in der Nacht, in der man euch über Bord geworfen hat, hat natürlich erst mal niemand was mitgekriegt. Am Morgen ging dann das Getuschel los: Der Käpt'n ist nicht auf der Brücke erschienen. Der Erste Offizier hätte jemanden zu Valeries Kabine geschickt. Der hätte berichtet, der Käpt'n wäre krank und eine Schwester bei ihr. Daher würde der Erste jetzt das Kommando übernehmen.«

»Eine Schwester? Also ich?«, fiel Diana Alex ins Wort.

Alex nickte. »Genau. Und du kannst dir vorstellen, wie das ausgesehen hat. Irgendwie wollte niemand so recht an die Krankengeschichte glauben. Andererseits konnte sich auch niemand vorstellen, dass Kapitän Kemp derart ihre Pflicht verletzen würde. Aber angeblich würde der strikte Befehl lauten, dass niemand außer der Krankenschwester das Kapitänsquartier betreten dürfte.« Alex nahm einen Schluck Kaffee.

»Wirklich komische Sache. Aber klar, Oskar ist nichts Besseres eingefallen.« Diana schüttelte den Kopf.

»Am Abend ist dann Dr. Fjodorowa ausfällig geworden, weil du dich nicht zum Dienst gemeldet hast. Kranker Käpt'n hin oder her, du hättest dich gefälligst zum Dienst zu melden. Und außerdem wäre es unverantwortlich, wenn der Käpt'n krank ist und nur auf die Hilfe einer Krankenschwester vertraut, statt eine Ärztin zu konsultieren.«

»Ja, so würde sich doch kein Mensch verhalten«, warf Diana ein.

»Also ist Dr. Fjodorowa persönlich zum Käpt'n. Die Tür war abgeschlossen, und von drinnen kam nur ein Gemurmel, ihre Hilfe würde nicht gebraucht. Kannst dir vorstellen, wie unser zartes Wesen in Weiß da geraucht hat.« Alex lachte.

Diana fiel in das Lachen ein. »Ja, dass sie nicht explodiert ist vor Ärger ...«

»Dann musste sie allerdings auf die Krankenstation zurück, denn es kamen plötzlich eine Menge Passagiere mit Lebensmittelvergiftung an. Also hatte Fjodorowa alle Hände voll zu tun und konnte sich nicht weiter um den Käpt'n kümmern.« Alex verzog das Gesicht. »Wir wissen es zwar nicht genau, aber wir glauben nicht an einen Zufall. Das hat garantiert Oskar eingefädelt, um von eurem Verschwinden abzulenken.«

»Hatte er keine Bedenken, dass dabei jemand sterben könnte?« Diana musste an das Messer denken und wie Oskar es dem Matrosen aus der Hand geschlagen hatte.

»Er hat es wohl in Kauf genommen. In jedem Fall kam Melly irgendwann zu mir und fragte mich, ob ich dich gesehen hätte. Du würdest noch nicht mal zum Schlafen in deine Kajüte kommen. Glaub mir, das war alles höchst merkwürdig. Aber was sollten wir tun? Die Tür zum Quartier des Kapitäns eintreten? Wir waren alle ziemlich ratlos. Und dann kam der nächste Hammer: Kursänderung, aber streng geheim. Keinem Passagier ein Wort! Nee, da ist mir der Kragen geplatzt.« Alex trank ihre Kaffeetasse leer.

»Und was habt ihr gemacht?« Jetzt, wo es anfing spannend zu werden, machte Alex eine Pause.

»Der einzige, der ganz offiziell den Käpt'n für dienstuntauglich erklären kann, ist der medizinische Offizier. Also bin ich zu Dr. Fjodorowa und habe ihr von der Kursänderung berichtet. Das hat das Fass zum Überlaufen gebracht. Schnurstracks ist sie auf die Brücke marschiert und hat Oskar zur Rede gestellt, er soll den Ersatzschlüssel für das Quartier des Käpt'ns rausrücken, damit sie sich als Ärztin endlich ein Bild machen kann. Und nötigenfalls den Käpt'n für dienstunfähig erklären. Oskar hat sich gesträubt, aber dann nachgegeben. Und dann ist es eskaliert: Der Doktor hat mich mitgenommen als Zeugin, sie schließt die Kabinentür auf, wir gehen rein und werden niedergeschlagen. Wir hatten beide ja mit allem Möglichen gerechnet, aber sicher nicht mit so was.«

»Niedergeschlagen? Oh Gott. Aber ...«

»Ja, *aber*. So was macht keiner mit unserer russischen Betongenossin. Ich wurde festgehalten und gefesselt und dachte, der Doktor wäre ohnmächtig, weil sie sich nicht gerührt hat, dann fährt sie plötzlich rum, haut einen der Angreifer zu Boden und schickt den zweiten gleich hinterher. Dann zerrt sie mich hoch, stürzt aus der Kabine und schließt hinter uns ab, damit die Jungs nicht entkommen können.«

Alex lachte und schüttelte den Kopf. »Das klingt jetzt bestimmt ganz lustig, aber das war es nicht. ›Ich habe eine Waffe!‹, verkündete sie plötzlich und rannte zur Krankenstation, riss einen Medizinschrank auf, beförderte das Verbandszeug auf den Boden und holte eine Kalaschnikow raus. Mir stand der Mund offen.«

Diana lachte. In der Tat, das passte zu Dr. Fjodorowa. Und der Spitzname auch.

»Jetzt wird's wirklich lustig. Stell dir das Bild vor: Wir zwei rennen wie von der Tarantel gestochen durch die Gänge, während Dr. Fjodorowa eine Kalaschnikow im Anschlag hält ... Jeder, der uns gesehen hat, war so verblüfft, dass keiner uns aufgehalten hat. Wir sind jedenfalls zum Kapitänsquartier zurück, wo der Doktor mit ihrer Knarre reingestürmt ist. Dort waren sie alle versammelt: unsere zwei Angreifer, Oskar und noch drei weitere Crewmitglieder. Da ich hinter ihr stand, konnte ich ihr Gesicht nicht sehen, aber Dr. Fjodorowa muss wild entschlossen ausgesehen haben, das Ding in ihrer Hand auch zu benutzen, denn so schnell konnte ich gar nicht gucken, hatten sie alle die Hände in der Luft.« Alex lachte wieder.

Ja, bei Dr. Fjodorowa würde der Spruch ›Du schießt doch sowieso nicht‹ *absolut nicht verfangen,* dachte Diana.

»Irgendjemand hatte angesichts der plötzlichen Bewaffnung der Schiffsärztin die Sicherheit gerufen, die sich ebenfalls an Ort und Stelle einfand. Einer von den beiden hat dann den Fehler gemacht, zu unserem Doktor ›Waffe fallen lassen‹ zu sagen. Der wäre um ein Haar tot gewesen.«

Diana hielt sich den Bauch vor Lachen. »Wo war die Sicherheit eigentlich die ganze Zeit? Oder steckten die da mit drin?«

»Die waren so was von ahnungslos ... Du hättest die Schimpfwörter hören sollen, die Dr. Fjodorowa denen an den Kopf geworfen hat wegen ihrer Unfähigkeit. Schließlich ist der Sicherheitsoffizier eingetroffen, der schlau genug war, einer Konfrontation mit Dr. Kalaschnikow aus dem Weg zu gehen. Er hat die Situation auch erstaunlicherweise richtig erfasst und seine Leute angewiesen, Oskar & Co. gefangen zu nehmen. Die haben alle keinen Widerstand geleistet.«

»Feiglinge«, sagte Diana. »Uns Unbewaffneten gegenüber haben sie sich aufgeführt wie ... Aber wenn dann der Doktor mit der Kalaschnikow kommt –« Sie musste erneut lachen.

»Ja, dann wurden die Verräter befragt, und wir erfuhren, wann sie euch über Bord befördert hatten und dass ihr ein Boot hattet. Sofort hat sich die Nautik auf die Karten gestürzt, um rauszufinden, wohin euer Boot getrieben sein könnte. Wir haben auch ständig Funksprüche rausgegeben, damit andere Schiffe Ausschau nach euch halten. Das waren vielleicht bange Stunden ... wir sind natürlich mit Vollgas in die Richtung gedüst, wo wir euch vermuteten, und haben auf den erlösenden Funkspruch gewartet ... die ganze Nacht durch haben Passagiere mit Nachtsichtgeräten das Meer abgesucht, freiwillig. Oh Mann, wir hatten erst Schiss wegen der Rentner, aber die waren begeistert. Endlich mal richtig was los, so 'ne richtige Piratenstory.«

»Das kann ich mir vorstellen. Da war es auch kein Problem, dass die ganze geplante Route durcheinanderkam.«

»Nein, daran dachte niemand. Alle waren wirklich nett und

auf unserer Seite. Jeder wollte, dass wir euch finden. Naja, die Nacht verging also ohne irgendein Zeichen, aber am nächsten Tag kam plötzlich ein Funkspruch: Ein Containerschiff hat auf einer Mini-Insel, die als unbewohnt auf den Karten verzeichnet ist, Rauch gesehen.«

»Neeiiin! Das Rauchsignal hat tatsächlich funktioniert? Irre!« Diana geriet ganz aus dem Häuschen.

»Ja, das war eure Rettung. Leider wollte der Kapitän des Frachters keinen Umweg machen, um nachzuschauen, also sind wir sofort in Richtung dieser Insel losgedüst. Ich habe die Maschinen heißlaufen lassen. Sonst war kein Schiff in der Nähe. Ein bisschen bang war uns schon, dass wir dann niemanden vorfinden würden, oder euch vielleicht schwer verletzt oder gar tot antreffen würden ... Daher hat Dr. Fjodorowa darauf bestanden, euch selbst zusammen mit Melly abzuholen, wegen der medizinischen Erstversorgung. Obwohl man schon von Bord aus sehen konnte, dass ihr recht fit wart. Vor allem die umherspringende Krankenschwester.« Alex grinste.

»Ja, ich war so froh, dass ihr gekommen seid ... Aber – was war denn nun eigentlich der Grund für das alles? Was wollte Oskar?«

»Ach ja. Also, die Mexikaner hatten Schmuggelware an Bord ihres Kahns. Die hatten archäologische Maya-Schätze geklaut und wollten die verscherbeln, dann ging deren Kutter kaputt. Zuerst war es okay, dass wir sie abgeschleppt haben, doch als sie unseren nächsten Zielhafen erfuhren, haben sie Angst gekriegt – Angst vor dem französischen Zoll. Also haben sie Oskar einen Anteil versprochen, wenn er den Kurs ändert. Und weil Oskar so ein Oberschlauer ist, fiel ihm nichts Besseres ein, als den Käpt'n von Bord zu werfen. Du warst nur ein Kollateralschaden, weil du zufällig da warst.«

Diana dachte daran, wie schnell alles gegangen war, wie sich alles um sie drehte und sie dann plötzlich im Wasser landete, ohne zu wissen, wie sie eigentlich da hingekommen war. Es lief ihr noch einmal kalt über den Rücken. »Kollateralschaden«, wiederholte sie murmelnd. »Ja, so kann man es auch nennen.« *Und alles nur, weil ich nicht schlafen konnte.* »Aber wohin genau wollten die denn?«, fragte sie in normaler Lautstärke.

»Nach Samoa. Es ist echt witzig: Die allermeisten Inseln in der Südsee gehören zu irgendeinem Land, Frankreich, USA … Samoa ist eine der wenigen Ausnahmen. Dort hätten sie ihre Ware verkloppt gekriegt, dachten sie.«

»War das Zeug denn wirklich so wertvoll? Habt ihr die Schätze gesehen?«

»Ja, ich zwar nicht, aber der Sicherheitsoffizier hat sich das Zeug zeigen lassen. Wir haben das an Bord gebracht, wird im nächsten Hafen dem Zoll übergeben. Zusammen mit unseren Gefangenen.«

»Echt, ein Kreuzfahrtschiff mit Gefangenen …« Diana schüttelte den Kopf. »Dann hat also im Grunde Dr. Fjodorowa dafür gesorgt, dass die Verschwörung aufgeflogen ist?«

»So sieht es aus. Alle anderen hätten wohl noch eine Weile gewartet, bevor sie Fragen gestellt hätten, aber sie war einfach zu ungeduldig. Und dass eine ihrer Krankenschwestern einfach nicht zum Dienst erscheint … so was geht natürlich gar nicht.«

Diana erwiderte Alex' Grinsen. »Nein, das geht gar nicht. Da kennt sie kein Pardon.« Sie seufzte. »Zu unserem Glück. Noch ein paar Tage auf der Insel … Aber immerhin hatte Valerie schon angefangen, eine Hütte zu bauen.«

»Valerie?« Alex legte den Kopf schief.

»Der Käpt'n«, korrigierte Diana schnell.

»Sicher.« Alex grinste nun aus einem anderen Grund. »Also ihr hattet da quasi schon einen Hausstand gegründet? Trautes Heim, Glück allein?«

»So ein Unsinn!« Diana fuhr auf. »Wir brauchten Schutz vor dem Regen, vor den Viechern, die da rumkrochen, vor der Sonne …«

»Ja, ich kann mir vorstellen, dass Valerie gut in so was ist«, schmunzelte Alex. »Und was war deine Aufgabe? Kochen?«

»Wir hatten nicht viel zum Kochen«, entgegnete Diana abweisend. »Nur mal einen Fisch.«

»Und dafür hat bestimmt auch Valerie Robinson gesorgt … Freitag«, neckte Alex sie höchst vergnügt.

»Ja, darüber haben wir selbst Witze gemacht, Robinson und Freitag«, gab Diana zu. »Aber was sollten wir tun? Wir mussten ja irgendwie zurechtkommen.«

»Ja, musstet ihr.« Alex nickte. »Das ist schon klar. Die Frage ist nur, *wie* ihr zurechtgekommen seid – ihr beide. Miteinander. Tagelang ganz allein.«

»Du bist genauso schlimm wie Janine«, beklagte sich Diana. »Die meinte auch, wir –«

Alex beugte sich vor. »Im Gegensatz zu Janine kenne ich Valerie aber«, sagte sie. »Sie mag noch so ehrenhaft sein, aber sie ist auch sehr leidenschaftlich. Und sie hatte schon auf dem Schiff ein Auge auf dich geworfen. Da hat sie sich natürlich zurückgehalten, aber auf einer einsamen Insel? Das hätte nicht gegen ihre Prinzipien verstoßen.«

Diana schaute sie an und atmete tief durch. »Sie ist verheiratet und hat zwei Kinder. Glaubst du wirklich, sie würde ihre Frau betrügen?«

»Valerie? Verheiratet? Puh!« Alex stieß überrascht die Luft aus. »Das hat sie mir nicht erzählt.«

»Sie ist ziemlich verschlossen, was das betrifft. Sie hätte es mir bestimmt auch nicht erzählt, wenn nicht –«

»Wenn nicht eine bestimmte Situation entstanden wäre?« Alex grinste wieder. »Hat sie es dir vorher oder nachher gesagt?«

Diana verschränkte die Arme vor der Brust. »Vorher. Soweit solltest du sie kennen.«

»Ja.« Alex nickte. »Das hätte ich auch von ihr erwartet.« Sie verzog die Mundwinkel. »Hast du nicht eben noch behauptet, sie würde ihre Frau nicht betrügen?«

»Ich –« Diana hätte sich ohrfeigen können. Genau das hatte sie verhindern wollen: dass solcher Klatsch über Valerie und sie aufkam. Und dass ihre Frau eventuell davon hörte. »Bitte ...«, sie schaute Alex flehend an, »behalt das für dich. Ich hätte das nicht sagen sollen.«

»Schon gut.« Alex nickte. »Von mir erfährt es niemand. Das würde ich weder Valerie noch dir antun.« Sie machte eine Pause, in der sie Diana nachdenklich betrachtete. »Und jetzt? Was ist jetzt mit Valerie und dir?«

Diana zuckte die Schultern. »Was soll schon sein? Wir sind wieder an Bord, alles ist wie vorher, es hat sich nichts geändert.«

»Das glaubst du doch selbst nicht.« Alex schüttelte den Kopf. »Ihr habt Tage in einer lebensbedrohlichen Situation miteinander verbracht, ihr habt Sex gehabt, und Valerie hat –«, sie unterbrach sich, um zu lachen, »bereits ein Nest für euch gebaut. Fehlt nur noch der Vorgarten.«

»Das war alles auf der Insel«, sagte Diana. »Das hat nichts mit dem zu tun, was jetzt hier ist. Ich respektiere Valeries Ehe, und ich will ihren Kindern nicht die Mutter nehmen.«

»Das ist aber sehr hochherzig von dir«, erwiderte Alex grinsend. »Und was sagt dein Unterleib dazu? Oder vielleicht romantischer ausgedrückt: dein Herz?«

»Mein Herz ...«, antwortete Diana betont, »fühlt sich einsam. Aber das wird sich ändern. Es gibt noch andere Frauen außer Valerie.«

28

Es gibt noch andere Frauen außer Valerie.

Das hatte sich so leicht dahingesagt, aber während der nächsten Tage, in denen Diana vom Dienst freigestellt war, um sich zu erholen, merkte sie, dass diese Aussage äußerst fragwürdig war.

Es gab so viele Dinge, die sie nun mit Valerie in Verbindung brachte. All diese alltäglichen Dinge, die sie zuvor nie geteilt hatten und nie geteilt hätten, wenn sie nicht auf die Insel verschlagen worden wären.

Und die Nächte ...

Nachdem die erste Erschöpfung abgeklungen war und sie nicht mehr schlief wie eine Tote, wachte sie manchmal nachts auf und wollte sich an Valerie kuscheln. Aber Valerie war nicht da.

Sie würde nie wieder da sein.

Wenn Melly Dienst hatte und Diana allein in der Kabine war, kamen ihr oft die Tränen. Es war so hart gewesen auf der Insel, sie hatte Valerie oft verflucht, weil sie Diana immer wieder antrieb, weil nichts sie anscheinend stoppen konnte, weil sie immer etwas tun musste.

Aber nun, da sie wieder an Bord waren, vermisste Diana Valeries Gegenwart mehr, als sie je geglaubt hätte. Sie hatte schon vorher von Valerie geträumt, hatte nicht schlafen können – sie wäre gar nicht an Deck gewesen, wenn nicht genau das sie dazu gebracht hätte, nachts dort herumzustromern –, aber nun war es anders. Damals war es nur ein Kuss gewesen, an den sie sich erinnern konnte, jetzt war es ... viel mehr.

Diana lag in ihrer Koje, die Hände unter dem Kopf verschränkt, und starrte in die Luft. Da sie sich augenblicklich etwas versteckt hielt und Menschen mied, war es nicht wieder zu einer Begegnung zwischen ihr und Valerie gekommen. Valerie hatte Diana auch keinen Besuch mehr in ihrer Kabine abgestattet, um ihr beim Schlafen zuzusehen.

Schon wieder rollte eine Träne ihre Wange herunter. Warum musste es immer so enden: mit Tränen?

Oft besuchte Valerie sie in ihren Träumen, stand plötzlich vor ihr, lächelte, nahm sie in den Arm, küsste sie. Dann flüsterte Diana glücklich: »Ich liebe dich«, aber Valerie sagte nichts.

Sie konnte nichts sagen, denn sie liebte offensichtlich ihre Frau, wie schlecht die sie auch behandelte.

Vielleicht sollte ich mir das auch mal angewöhnen, dachte Diana manchmal, *die Frauen schlecht zu behandeln. Anscheinend ruft das eher Liebe hervor als –*

Sie schluckte ihre Tränen herunter. Es hatte ja alles keinen Sinn. Sie konnte Valerie keinen Vorwurf machen, nur weil sie treu war, weil sie das Vertrauen ihrer Kinder nicht enttäuschen wollte.

Ob Valerie sich schämte, weil sie auf der Insel schwach geworden war, weil sie ihre hehren Prinzipien verletzt hatte, die Treue für wenige Momente in den Hintergrund getreten war?

Wahrscheinlich. Diana seufzte. So kurz nach ihrer Rettung, als Valerie sie zum Essen hatte einladen wollen, war alles noch ganz frisch gewesen, aber jetzt, wo die Erinnerung ganz sicher verblasste, das Schöne vielleicht nicht mehr so schön erschien, blieb nur noch die Scham.

Ehebruch zu begehen hatte ganz sicher nicht auf Valeries

Agenda gestanden.

Ob sie Diana die Schuld gab? Oder eher sich selbst?

Sich selbst. Da war Diana ganz sicher. Der Käpt'n übernahm immer die Verantwortung. Der Käpt'n ging mit seinem Schiff unter.

Diana seufzte. Valerie war so ungeheuer stark. Sie konnte mit allem umgehen, in jeder Situation behielt sie den Überblick. Sie ließ sich von nichts unterkriegen. Sie lag jetzt bestimmt nicht im Bett und heulte. Sie hatte wieder das Kommando übernommen und steuerte das Schiff in den nächsten Hafen.

»Der Käpt'n soll abgelöst werden!«, stürzte Melly mit lautem Gepolter zur Tür herein.

»Was?« Diana fuhr hoch und stieß sich hart den Kopf an. Schmerzhaft verzog sie das Gesicht und legte eine Hand an die Schläfe. »Abgelöst? Wieso?«

»Na, wegen eurem Abenteuer. Ihr sollt beide nach Hause gebracht werden. Vom nächsten Hafen werdet ihr zurückgeflogen!«

»Zurückgeflogen? Aber ... wir sind doch noch gar nicht ... unsere Reise ist doch noch lange nicht zu Ende.« Diana brummte der Kopf, einerseits von dem harten Schlag und andererseits – zurückfliegen? Valerie und sie? Und dann? Dann hatten sie keine Monate mehr gemeinsam auf dem Schiff, sondern vielleicht nur noch einen Tag oder zwei.

»Ihr seid Heldinnen.« Melly grinste. »Wahrscheinlich werden sie euch in jeder TV-Show herumreichen.«

»Sicher nicht.« Diana stand auf und ging ins Bad, um sich einen kalten Waschlappen zu holen.

»Aber natürlich.« Melly kam ihr nach. »Mensch, warum ist mir das nicht passiert? Ich sähe bestimmt gut aus im Fernsehen!«

»Ja, bestimmt.« Diana fühlte sich, als hätte sie gerade ein Bus überfahren.

»Sobald wir in Tahiti sind, kommt der neue Käpt'n an Bord«, fuhr Melly aufgeregt fort. »Und bestimmt erwarten euch dort schon eine Menge Reporter und Kameras!«

»Tolle Aussichten.« Diana konnte Mellys Begeisterung nicht teilen. »Kommt dann auch eine neue Krankenschwester?«

Das dämpfte Mellys Lebhaftigkeit etwas. »Davon haben sie nichts gesagt.«

»Das würde bedeuten, du wärst dann für den Rest der Reise allein mit Dr. Kalaschnikow.«

»Hm.« Melly runzelte die Stirn. »Vielleicht gibt es ja auch Krankenschwestern in Tahiti, die mal auf einem Kreuzfahrer mitfahren wollen«, bemerkte sie dann hoffnungsvoll.

»Vielleicht.« Das beschäftigte Diana jedoch im Moment am wenigsten. Am meisten beschäftigte sie der Gedanke, dass ihre ganzen Überlegungen, was in den nächsten Monaten sein würde, mit einem Schlag sinnlos erschienen. Es gab keine Monate mehr, kein Schiff, auf dem Valerie und sie gemeinsam die Ozeane überquerten, nur ein Flugzeug, das sie dahin zurückbringen würde, wo alles angefangen hatte. »Was –«, sie räusperte sich, »was sagt der Käpt'n?«

»Weiß nicht.« Melly zuckte die Schultern. »Ist ziemliche Aufregung an Bord, ich habe sie nicht gesehen.«

Diana legte den Waschlappen ins Badezimmer zurück und betrachtete sich im Spiegel. Gedankenverloren zog sie ihre Lippen nach. »Vielleicht sollte ich mal mit ihr reden. Betrifft uns ja schließlich beide.«

»Kannst du ja machen«, erwiderte Melly uninteressiert. »Mensch, ich beneide dich. Du wirst zurückgeflogen, bekommst bestimmt dein ganzes Gehalt für die Reise, obwohl du frei hast, und sogar noch Fernsehauftritte, Interviews –« Sie seufzte und schaute verträumt vor sich hin. »Warum ist mir das nicht passiert?«

»Warum du nicht fast verhungert und verdurstet bist?«, fragte Diana ironisch. »Ja, das ist wirklich ein Grund, uns zu beneiden.«

»Ach, sei doch nicht so negativ.« Melly hatte ihre gute Laune wiedergefunden. Anscheinend schreckte sie die Aussicht, allein mit Dr. Fjodorowa für die Passagiere sorgen zu müssen, nicht mehr. »Genieß es einfach. Nicht arbeiten müssen und bezahlt zu werden ist doch auch schon was. Und dein Bild wird in jeder Zeitung sein.«

Zusammen mit Valerie, dachte Diana, und das munterte sie etwas auf. Denn wenn wirklich alles so ablief, wie Melly es beschrieb, würde sie viel mit Valerie zusammen sein. Gemeinsame Interviews, gemeinsame Flüge, gemeinsame Hotelzimmer –

Nein, das nicht. Das auf keinen Fall. Wenn überhaupt, würde wohl Valeries Frau mit Valerie im selben Zimmer schlafen.

Sie atmete tief durch. Warum wollte sie überhaupt mit Valerie reden? Der Ablauf stand doch offensichtlich sowieso schon fest. Weder Valerie noch sie konnten etwas daran ändern. Die Reederei würde sich diese Publicity nicht entgehen lassen.

Doch der Gedanke hatte sich in ihr festgesetzt, die Sehnsucht überwältigte sie. Immerhin hatte sie jetzt einen Grund, mit Valerie zu reden, es würde nicht so erscheinen, als ob sie ... als ob sie nur ... »Denkst du, ich komme durch?«, fragte sie Melly, »oder wird das wieder zu einem Hindernislauf?«

Melly grinste. »Ich kann ja die Kalaschnikow holen.«

»Gute Idee.« Diana seufzte. »Aber es muss auch ohne gehen.« Sie öffnete die Tür und schaute auf den Gang hinaus. Hier unten in den Crewquartieren ging es noch, aber oben, wo die Passagiere waren, musste sie wohl ihre Ellbogen einsetzen.

Sie schloss die Tür noch einmal. »Ich ziehe meine Uniform an«, sagte sie. »Dann kann ich behaupten, ich ginge zum Dienst und hätte keine Zeit.«

Kurz darauf stand sie in ihrer schneeweißen Uniform auf dem Gang. Melly begleitete sie, und als sie auf die Gänge kamen, in denen die Passagiere nur darauf warteten, sich auf Diana zu stürzen, pflügte Melly wie ein Eisbrecher vor ihr her und rief immer wieder laut: »Notfall! Notfall! Medizinisches Personal auf dem Weg zur Arbeit! Bitte machen Sie den Weg frei! Medizinischer Notfall!«

Einige der Passagiere waren so irritiert, dass sie eine Gasse freimachten, andere ließen sich nicht davon abhalten, Diana alle möglichen Fragen zu stellen, die sie nur mit einem stereotypen »Kein Kommentar« beantwortete, abwechselnd mit einem: »Bitte, lassen Sie mich durch, ich muss jetzt wirklich zum Dienst.«

Endlich erreichten sie die Krankenstation, weiter kamen sie nicht. Mit einer letzten Anstrengung retteten sie sich hinein. Aber kaum hatten sie das geschafft, drückten die Passagiere die Tür ein und fluteten die Krankenstation ebenfalls.

»Was ist denn hier los?« Dr. Fjodorowa, noch ohne Kalaschnikow, kam aus ihrem Raum nach vorn. »Schon wieder eine Lebensmittelvergiftung?«

»Nein, ich fürchte –« Diana konnte dem grimmigen Gesicht der Ärztin nicht entkommen. Sie räusperte sich. »Ich fürchte, ich bin der Grund.«

»Hm, hab schon gehört.« Die Ärztin hob den Blick und bombardierte die aufdringlichen Passagiere mit einem Hagel von wütenden Blitzen. »Können Sie sich nicht benehmen? Dies ist eine Krankenstation. Nur für Kranke. Alle anderen räumen bitte sofort die Station!«

Das schien die Passagiere jedoch nicht zu beeindrucken. Von allen Seiten prasselten wieder Fragen auf Diana ein.

»Schluss jetzt!«, brüllte Dr. Fjodorowa. »Oder ich hole die Kalaschnikow!«

Die Passagiere erstarrten.

Zufrieden blickte die Leiterin der medizinischen Station in die Runde. »Ich sehe, Sie haben alle davon gehört. Also bitte, zwingen Sie mich nicht, die Waffe einzusetzen. Frau Melling wird Ihnen bestimmt gern alles erzählen, wenn sie soweit ist.« Sie machte eine herrische Geste zur Tür hin. »Und jetzt verlassen Sie sofort meine Krankenstation, bevor ich andere Maßnahmen ergreife!«

Murrend fügten die Passagiere sich und tröpfelten zur Tür hinaus, kurz darauf war der Raum leer bis auf Diana, Melly und die Ärztin.

»Tut mir leid«, entschuldigte Diana sich, »das wollte ich nicht. Ich wollte eigentlich zum Käpt'n wegen ... weil ich gehört habe ...«

»Ja, schon gut«, brummte die Ärztin. »Ich frage mich, wie es weitergehen würde, wenn Sie das Schiff nicht verlassen, sondern wieder Ihren Dienst aufnehmen würden. Die Passagiere würden wahrscheinlich jeden Tag die Krankenstation stürmen. Ist schon besser, wenn Sie dann weg sind.«

Na danke, dachte Diana. *Freut mich ja, wenn du glücklich bist, mich los zu sein.*

»Obwohl Ersatz für Sie zu finden natürlich schwer sein wird, so ganz ungeplant.« Dr. Fjodorowa zog die Augenbrauen zusammen und musterte Diana mit einem strafenden Blick, als ob sie etwas dafür könnte. »Legen Sie sich hin, ich will Sie untersuchen. Ich will nicht, dass Sie das Schiff verlassen, wenn Sie nicht ganz gesund sind.«

»Ich bin –«

»Hinlegen!«

Diana zuckte zusammen und gehorchte. Da hatte sie sich ja etwas Schönes eingebrockt. Dr. Fjodorowa war böse auf sie, weil sie ihr Umstände bereitete. Hätte sie sich doch lieber gleich bis zum Kapitänsquartier durchgekämpft.

»Machen Sie den Oberkörper frei, die Uniform verdeckt den Sonnenbrand.«

Diana kam sich vor wie beim Militär, aber brav knöpfte sie ihre Bluse auf und zog sie aus. »Melly hat mich gut versorgt«, versuchte sie Dr. Fjodorowas Zorn zu mildern. »Es war ja alles gar nicht so schlimm. Ich habe mich jeden Tag eingecremt und die Antiphlogistika geschluckt.«

Dr. Fjodorowa tastete sie ab, und Diana fühlte ihre Blicke auf ihrer Haut. So intensiv hatte sich die Ärztin kaum je mit ihr beschäftigt. Sorgfältig maß sie Dianas Blutdruck und untersuchte sie von Kopf bis Fuß.

»Nicht dass mir hinterher jemand Vorwürfe macht, ich hätte Sie nicht gut versorgt nach Ihrer Rückkehr«, sagte sie endlich und wandte sich brüsk ab. »Sie können sich wieder anziehen.«

Etwas in Dr. Fjodorowas Stimme ließ Diana aufhorchen. Sie glitt von der Untersuchungsliege und schloss ihre Bluse. »Ich wollte Ihnen noch danken«, sagte sie. »Dazu bin ich noch gar nicht gekommen. Wenn Sie nicht gewesen wären, hätten wir wohl noch eine Weile länger auf der Insel bleiben müssen.«

»Ach was«, erwiderte die Ärztin abwehrend. »Das hätte jeder getan.«

»Mit einer Kalaschnikow?« Diana lachte. Dann wurde sie wieder ernst. »Ich habe gehört, was Sie getan haben. Sie sind sogar niedergeschlagen worden. Und alles nur wegen mir und dem Käpt'n. Eigentlich haben wir unsere Rettung Ihnen zu verdanken.« Dianas Stimme wurde leiser. »Danke.«

Die Ärztin stand immer noch abgewandt und sagte nichts.

»Doktor?« Diana ging auf sie zu.

»Sehen Sie zu, dass Sie von Bord kommen«, kam es nun etwas unterdrückt. »Ich habe nichts Besonderes getan. Und der Käpt'n hätte Sie beide schon am Leben gehalten, egal, wie lange es gedauert hätte.«

»Wahrscheinlich«, sagte Diana. Sie berührte Dr. Fjodorowa leicht am Arm. »Aber trotzdem haben Sie uns sehr geholfen.«

»Gehen Sie. Ich will Sie hier nicht mehr sehen.«

Diana begann zu lächeln. »Sie haben Angst um mich gehabt. Sie haben tatsächlich Angst um mich gehabt.«

»Ach, Unsinn!« Dr. Fjodorowa ging energisch zum Medizinschrank und tat, als müsste sie etwas herausnehmen. »Sie sind eine gute Krankenschwester. Natürlich wollte ich Sie nicht verlieren.« Sie schüttelte den Kopf. »Und was habe ich davon? Jetzt sind Sie doch weg.«

»Und Sie bedauern das.« Dianas Lächeln wurde liebevoll. »Ich danke Ihnen, Doktor, dass Sie sich Sorgen um mich gemacht haben. Ich hatte Angst vor Ihnen, aber jetzt sehe ich, dass unter der rauen Schale doch ein sehr weicher Kern steckt.«

Dr. Fjodorowa drehte sich um. »Sehen Sie bloß zu, dass Sie hier rauskommen. Sie haben hier nichts mehr verloren. Was tun Sie überhaupt noch hier?«

Diana musterte die Ärztin mit warmen Augen. Noch nie hatte sie wahrgenommen, dass sie ein fürsorglicher, anteilnehmender Mensch war. Sie hatte es ja auch gut versteckt. »Danke«, sagte sie noch einmal. »Ich danke Ihnen für alles.«

»Raus!«

Lächelnd verließ Diana die Krankenstation.

Vor der Tür empfingen sie zwei Mitglieder der Sicherheit. »Wir sollen Sie begleiten«, sagte der eine, »damit Sie nicht mehr belästigt werden. Befehl des Käpt'ns.«

Diana war überrascht. So schnell war die Geschichte mit der überquellenden Krankenstation zu Valerie durchgedrungen? Dass sie darauf sofort reagiert hatte, wunderte Diana hingegen nicht. So war Valerie eben. »Wo ist der Käpt'n?«, fragte sie. »Ich wollte sowieso zu ihr.«

»Bitte, hier entlang«, sagte der Sicherheitsmann und deutete in eine Richtung.

Diana konnte diesmal ungestört die Gänge durchqueren, sie

fühlte sich wie ein VIP. Ohne sich um die Fragen der Passagiere zu kümmern, brachten die Sicherheitsleute sie zu Valerie.

Einer klopfte an die Tür des Kapitäns, öffnete sie nach einem »Herein!« und meldete: »Frau Melling will Sie sprechen, Käpt'n.«

Die Antwort war nur ein knappes »Ja«, der Sicherheitsmann trat zurück, ließ Diana an sich vorbei und schloss dann die Tür von außen hinter ihr.

Es war merkwürdig, Valerie so wiederzusehen, wie sie hinter ihrem Schreibtisch saß, Papiere vor sich, nicht auf der Brücke. Aber natürlich gehörte auch das hier zu ihrer Arbeit.

»Ich sehe, du hast dir keine Erholung gegönnt«, sagte Diana. »Ich habe von Dr. Fjodorowa offiziell ein paar Tage freibekommen.«

»Ich auch.« Valerie lächelte unbestimmt. »Aber es war so viel zu tun.«

»In der Krankenstation nicht so«, sagte Diana. »Dr. Fjodorowa konnte mich wohl gut entbehren. Aber auf den Käpt'n kann natürlich niemand verzichten.«

»Ich war ein paar Tage nicht an Bord, und es ist auch weitergegangen«, erwiderte Valerie und stand auf. »Du kommst wegen der Sache mit der Ablösung?«

Aha. Private Gespräche werden gleich ausgeschlossen. Es hat sich etwas geändert seit letztem Mal. »Ja«, erwiderte Diana. »Ich habe heute erst davon gehört. Steht das schon länger fest?«

»Nein.« Valerie schüttelte den Kopf. »Ich habe heute den Anruf bekommen.«

Sie wirkte so distanziert, dass Diana sich fragte, welcher Art dieser Anruf gewesen war. »Wir werden also abgelöst«, sagte sie und hob die Hände. »Schön. Dr. Fjodorowa ist besorgt wegen des Ersatzes für mich. Wer kommt für dich als Ersatz?«

»Ein anderer Kapitän der Reederei.« Valerie schien äußerst wortkarg. »Er ist schon unterwegs.«

Irgendetwas war nicht richtig. »Du gibst die *Königin* einfach so auf?«

Valeries Blick zuckte. »Ich gebe die *Königin* nicht auf, aber es ist wohl am besten –« Sie verstummte, ohne den Satz zu beenden.

»Was ist los, Valerie?« Diana trat auf Valerie zu. Sie hätte sie so gern in den Arm genommen, aber Valerie wirkte wie eine Festung, die die Kanonen ausgefahren hat. »Bist du mit der Ablösung tatsächlich einverstanden?«

Valerie ging ein paar Schritte und starrte an die Wand, wo ein Bild der *Königin* hing. »Das ist nicht meine Entscheidung«, sagte sie tonlos. »Das entscheidet die Reederei.«

»Mariannes Vater?«, fragte Diana. »Oder Marianne?«

Valerie drehte sich um. »Marianne hat mich auch angerufen. Sie will, dass ich nach Hause komme.«

Jetzt hat sie dann einen Grund, dachte Diana. *Sie bekommt ihren Willen.* »Verständlich«, sagte sie. »Sie hat sich bestimmt große Sorgen um dich gemacht. Melly hat mir erzählt, es wurde im Fernsehen über die Meuterei berichtet.«

»Ja, das hat sie gesehen.« Valerie atmete tief durch. »Die Kinder haben sich furchtbar aufgeregt.«

Marianne nicht? dachte Diana. »Kann ich mir vorstellen. Aber sie fanden es bestimmt auch spannend. Kinder sind so.«

»Hm.« Valerie nickte. »Kinder sind so. Wahrscheinlich denken sie, es war so eine Art Abenteuerferiencamp und wären gern dabei gewesen.«

Diana lachte leicht. »Das wäre ich auch. So ein Feriencamp mit Lagerfeuer, das man nicht noch selbst zusammensuchen muss, geschweige denn auf Indianerart anzünden, genug zu essen und zu trinken, gemütliche Zelte, Pfadfinderstimmung ...«

»Du warst nie bei den Pfadfindern.« Valeries Mundwinkel zuckten.

»Nein, das gebe ich zu.« Diana schaute sie an. Jetzt erst sah sie die dunklen Ringe unter ihren Augen. »Du hättest dich wirklich schonen sollen«, sagte sie besorgt. »Du bist vielleicht groß und stark, aber anstrengend war es für dich auch.«

»Ich kann mich ja dann ausruhen, wenn ich zu Hause bin. In meinem schönen Büro. Da hatte ich sowieso nie viel zu tun.«

»Valerie ...« Diana ging zu ihr und blieb dicht neben ihr stehen. »Es tut mir so leid. Ich weiß, wie sehr du an der *Königin* hängst.«

Valerie atmete ein und dann lang wieder aus. »Ja, *du* weißt das.«

Diana legte eine Hand auf Valeries Arm und drückte ihn. Sie sagte nichts mehr.

»Diana …« Valeries Stimme brach. »Wir müssen vergessen, was war. Ich hätte nie vergessen dürfen, dass ich verheiratet bin. Das hätte nie passieren dürfen.«

»Wir waren in einer außergewöhnlichen Situation«, sagte Diana, »und wir wussten nicht, wie lange sie dauern würde.«

»Ja.« Valerie wandte sich zu ihr, dann aber von ihr ab und ging hinter ihren Schreibtisch zurück. Die Festungstore schlossen sich wieder. »Es war mein Fehler. Ganz allein meiner. Du hast dir nichts vorzuwerfen, du bist schließlich –«

»Single.« Diana stieß seufzend die Luft aus. »Ja. Erinnere mich nur daran, wie leicht es für mich ist.«

»Das meinte ich nicht.« Valerie hatte sich gesetzt und blickte zu ihr auf. »Du weißt, dass ich das nicht gemeint habe. Ich wollte nur –«

»Die Verantwortung übernehmen«, setzte Diana liebevoll lächelnd fort. »Wie immer. Wenn du schon nicht mit deinem Schiff untergehen kannst, willst du wenigstens alles dafür tun, dass die anderen nicht damit untergehen.«

»Das Schiff geht nicht unter.«

»Aber du.« Diana ging um den Schreibtisch herum und ließ sich neben Valerie in die Hocke sinken. »Du gehst unter, wenn du kein Schiff hast, wenn du die *Königin* nicht hast. Weiß Marianne das denn nicht?«

Valerie schaute sie mit gequälten Augen an. »Das ist nicht wichtig. Die Kinder fragen nach mir, wenn ich nicht da bin. Sie haben Angst um mich gehabt, ich habe diese Angst in ihr junges Leben gebracht. Das wäre alles nicht passiert, wenn ich zu Hause geblieben wäre.«

»Und wenn ich nicht an Bord gekommen wäre«, sagte Diana. »Dann hätten sie dich wahrscheinlich allein über Bord geschmissen. Wäre natürlich einfacher gewesen dann für dich auf der Insel, wenn du dich nicht noch um mich hättest kümmern müssen. Du hättest bestimmt ein schönes Robinson-Leben gehabt und gar nicht mehr da weg gewollt.«

»Ja, bestimmt.« Valerie schien sich dagegen zu wehren, dass ihre Lippen sich verzogen, aber sie verlor. Sie begann zu lächeln.

»Es wäre so viel einfacher gewesen ohne dich.«

»Sag ich doch.« Diana lächelte auch. »Du brauchtest mich nicht für die Kokosnüsse, aber ich dich. Ich hätte nie auf so eine Palme klettern können.«

»Du hättest es gelernt. Wenn du allein dort gewesen wärst –«

»Wäre ich verhungert und verdurstet. Ich hätte gar nicht gewusst, was ich hätte tun sollen, ohne dich.« Diana schüttelte sich. »Oder die Spinnen hätten mich aufgefressen, die Ameisen ... wer weiß, was es da noch alles gibt.«

»Du kannst so laut schreien, du hättest sie bestimmt allein dadurch abgeschreckt. Du hast eben andere Methoden als ich.« Valeries Gesichtsausdruck wurde wehmütig. »Wir waren ein gutes Team, nicht?«

Diana spürte, wie Tränen in ihre Augen traten. »Ach, Valerie ...« Sie legte ihren Kopf in Valeries Schoß.

»Diana, tu das nicht ...«, flüsterte Valeries Stimme über ihr.

»Valerie ...«, hauchte Diana und begann Valeries Schenkel zu streicheln. »Wie lange dauert es noch, bis wir in Tahiti anlegen?«

»Die Sicherheit steht immer noch vor der Tür und wartet auf dich«, wandte Valerie mühsam ein.

»Du kannst sie wegschicken.«

»Wir sind nicht mehr auf der Insel«, flüsterte Valerie rau. »Wir waren uns doch einig, dass dieses Kapitel abgeschlossen ist, dass es eine Ausnahme war, eine besondere Situation. Das hier ist das normale Leben, der Alltag. Wir können das nicht tun. Wir dürfen nicht.«

Diana schloss die Augen. Sie spürte die Wärme von Valeries Schenkel an ihrer Wange, sie spürte, dass Valerie zitterte. Es kostete sie offenbar viel, das alles zu sagen. »Ja, wir dürfen das nicht«, wiederholte sie leise. »Deine Frau darf das, aber ich nicht.« Sie stand auf. »Wird sie jetzt wenigstens mit dir schlafen, nachdem sie dich fast verloren hat?«

Valerie atmete durch. Ihre Hände lösten sich von den Armlehnen, um die sie sich verkrampft hatten. »Das ist kein Grund für sie. Ich gehe nicht ihretwegen zurück, sondern wegen der Kinder. Die Kinder brauchen mich. Marianne ist –«, sie brach ab, setzte dann aber doch fort: »Marianne ist keine sehr gefühlvolle Mutter.«

»Und anscheinend auch keine sehr gefühlvolle Ehefrau«, sagte Diana. »Warum hast du sie überhaupt geheiratet?« Sie hob sofort eine Hand. »Entschuldige. So etwas darf ich nicht fragen. Das geht mich nichts an in meiner ... in meiner Position.«

Valerie stand auf und schaute zum Fenster hinaus. Ihr Büro hatte natürlich eins, nicht nur ein Bullauge. »Ich verstehe es manchmal selbst nicht mehr«, sagte sie leise. »Ich wusste, wie sie ist. Im Grunde genommen wusste ich das von Anfang an. Ihre Schönheit ist nur äußerlich. Vielleicht hat die mich geblendet. Sie kann durchaus sehr charmant sein – wenn sie will. Wenn sie jemand in sich verliebt machen will, schafft sie das auch. Aber danach ist derjenige für sie uninteressant. Ihr gefällt nur das Spiel, die Jagd, sie flirtet gern und genießt es, wie die Leute sie anstarren, sie am liebsten sofort ins Bett zerren wollen. Das ist ihr Lebenselixier.«

»Ach? Ich dachte, sie hat was gegen Sex.« Diana war überrascht.

»Gegen Sex?« Valerie lachte trocken auf. »Sie hat überhaupt nichts gegen Sex – solange er sie zu nichts verpflichtet. Und eine Ehe ist dummerweise eine Verpflichtung, die ihr das ganze schöne Spiel kaputtmacht.«

»Aber das heißt ...« Diana flogen verschiedene Bilder durch den Kopf. »Das heißt, sie betrügt dich?«

»Ich wollte es nie so genau wissen«, sagte Valerie. »Am Anfang dachte ich, es ist vielleicht so eine Phase. Sie hat immer behauptet, ich mache ihr zu viele Vorschriften, sie brauche ihre Freiheit. Da habe ich ihr die Freiheit eben gelassen. Man kann ein wildes Fohlen nicht festhalten. Aber man hofft natürlich, dass es freiwillig zu einem zurückkommt, wenn man es nicht zwingt.«

»Marianne ist kein wildes Fohlen«, vermutete Diana. »Und sie ist nicht zurückgekommen.«

Valerie schüttelte den Kopf. »Jedesmal, wenn ich davon sprach, dass wir uns trennen sollten, wurde sie schwanger. Sie sagte, sie hätte es für uns getan, damit wir eine richtige Familie sein können. Sie wusste, ich würde die Verantwortung für die Kinder übernehmen.«

»Die Kinder sind ... von ihren Liebhabern?« Diana konnte es nicht fassen.

Valerie verzog schief die Mundwinkel. »Von mir können sie wohl kaum sein. Und ich glaube nicht, dass Marianne dafür extra in eine Klinik gegangen ist, jedenfalls weiß ich nichts davon. Es wäre auch unlogisch. Schließlich ist der direkte Weg sehr viel einfacher. Sie brauchte nur die Pille wegzulassen.«

»Du meine Güte.« Diana setzte sich erschüttert auf die Couch, die in Valeries Arbeitsraum stand. »Aber warum –«, sie schaute zu Valerie auf, »warum fühlst du dich dann verpflichtet, ihr treu zu sein? Sie ist es doch auch nicht. Und verweigert dir zudem noch – wie nennt man das so schön? – die ehelichen Pflichten.«

»Sie ist meine Frau, und da sind die Kinder.« Valerie atmete tief durch. »Die Kinder wissen nichts davon, wo sie herkommen. Sie können nichts dafür, wie Marianne ist. Sie leiden schon genug darunter, wenn ich nicht da bin. Wir haben eine sehr nette Kinderfrau, deshalb werden sie gut versorgt. Aber ich kann Marianne die Kinder nicht endgültig überlassen. Solange ich bei ihr bleibe, passiert nichts, aber ich weiß nicht, was sie tut, wenn ich sie verlasse. Ihr Vater hat ihr angedroht, dass er sie dann enterbt.«

»Was?« Diana kam sich vor wie in einem melodramatischen Film. »Ich hätte eher angenommen, dass er froh wäre, einen Schwiegersohn statt einer Schwiegertochter zu bekommen.«

»Das ist ihm im Grunde genommen egal. Er hat kein großes Drama daraus gemacht, als Marianne ihm verkündete, sie würde mich heiraten. Kapitän ist Kapitän. Er will jemand in der Familie haben, der sich um das Geschäft kümmert, der Ahnung hat, das ist ihm am allerwichtigsten. Denn Marianne ist alles, was mit dem Geschäft zu tun hat, zuwider.«

»Ja, richtig, du sagtest, sie mag kein Wasser«, erinnerte Diana sich.

»Sie mag nichts, was mit dem Geschäft ihres Vaters zu tun hat. Sie würde am liebsten vergessen, wo sie herkommt und was das Geld ihres Vaters ihr alles ermöglicht hat. Sie behauptet hin und wieder auch, dass ihr Vater gar nicht ihr Vater ist, er wäre nur ein entfernter Onkel, bei dem sie aufwachsen musste, weil ihr richtiger Vater, ein englischer Aristokrat, der mit dem Königshaus verwandt war, gestorben ist.« Valerie leierte das alles fast herunter, als ob es das Selbstverständlichste von der Welt wäre.

»Na, Fantasie hat sie ja!« Diana schüttelte den Kopf. »Kannst du denn nicht mit ihrem Vater reden? Er müsste doch verstehen –«

»Er ist froh, dass er die Verantwortung für sie los ist«, erwiderte Valerie trocken. »So leicht nimmt er die nicht zurück.«

Diana holte tief Luft. »Kann ich verstehen, ehrlich. Aber es muss doch eine Lösung geben. So kann es doch nicht weitergehen.«

Valerie verzog etwas abschätzig die Mundwinkel. »Willst du meine Geliebte sein, während ich mit Marianne verheiratet bin? Würde dir das gefallen?«

Diana starrte sie nur an.

»Entschuldige, das war geschmacklos«, sagte Valerie schnell. »Ich würde so etwas nie von dir verlangen. Mir kommt es nur so vor, als ob die Lösungen nicht gerade auf der Straße liegen. Mariannes Vater würde mich auch nicht so einfach gehen lassen. Er würde dafür sorgen, dass ich nie wieder ein Schiff bekomme, wenn ich Marianne verlasse.«

»Was für eine Familie«, stellte Diana erschüttert fest.

»Er sagt, ich wäre der beste Kapitän, den er je hatte. Ist schließlich auch ein Kompliment«, erwiderte Valerie resigniert.

»Und sicherlich eins, das stimmt«, versicherte Diana ihr warm. »Aber trotzdem ein ziemlich zweischneidiges Schwert, wenn man bedenkt, was sonst noch so alles da dranhängt.«

»Ja.« Valerie schaute sie an. »Ich könnte überall einen Job bekommen, wenn ich mich nicht selbst in so eine ausweglose Situation manövriert hätte. *Das* ist kein Kompliment für einen Kapitän.«

»Du bist ein großer Kapitän, Käpt'n«, sagte Diana lächelnd, erhob sich von der Couch, trat auf Valerie zu und strich sanft über ihre Wange. »Der größte. Ich kann mir nicht vorstellen, dass jemand besser ist als du. Du bist einmalig.«

Valerie erwiderte das Lächeln nicht. »Das sagst du, obwohl ich dir alles kaputtgemacht habe, was du dir gewünscht hast?«

»Das sage ich, weil ich dich liebe.« Diana schluckte. »Ich liebe dich, und ich werde dich immer lieben. Was auch passiert.«

»Sag so was nicht.« Valerie wandte sich ab. »Du wirst eine andere finden. Du bist so eine«, selbst an ihrem Rücken sah man, wie sie schluckte, »wundervolle Frau.«

»Kannst du denn gar nichts richtig machen?«, zitierte Diana.

Valerie drehte sich um. »Was?«

»Erinnerst du dich nicht? Das hast du zu mir gesagt. Als ich nicht auf das Feuer aufgepasst habe. Also so wundervoll bin ich anscheinend nicht.«

Valerie lächelte entschuldigend. »Tut mir leid, dass ich das gesagt habe. Ich war sehr angespannt, und es kam so überraschend. Ich war etwas in Panik.«

»Ich verzeihe dir.« Diana trat noch näher an Valerie heran. »Bitte, küss mich«, flüsterte sie und sah zu ihr auf. »Küss mich noch einmal zum Abschied wie auf der Insel.«

Valerie schien zu zögern, während sie auf Diana herunterblickte. Dann jedoch legte sie ihre Arme um sie, zog sie ganz nah an sich heran und suchte Dianas Lippen ganz weich mit ihren.

Diana schloss die Augen und versuchte sich auf die Insel zurückzuversetzen. Auf einmal spürte sie wieder den Wind um sie beide wehen. Nicht den scharfen, böigen Wind, der den Holzstapel umgeworfen hatte, sondern eine sanfte Brise, diesen warmen, streichelnden Lufthauch, den man mit der Vorstellung einer Südseeinsel verband.

Dieser Kuss war so unendlich zärtlich, so zärtlich, wie ein Kuss nur sein kann, wenn man weiß, dass es der letzte ist.

»Bitte ...«, hauchte Diana. »Sag mir, dass du mich liebst. Nur ein einziges Mal.«

»Ich kann nicht.« Valerie löste sich von ihr. »Ich sage das nie.«

»Du hast es nie zu Marianne gesagt?« *Kein Wunder, dass sie sauer ist.*

»Zu niemandem.« Valerie schaute sie an. »Du weißt, was ich für dich empfinde. Ich muss es dir nicht sagen.«

»Na ... das ...« Diana stieß verblüfft die Luft aus. »Das ist ja mal eine Aussage.« Obwohl – eigentlich hatte sie nichts anderes von Valerie erwartet. Selbst in Dianas Träumen hatte Valerie nie *Ich liebe dich* zu Diana gesagt, immer nur Diana zu ihr. Als ob sie es gewusst hätte.

»Siehst du, jetzt bist du enttäuscht«, sagte Valerie. »Jetzt bin ich nicht mehr besser als alle anderen, oder? Jetzt bin ich genauso wie die Frauen, die du vor mir gekannt hast.«

»So viele habe ich nicht gekannt«, erwiderte Diana. »Und du bist meine einzige Kapitänin. Also wirst du wohl immer einmalig bleiben.« Sie lächelte schmerzlich. »Aber viele, die ich kannte, konnten nicht *Ich liebe dich* sagen, damit hast du recht.«

»Warum ist das so schwer?«, flüsterte Valerie, setzte sich und fuhr sich durch die Haare.

»Es ist nicht schwer«, sagte Diana leise und betrachtete Valerie mit all der Zärtlichkeit, die sie für sie empfand. »Es sind nur drei kleine Worte.«

»Drei kleine Worte ...« Valerie blickte zu ihr auf. »Ich –« Aber sie konnte es nicht sagen.

»Das war eins«, stellte Diana tapfer fest. »Jetzt fehlen nur noch zwei.« Sie setzte sich neben Valerie auf die Couch. »Aber ich will dich nicht zwingen. Niemand kann einen anderen Menschen dazu zwingen, diese drei Worte zu sagen. Es muss von Herzen kommen.«

Valerie schaute sie lange an, dann nahm sie Dianas Gesicht vorsichtig in ihre Hände und küsste sie ungeheuer sanft. »Mein Herz gehört dir«, flüsterte sie.

29

Als Diana Valeries Kabine verließ, konnte sie die Tränen kaum zurückhalten, aber in Gegenwart der Sicherheitsmänner wollte sie sich nicht so gehen lassen.
Valeries Herz gehörte Diana, das war ein großes Zugeständnis. Aber danach hatte Valerie sie weggeschickt. Sie waren bald in Tahiti, und Valerie würde das Anlegemanöver kommandieren.

Aber nicht das Ablegemanöver. Dann würde sie nicht mehr Kapitän des Schiffes sein. Diana und sie säßen dann wahrscheinlich in einem Flugzeug nach Deutschland. Vielleicht ihre letzte gemeinsame Unternehmung. Und sie würden nicht allein sein, sondern unter vielen, vielen Menschen, die sie beobachteten.

Würde Marianne Valerie am Flugplatz in Deutschland abholen? Mit den Kindern? Um ihr zu zeigen, wie sehr sie ihre Pflicht verletzt hatte? Vielleicht.

Vielleicht aber auch nicht. Um Valerie zu zeigen, wie unwichtig sie für Marianne war.

Mein Gott, Valerie! Diana konnte einfach nicht glauben, dass ihre große, starke Kapitänin unter der Fuchtel einer solchen Furie stand. Valerie hatte immer alles im Griff, fand für alles eine Lösung, aber für dieses eine, ihr ureigenstes Problem nicht. Und Diana konnte nichts daran ändern.

Valeries Argumente waren schlagend gewesen. Nicht nur würde sie ihre Familie verlieren, ihre Frau, ihre Kinder, nein, auch ihren Job und die Chance auf jede solche Existenz.

Diana konnte sich durchaus vorstellen, dass Valeries Schwiegervater diese Macht hatte. Valerie hätte sich nicht nach ihm gerichtet, wenn es nicht so gewesen wäre.

Was konnte man da schon tun? Nichts. Selbst wenn Diana eine Kämpfernatur gewesen wäre – was sie nicht war –, hätte sie nichts tun können. Außer sie wollte Valeries ganze Zukunft zerstören, Marianne erzählen, was passiert war.

Aber das konnte sie nicht. Das hätte sie nie gekonnt, und jetzt schon gar nicht mehr, wo sie wusste, was alles daran hing, dass Valeries Ehe – so schlecht sie auch sein mochte – Bestand hatte.

Die Sicherheitsmänner brachten sie in ihre Kabine zurück, und Diana ließ sich auf ihr Bett fallen. Am besten, sie schlief, bis sie in Tahiti anlegten, und machte sich dann fertig, um das Schiff zu verlassen.

Auf einmal schoss ihr ein Gedanke wie ein Blitz durch den Kopf: Sie wollte das Schiff gar nicht verlassen!

Alles, was Melly aufgezählt hatte, die Bezahlung ohne Arbeit, der Rückflug, der sie schnell wieder nach Hause bringen würde – und sie hätte sich sehr gefreut, Tante Magda wiederzusehen –, all das erschien ihr überhaupt nicht erstrebenswert. Vor ein paar Monaten wäre diese Aussicht ihr wahrscheinlich wundervoll erschienen, aber jetzt nicht mehr.

Wenn sie gewusst hätte, dass sie dann in Deutschland mit Valerie zusammensein könnte, das wäre etwas anderes gewesen, aber sie wusste, dass das Gegenteil der Fall war. Und in Deutschland gab es nichts, was sie mit Valerie verband. Alle ihre Erinnerungen an Valerie waren hier auf dem Schiff und auf der Insel.

Auf die Insel konnte sie nicht zurück – und ohne dass es dort ein Luxusresort gab, hätte sie das auch gar nicht gewollt –, aber auf dem Schiff konnte sie bestimmt bleiben. Es war nicht nötig, dass sie sich ablösen ließ. Zumal es ja überhaupt keine Ablösung für sie gab. Nur eine für Valerie.

Das hatte seinen Grund. Marianne wollte Valerie zurückhaben, an Diana lag ihr nichts. Und hätte ihr noch weniger gelegen, wenn sie gewusst hätte, was Valerie für Diana empfand.

Wenn Diana auf dem Schiff blieb, würde sie vielleicht einen Diavortrag im Unterhaltungsbereich ansetzen, damit alle Fragen der Passagiere beantwortet werden konnten, und danach würden sie sie in Ruhe lassen. Sensationen blieben nicht lange Sensationen. Wenn die Passagiere das nächste Mal Wale sichteten oder ein leicht bekleidetes Hula-Hula-Mädchen, würden sie bald alles vergessen haben. Diana würde nur noch die Schiffskrankenschwester sein, wie vorher.

Der Gedanke, sich von Valerie trennen zu müssen, schmerzte weiterhin, aber das war ohnehin unvermeidlich. Wenn sie aber hierblieb, auf dem Schiff, konnte sie die Orte besuchen, an denen sie mit Valerie gewesen war, wo Valerie sie geküsst hatte, konnte von unten zur Brücke hochschauen und sich vorstellen, dass Valerie immer noch dort oben stünde, in ihrer weißen Uniform, die hellen Augen auf die blaue See gerichtet, weit vorausschauend und unbesiegbar wie eine Göttin des Meeres.

Diana schloss die Augen und träumte vor sich hin. Dabei schlief sie wirklich ein, wurde aber von Melly geweckt, als die zurückkam.

»Ich bleibe hier«, verkündete sie sofort, als sie Melly sah.

»Was?« Melly schaute sie verständnislos an.

»Ich bleibe hier«, wiederholte Diana. »Ich bleibe auf dem Schiff. Es ist bestimmt nicht nötig, dass ich auch mit zurückfliege. Der Käpt'n ist sowieso viel wichtiger als ich. Sie kann die Interviews geben.«

Valerie würde das hassen. Aber wenn sie es für ihre Pflicht

hielt, würde sie es tun. Und wahrscheinlich würde sie behaupten, Diana hätte sie am Leben erhalten, während Valeries Fuß verletzt war und sie sich nicht rühren konnte. Sie war so nobel, ja, bestimmt würde sie das behaupten. Und keiner würde es glauben. Aber das war ja auch egal. Diana war auf einmal alles egal, nur das eine nicht: hierbleiben zu können.

»Och, können wir nicht tauschen?«, fragte Melly. »Ich behaupte einfach, ich bin du, und dann fliege ich zurück.«

Diana lachte. »Würde ich sofort machen, aber ich fürchte, wenn du dich nicht diversen Operationen unterziehst, wird der Käpt'n kaum glauben, dass du ich bist.«

Melly zog ein Gesicht. »Ja, leider. Aber ein Gutes hat die Sache: Ich muss den Rest der Tour nicht allein arbeiten. Ein paar von den Jungs habe ich nämlich noch nicht ausprobiert, und da kommt mir ein bisschen Freizeit gerade recht.« Sie grinste. »Und was hat der Käpt'n gesagt?«, fragte sie beiläufig, während sie ins Bad ging.

Was hat der Käpt'n gesagt? Ja, richtig, Valerie wusste ja noch gar nichts von ihrem Entschluss. Sie nahm an, dass Diana das Schiff mit ihr verlassen würde. Sie musste es Valerie sagen.

Aber das konnte sie nicht. Sie konnte nicht noch einmal mit ihr sprechen, das war unmöglich. Ihre Verabschiedung war eine endgültige gewesen, das ließ sich nicht rückgängig machen.

Sie verließ die Kabine und ging zum Personaloffizier.

»Ja, sicher können Sie bleiben«, sagte der überrascht, als sie ihm ihren Wunsch mitteilte. »Darüber wären wir sogar sehr froh. Wir dachten nur ... nach allem, was Sie hinter sich haben, hätten Sie gern etwas Urlaub.«

»Ich bin im Urlaub.« Diana lächelte. »Ich bin auf einem Kreuzfahrtschiff. Wo könnte es besser sein?«

Der Personaloffizier lachte. »Natürlich, wenn Sie das so sehen ... Dann bleibt alles beim Alten. Nur der Käpt'n geht.«

Nur der Käpt'n geht ... Diana fühlte, dass allein dieser Satz ihr wieder Tränen in die Augen trieb.

»Ja«, sagte sie. »Ich werde mich dann gleich auf der Krankenstation melden, damit Dr. Fjodorowa Bescheid weiß.«

»Gut.« Der Personaloffizier nickte, und Diana verließ sein Büro.

Die Krankenstation hatte noch Zeit. Diana hatte das nur gesagt, damit sie das Büro schnell verlassen konnte. Sie hörte die Durchsage, dass sie bald in Tahiti anlegen würden und es empfohlen wurde, das Anlegemanöver zu beobachten.

Die Passagiere ließen sich das nicht zweimal sagen und strömten zu den Decks. Diesmal, ohne Diana zu beachten, die mit ihnen mit nach oben ging.

Genauso hatte sie sich das vorgestellt: Jede neue Sensation löste die alte ab. Sie konnte sich unbehelligt an die Reling stellen und zuschauen, wie Valerie das Schiff in den Hafen manövrierte, langsam, überlegt, perfekt.

Je näher sie dem Pier kamen, an dem sie anlegen sollten, desto mehr konnte man erkennen. Nach einer Weile erkannte Diana eine weiße Uniform. Eine Kapitänsuniform. Das war Valeries Ablösung.

Wie sie erwartet hatte, war es ein Mann, es gab nicht viele weibliche Kapitäne. Er war schon älter und sah genauso aus, wie man sich einen Kapitän vorstellte, mit einem weißen Bart und weißen Haaren. Mindestens doppelt so alt wie Valerie, wenn nicht älter.

Diana starrte wie gebannt auf die Bordwand des Schiffes, die sich immer mehr der Kaimauer näherte. Es war wie im Panamakanal, nur dass diesmal auch der letzte Streifen Wasser, der das Schiff vom Hafen trennte, verschwand. Mit einem kleinen Ruck legte die *Königin* an und wurde vertäut.

Die Passagiere klatschten, wie sie es immer taten, wenn Valerie wieder einmal bewiesen hatte, was für ein geschickter Kapitän sie war, so ein großes Schiff ohne einen Kratzer an eine Anlegestelle zu bugsieren, die viel zu klein dafür schien.

Unten tanzte schon das Begrüßungskomitee Hula-Hula, mit Kränzen um den Hals und Glöckchen an den Füßen, sonst trugen die dunklen Körper kaum etwas. Südsee pur.

Diana konnte dem merkwürdigerweise nicht mehr so viel abgewinnen. Tahiti. Was für ein Name. Exotik, Urlaub, Sonnenschein. Und viel Krach, Musik und Hallo.

Wie anders war es doch auf ihrer gemeinsamen Insel gewesen, die niemand anderem gehörte außer Valerie und ihr.

Diana seufzte. Die Gangway wurde heruntergelassen, und als

erster betrat sie natürlich der neue Kapitän. Valerie erwartete ihn oben, um ihm das Schiff zu übergeben.

Sie stand da wie eine Statue. Kein Muskel zuckte in ihrem Gesicht, sie wirkte wie der Fels von Gibraltar.

Diana konnte sich gut vorstellen, was sich in Valerie abspielte. Wäre sie Diana gewesen, hätte sie geweint. Aber so etwas tat der große Käpt'n natürlich nicht.

Valerie stand hochaufgerichtet da, als wäre sie bereit, ihren Kopf unter das Fallbeil zu legen, ohne sich zu wehren. Genauso musste sie sich fühlen.

Diana fühlte den starken Drang in sich, zu Valerie zu laufen und sie in den Arm zu nehmen, sie zu trösten und zu unterstützen bei dem schwierigen Abschied, der vor ihr lag.

Aber wie hätte das ausgesehen? Also beobachtete sie nur wie die Passagiere die Kommandoübergabe.

Der neue Kapitän war jedoch noch nicht oben angekommen, als plötzlich Kinderstimmen ertönten, die wie »Papi! Papi!« klangen.

Diana war so auf den neuen Kapitän und Valerie konzentriert gewesen, dass sie gar nicht mitbekommen hatte, dass hinter dem weißhaarigen Kapitän eine Frau und zwei Kinder die Gangway heraufkamen, die Kinder so schnell sie konnten, die Frau langsamer.

Die Frau sah aus wie ein Filmstar: Marianne.

Diana blieb fast die Luft weg. Valerie hatte gesagt, Marianne wäre schön, aber das war eine höchst unzureichende Beschreibung. Marianne sah aus, als wäre sie nicht aus Fleisch und Blut, sondern gerade von der Leinwand gestiegen, perfekt geschminkt, perfekt gestylt und mit Bewegungen, die so fließend waren, als würde sie den Boden gar nicht berühren. Wie Aphrodite, die den Schaumkronen entstieg.

Ach nein, sie mochte ja kein Wasser.

Sich diese Frau vorzustellen, wie sie Valerie erpresste, sie betrog und quälte, fiel schwer. Aber Valerie log nicht.

Valerie legte immer noch wie versteinert die Hand an die Mütze, um den neuen Kapitän zu begrüßen, aber die Kinder warteten das nicht ab. Sie sprangen an ihr hoch, hingen an ihren Hosenbeinen und versuchten an ihr hochzuklettern.

Zum ersten Mal kam Bewegung in Valeries Gesicht. Sie lachte, machte offensichtlich eine entschuldigende Bemerkung gegenüber dem neuen Kapitän und ging dann in die Knie, um die Kinder zu umarmen.

Diana hatte sich mittlerweile etwas in Richtung der Gangway vorgekämpft, und nun hörte sie, was die Kinder wirklich riefen: »Valy, Valy!«

»Was macht ihr denn hier?«, fragte Valerie überrascht. »Ich dachte, ihr würdet zu Hause auf mich warten.«

»Mami hat gesagt, wir holen dich ab.« Der Junge, etwas größer als das Mädchen, drehte sich um und zeigte hinter sich.

Valeries Gesicht versteinerte erneut, als sie sich aufrichtete und »Marianne« sagte.

Marianne trat auf sie zu und gab ihr einen Kuss, einen Filmkuss, er wirkte nicht echt. Dann drehte sie sich um, lachte und winkte den Reportern und Kameras zu, die unten an der Gangway vom Sicherheitspersonal aufgehalten worden waren. »Meine Heldin!« Ihr Gesicht strahlte, als würde sie es wirklich ernst meinen.

Passagiere und Reporter jubelten. Tja, wer ging nicht gern ins Kino?

»Was willst du hier?«, fragte Valerie, bevor sie sich erinnerte, dass sie nicht allein waren und ein gezwungenes Lächeln aufsetzte. Sie nahm ihre Tochter auf den Arm und winkte ebenfalls.

Wie so ein paar Royals, dachte Diana. *Aber Marianne hält sich ja auch dafür.*

Und damit war die Sache dann auch besiegelt. Marianne war hier, um Valerie abzuholen, um sie wieder einzufangen, nachdem sie ihr einen Hauch Freiheit erlaubt hatte. Und sie kam nicht allein. Sie wusste, dass ihr größtes Druckmittel die Kinder waren, und das setzte sie rücksichtslos ein.

Plötzlich warf Marianne einen Blick in die Runde, und ihr Blick blieb an Diana haften. Diana wusste, dass im Fernsehen ihr Passfoto gezeigt worden war, wohl von der Reederei zur Verfügung gestellt, und Marianne erkannte sie offensichtlich nach diesem Foto wieder. Ihr Blick war wie Eis.

Sie weiß es, dachte Diana. *Und wenn sie es nicht weiß, vermutet sie es.*

Aber Mariannes Blick verharrte nur für einen Moment, dann spielte sie wieder ihre Rolle, die ihr offensichtlich gefiel. Grace Kelly mit Fürst Rainier auf ihrer Jacht. Sie genoss es, so im Mittelpunkt zu stehen.

Wie Valerie gesagt hatte: Es war ihr Lebenselixier, bewundert zu werden.

Valerie beendete den Genuss für Marianne, indem sie ihre Tochter absetzte und ihr etwas ins Ohr flüsterte. Ihre Tochter nickte ernsthaft.

Daraufhin richtete Valerie sich auf und schaute den neuen Kapitän an. Ihre Haltung straffte sich, bis sie fast nicht mehr von einem gemeißelten Abbild zu unterscheiden war. »Ich übergebe Ihnen die *Königin der Wellen*, Käpt'n«, sagte sie mit einer Stimme, die keinerlei Gemütsbewegung verriet. »Willkommen an Bord und allzeit gute Fahrt.«

Der neue Kapitän legte ebenso wie Valerie die Hand an die Mütze. »Danke, Käpt'n«, sagte er. »Land ahoi.«

Als Valerie ihren Arm sinken ließ, hakte Marianne sich sofort bei ihr ein. »Ich dachte, ich erinnere dich mal daran, dass du verheiratet bist«, sagte sie, während sie erneut ein strahlendes Lächeln in die Menge sandte. »Ich glaube, das hast du vergessen.«

»Ich erinnere mich wohl öfter daran als du«, erwiderte Valerie. Selbst ihr gezwungenes Lächeln war nun verschwunden. »Aber ich glaube, wir sollten diese Unterhaltung woanders fortsetzen.«

Und daraufhin verließen sie gemeinsam das Schiff, jede ein Kind an der Hand. Die Kameras der Fotografen klickten wie verrückt.

30

Du wirst dich daran gewöhnen. Du wirst dich daran gewöhnen, dass sie nicht mehr da ist. Du wirst dich daran gewöhnen …

Diana wiederholte diese Gedanken in ihrem Kopf immer und immer wieder. Sie hatte es sich nicht so schwer vorgestellt.

Aber Mariannes Auftauchen hatte die Sache verschlimmert. Wäre Valerie allein von Bord gegangen, hätte Diana ihr vielleicht nachwinken können, Valerie hätte sich nach ihr umgesehen und ihr mit ihrem Blick gesagt, dass sie sie liebte, auch wenn sie es mit Worten nicht konnte. Aber Marianne hatte alles zerstört. Valerie hatte sich nicht einmal mehr umgedreht.

Es musste ihr aufgefallen sein, dass Diana nicht da war. Aber vielleicht hatte sie auch einfach nur angenommen, dass Diana später das Schiff verlassen würde. Sie musste das Schiff ja nicht übergeben.

Bis zum Flug zurück würde Marianne Valerie nicht mehr aus den Augen lassen. Vielleicht stand die Maschine schon bereit, damit Valerie keine Gelegenheit mehr hatte, Diana anzurufen, sobald sie bemerkte, dass sie nicht mitfliegen würde.

Sie weiß es, dachte Diana erneut. *Marianne weiß, dass Valerie sie nicht liebt. Bislang dachte sie, sie liebt stattdessen nur ein Schiff, aber jetzt – jetzt weiß sie, dass es eine andere Frau ist. Und das macht sie fuchsteufelswild.*

Marianne saß am längeren Hebel mit den Kindern. Diana hatte dem nichts entgegenzuhalten. Aber das reichte Marianne nicht. Sie wollte Valerie mit Haut und Haar. Sie wollte, dass die Menschen ihr verfallen waren und nichts anderes neben ihr sahen. Schon den geringsten Hauch von Desinteresse konnte Marianne nicht ertragen. Und was Valerie ihr gezeigt hatte, war mehr als Desinteresse. Es war Verachtung.

Diana ging ins Bad und schöpfte sich Wasser ins Gesicht. Ihre Augen war aufgequollen vom vielen Weinen. Immer wieder sah sie das Bild vor sich, wie Marianne triumphierend mit Valerie abgezogen war, wie sie allen die perfekte Familie vorgespielt hatte.

Dieses Bild würde jetzt für immer das letzte von Valerie sein. Nicht Valerie auf der Brücke des Schiffes, nicht Valerie auf der Insel, nein – Valerie mit Marianne. Frauen wie Marianne wussten ganz genau, wie sie andere verletzen konnten, inklusive die ihnen am Nahestehendsten. Besonders die.

Diana konnte gut verstehen, dass Valerie ihre Kinder vor Marianne beschützen wollte. Solange Marianne dachte, sie hatte Valerie in der Hand, lief alles vergleichsweise gut, sobald sie das Gefühl hatte, Valerie spurte nicht, würden es wahrscheinlich die Kinder zu spüren kriegen.

Valerie. Mein Gott, Valerie. Warum kann ich nur nichts für dich tun? Für uns.

Sie musste mit dieser Verzweiflung zurechtkommen, und sie wusste, dass Valerie dasselbe empfand. Es nützte alles nichts. Sie würden sich nie mehr wiedersehen, alles war zu Ende.

Die Insel. Immer mehr erinnerte Diana sich daran wie an ein Paradies. Es war ein Paradies, weil Valerie bei ihr gewesen war und weil sie beide allein waren. Alles, was an der Insel nicht so paradiesisch gewesen war, verdrängte sie. Hunger, Durst, brennende Sonne und gefräßige Spinnen – wen störte das schon?

Vielleicht konnten sie beide auf die Insel zurückkehren? Sich dort heimlich treffen, ohne dass Marianne davon erfuhr?

Diana schüttelte den Kopf. Nein, das würde Valerie nie tun. Und sie hörte wieder Valeries Stimme: »Willst du meine Geliebte sein, während ich mit Marianne verheiratet bin?«

Nein, sie wollte Valeries Frau sein, nicht ihre Geliebte. Sie wollte ebenso wie Marianne stolz neben Valerie stehen und sagen: »Meine Heldin!« Und im Gegensatz zu Marianne würde sie es auch so meinen.

Es klopfte an ihrer Kajütentür. »Es ist offen, Melly!«, rief Diana und presste sich den Waschlappen noch mehr auf die Augen. Aber Melly würde trotzdem sehen, was mit ihr los war.

Mit dem Waschlappen auf den Augen drehte sie sich um. Melly sagte gar nichts. Sie nahm den Waschlappen herunter.

»Ich hoffe, die Aufforderung galt auch für mich, nicht nur für Melly«, sagte Valerie.

Diana schwankte. »Du? Was . . .?«

Valerie griff nach ihrem Arm und hielt sie fest. »So hohen Seegang haben wir doch gar nicht. Wir liegen immer noch im Hafen.« Sie musterte Dianas Gesicht. »Du hast geweint. Sieht ja schlimm aus.«

So froh sie war, Valerie zu sehen, so sehr konnte sie es überhaupt nicht ausstehen, wenn Valerie so tat, als würde sie alles ganz ungerührt lassen. Innerlich weinte sie bestimmt auch, sie zeigte es nur nicht. »Danke für das Kompliment«, fauchte Diana. »Hätte ich gewusst, dass du kommst, hätte ich mich ein bisschen aufgebrezelt. Tut mir leid, dass ich vergessen habe, mir dafür ein paar Tipps von Marianne zu holen. An sie komme ich natürlich nicht ran.«

»Nein, kommst du nicht.« Valeries Mundwinkel zuckten. »Sie hat das in Jahren perfektioniert. Und sie hat schon sehr früh angefangen.«

Diana ärgerte sich. Sie ärgerte sich über sich selbst und über Valerie, die ihr Wiedersehen so ins Lächerliche zog. »Warum bist du dann jetzt nicht bei ihr?«

»Diana. Bitte ... Bekomme ich zur Begrüßung nicht einmal einen Kuss?« Valerie hob die Augenbrauen.

»Ist das ein Befehl, Käpt'n?« Diana kam sich vor wie die Zickigkeit in Person, und trotzdem konnte sie sich nicht dagegen wehren. Niemand konnte sie so sehr auf die Palme bringen wie Valerie.

Palme. Das erinnerte sie wieder an die Insel, und sie musste lachen, weil sie sich daran erinnerte, wie Valerie wie ein Affe auf die Palmen geklettert war, um die Kokosnüsse herunterzuholen.

»Komm her«, sagte Valerie und zog sie in ihre Arme. »Und das *ist* jetzt ein Befehl.«

»Valerie.« Diana lag in Valeries Arm und schaute sie von unten herauf an. »Was tust du hier?«

»Wir legen gleich ab«, sagte Valerie. »Und das kann kein Schiff tun, ohne dass der Käpt'n auf der Brücke steht.«

»Der Käpt'n? Aber Kapitän Wollers – ist er denn nicht auf der Brücke?« Diana war völlig verwirrt.

»Das war er. Bis eben«, sagte Valerie. »Jetzt habe ich wieder das Kommando.«

»Valerie!« Diana trommelte auf Valeries Brust. »Du machst mich wahnsinnig! Sag mir endlich, was los ist!«

»Ich liebe dich«, sagte Valerie, beugte sich herunter und küsste sie.

Diana schnappte keuchend nach Luft, als Valerie ihre Lippen wieder freiließ. »Valerie ...« Diesmal klang ihre Stimme ganz weich. »Ich dachte, das sagst du nie.«

»Ich werde es nie zu einer anderen Frau sagen als zu dir«, erwiderte Valerie lächelnd. »Das verspreche ich dir. Es hat mich zu viel gekostet, es überhaupt zu sagen.«

»Gekostet?« Diana runzelte die Stirn. »Was hat es dich gekostet?«

»Ich habe mit meinem Schwiegervater gesprochen«, sagte Valerie ernst.

»Oh nein ...« Diana ahnte das Schlimmste. Aber dann fiel ihr ein, dass Valerie vor ihr stand und behauptete, sie wäre wieder der Kapitän der *Königin*. Da passte irgendetwas nicht zusammen.

»Oh ja«, sagte Valerie. »Mein Schwiegervater ist nicht wirklich begeistert von der Entwicklung, aber er wird älter und macht sich Sorgen um sein Geschäft. An wen er es übergeben soll. Selbstverständlich sind da die Kinder, seine Enkel, aber die sind noch klein, und so wäre es schwierig, das Geschäft ihnen zu übergeben. Marianne kommt natürlich überhaupt nicht in Frage, deshalb war ihm so viel daran gelegen, dass ich die Stellung halte.«

»Aber ... Marianne ... sie ist extra hergekommen, um dich abzuholen, um dich nach Hause zu bringen ...« Diana verstand gar nichts mehr.

»Ja, aber ihr Vater ist mitgekommen. Er war nur nicht im Hafen. Er war am Flugplatz. Und er ist mit Marianne zurückgeflogen. Ein paar Journalisten waren da und haben Interviews gemacht, das war der Preis. Er wollte die Werbung für die Reederei nutzen. Unser *Ausflug* auf die Insel geht mittlerweile durch alle Zeitungen. Sie wollten Bilder und sie wollten ein paar Geschichten. Die habe ich ihnen gegeben.«

»Aber Marianne ... sie hat das so einfach akzeptiert? Ihr seid doch immer noch verheiratet.«

»Ja, das sind wir.« Valerie verzog das Gesicht. »Ich verstehe, wenn du mich jetzt wegschickst, aber eine Scheidung geht nicht so schnell. Daran kann ich nichts ändern. Es muss eine Menge wegen der Kinder geregelt werden, aber das machen alles die Anwälte der Reederei. Mein Bald-nicht-mehr-Schwiegervater kümmert sich darum.«

»Warum?«, fragte Diana. »Vor kurzem war das alles doch noch

so schwierig, er wollte Marianne enterben, dich erpressen und dir kein Schiff mehr geben. Was hat seine Meinung geändert?«

»Eine Frau.« Valerie lächelte. »Irgendwie kommt mir das bekannt vor.«

»Eine Frau?« Diana schüttelte den Kopf. »Seine Frau?«

»Er ist schon lange Witwer. Mariannes Mutter ist bei ihrer Geburt gestorben, das war ja das Problem. Deshalb hatte sie niemanden, der ihr ihre Grenzen aufgezeigt hat. Sie ist das typische verwöhnte Kind ohne eine Vorstellung davon, was Geld bedeutet. Außer natürlich, als sie enterbt werden sollte.«

»Dein Schwiegervater hat jemand kennengelernt?« Langsam dämmerte ganz in der Entfernung ein kleines Licht.

Valerie nickte. »Er hat natürlich nicht wie ein Mönch gelebt, aber bisher hat er anscheinend nie eine Frau gefunden, die Mariannes Mutter das Wasser reichen konnte. Das hat sich kürzlich geändert.«

»Aber dann wird sich das Problem mit dem Erben doch von selbst erledigen. Er wird mit seiner neuen Frau Kinder haben –«

»Nein.« Valerie lachte. »Sie ist ungefähr in seinem Alter. Die Zeit für Kinder ist vorbei.« Ihr Lachen vertiefte sich. »In ihm ruhen ganz andere Dinge, als ich angenommen hatte. Er ist nicht die Art Mann, der sich eine dreißig Jahre jüngere Frau nimmt. Hätte ich ihm auch nicht zugetraut. Die meisten Männer in seinem Alter hätten sich anders entschieden, da wäre Mariannes neue Stiefmutter wahrscheinlich jünger als sie. Aber ihr Vater hat uns alle überrascht mit dieser Wahl. Diese Frau – die ist wirklich was Besonderes. Sie war auch am Flughafen.«

»Aber wie er dich vorher behandelt hat, das war wirklich nicht nett«, wand Diana ein. »Er hat dich erpresst. Er hat dir ein Leben aufgezwungen, das du nicht wolltest –«

Valerie lachte erneut. »Er ist kein Engel, nur weil er sich in seinem Alter eine gleichaltrige Frau nimmt. Er ist ein harter Geschäftsmann, und so hat er immer gehandelt. Das wird er auch weiterhin tun. Er hat gesehen, dass es so nicht weitergehen kann zwischen Marianne und mir, dass ich nichts wert bin, wenn ich hinter einem Schreibtisch sitze, dafür umso mehr als Kapitän. Er will seine Ressourcen nur optimal einsetzen, weiter nichts.«

»Und deshalb bist du jetzt wieder Kapitän der *Königin.*«

»Ja, genau, deshalb bin ich jetzt wieder Kapitän der *Königin.*« Valerie runzelte die Stirn. »Es ist noch lange nicht alles geregelt, und es kann auch noch hart werden. Ich glaube nicht, dass Marianne einfach so klein beigibt, auch wenn sie der Scheidung zugestimmt hat. Ich will nicht, dass du da hineingezogen wirst. Wir können alles, was uns betrifft, bis auf die Zeit nach der Scheidung verschieben. Ich wollte dir nur sagen«, sie schluckte, »ich wollte dir nur sagen, dass ich dich liebe.«

»Und dass wir jetzt wieder zusammen auf dem Schiff sind? Dass wir die Südseereise zusammen machen? Dass wir uns die nächsten Monate jeden Tag sehen?« Dianas Stimme klang ganz aufgeregt. Erst jetzt wurde ihr bewusst, welche Veränderung vorgegangen war. »Dass wir zusammen sind«, endete sie flüsternd.

»Wenn du willst«, sagte Valerie. »Aber ich kann verstehen, wenn du noch warten möchtest. Ich kann warten, wenn es wichtig für dich ist, dass du . . . dass du nicht –« Sie brach ab.

»Dass ich nicht deine Geliebte bin?« Diana grinste. »Ich glaube, ich möchte gern deine Geliebte sein – für eine gewisse Zeit. Das klingt so schön verdorben. Und wenn ich eins in meinem Leben noch nie war, dann das.«

»Das glaube ich nicht.« Valerie legte den Kopf schief. »Du bist das Verdorbenste, was mir je untergekommen ist.«

Diana bekam einen Schreck, aber dann merkte sie, dass Valerie sie neckte. »Du, pass bloß auf«, sagte sie. »So harmlos bin ich auch wieder nicht.«

»Das weiß ich«, sagte Valerie. »Ich habe Tage mit dir auf einer Insel verbracht.« Sie lachte.

Ein Signal ertönte.

»Wir legen ab.« Valerie lief zur Tür. »Ich muss auf die Brücke. Willst du mitkommen?« Sie streckte die Hand aus.

Diana war für einen Moment überrascht, aber dann griff sie nach Valeries Hand, und sie rannten gemeinsam zur Brücke.

Valerie ordnete ihre Uniform, bevor sie die Brücke betrat.

»Käpt'n auf der Brücke!«, meldete der jüngste Offizier.

Langsam trat Valerie vor die große Glaswand. Diana hätte schwören können, dass da ein feuchter Schimmer in Valeries

Augen lag, aber das hätte sie bestimmt bestritten.

»Klar zum Ablegen!«, befahl Valerie.

»Ist klar zum Ablegen!«, bestätigte ein Offizier.

»Leinen los!«, erklang wieder Valeries Stimme, und der Befehl wurde ebenso bestätigt wie zuvor.

»Leinen sind los!«

»Ruder hart steuerbord!«

»Ruder liegt hart steuerbord!«

»Zurück Geringste!«

Diana stand nur da und schaute Valerie zu, wie sie mit absoluter Sicherheit einen Befehl nach dem anderen gab.

Das Heck der *Königin* drehte sich von der Kaimauer weg, sie nahmen langsam Fahrt auf, Valerie drehte das Schiff erneut, so dass sie die Hafenausfahrt passieren konnten.

Mit der ihrem Namen angemessenen majestätischen Gelassenheit wandte sich die *Königin* den Weiten der Südsee zu.

Diana sah, wie der Himmel begann, sich rot zu färben. »Wir fahren in den Sonnenuntergang«, sagte sie leise.

»Ja.« Valerie drehte sich um. »Wir fahren in den Sonnenuntergang.« Sie machte einen Schritt auf Diana zu. »Sie haben die Brücke, Herr Meissner«, warf sie über die Schulter zurück und verließ mit schnellen Schritten die Brücke, mit ihren Augen Diana dazu auffordernd, ihr zu folgen.

Sie stiegen hinab und gingen dann ganz nach vorn an den Bug des Schiffes, dorthin, wo es den Passagieren nicht mehr erlaubt war.

Immer roter färbte sich der Himmel, spiegelte sich im Meer, ließ das ganze Firmament erglühen.

»Komm her«, sagte Valerie leise und breitete ihre Arme aus.

Diana glitt in ihre Arme, aber so, dass sie mit dem Rücken vor Valerie stand und sie beide in den Sonnenuntergang schauen konnten.

Die *Königin* glitt durch das Wasser, schäumte es kaum auf, es war wie eine samtene Stille, die über allem lag.

Valerie legte ihre Arme auf Dianas, hob sie langsam an, als ob sie gemeinsam die ganze Welt umarmen wollten.

»Das ist unser Meer«, flüsterte sie. »Unser Sonnenuntergang. Unsere *Königin*.«

»Deine«, korrigierte Diana. »Du bist der Kapitän, und sie ist deine *Königin*.«

»*Du* bist meine Königin«, wisperte Valerie ihr ins Ohr. »Du ganz allein.«

Und die Sonne berührte den Horizont, als ihre Lippen sich trafen.

ENDE

Toni Lucas: Gefährliche Sehnsucht

Roman

Aufstiegschance Katze! In einer Welt, die von der Furcht vor Seuchen beherrscht wird, ist Anais Munroe froh, einen gutbezahlten Job als Katze in einem reichen Haushalt erhalten zu haben. Sumati Divari, eine einflussreiche Managerin eines Pharmakonzerns, bringt ihr jedoch zunächst nur wenig Sympathie entgegen. Erst, als Anais schwer verletzt wird, entspinnt sich zwischen ihnen ein Liebesverhältnis. Bald jedoch müssen beide feststellen, dass nicht nur ihre Beziehung, sondern auch das Leben vieler Menschen bedroht ist. Nur gemeinsam kann es ihnen gelingen, eine Katastrophe zu verhindern.

Jenny Green: Die Nacht, die es niemals gab

Liebesroman

Bevor Lena mit der Journalistin Meike nach Schweden zu einer Geschäftsreise aufbricht, kommt es zwischen ihr und ihrer besten Freundin Jacky zu einem Kuss – der Anfang einer schier endlosen Reihe von Verwicklungen. Während Lena sich auf der Reise auf Meike einlässt und jegliche Gedanken an Jacky zu verdrängen versucht, verzehrt sich Jacky wegen neu entfachter Gefühle nach ihr. Doch als Lena merkt, welches falsche Spiel Meike spielt, ist es fast schon zu spät. Im Gewirr von Missverständnissen scheint es unmöglich, dass Lena und Jacky endlich glücklich werden.

Julia Schöning: Klassentreffen

Liebesroman

Ein Klassentreffen führt Meike und Franziska, die sich in der Schule einmal geküsst hatten, wieder zusammen. Während Franziska seither offen lesbisch lebt, hat Meike einen Studienkollegen geheiratet. Romantische Gefühle flammen auf, bringen beide jedoch in Schwierigkeiten: Meike kann sich nicht eingestehen, lesbisch zu sein, und Franziska meint, ihre seit zwei Jahren tote Lebensgefährtin zu betrügen. Ein Hin und Her mit ungewissem Ausgang beginnt.

Toni Lucas: Geliebte Fremde

Liebesroman

Paula verschwindet aus Susannes Leben genauso plötzlich, wie sie erschienen war. Wütend, verletzt aber auch voller Sehnsucht macht sich Susanne auf die Suche nach ihr. Doch je länger diese Reise ins Ungewisse dauert, desto fremder und faszinierender erscheint ihr diese Frau, mit der sie einmal den Rest ihres Lebens verbringen wollte. Als sich die Spur zu verlieren droht, ändert ein unerwarteter Anruf alles ...

Julia Arden: Partnerin wider Willen

Liebesroman

Eine nicht ganz freiwillige Versetzung in die Provinz entwickelt sich zum Desaster für Kriminalkommissarin Ellen. Gleich beim ersten Fall kommt ihr die Journalistin Dana in die Quere und stört die Ermittlungen. Auch privat nervt Störfaktor Dana mit Schnüffeleien durch Ellens jüngste Vergangenheit – kein Wunder, dass zwischen beiden ständig die Fetzen fliegen. Doch schon bald springt auch der eine oder andere Funke über ...

Christine Volkmer: Entgleisungen

Liebesroman

Als Zugbegleiterin sieht Doreen täglich viele Menschen – und so trifft sie bei einer Fahrscheinkontrolle auf die Theaterschauspielerin Melina, deren graublaue Augen sie nicht mehr loslassen. Mit Doreens Partnerin Carmen liegt schon länger einiges im argen, so dass Doreen sich immer mehr zu Melina hingezogen fühlt, während sie sämtliche Aufführungen im Theater besucht ...

Kay Rivers: Küsse unter Palmen

Liebesroman

Dale Richards, ehemalige Offizierin der US-Army, rettet Kelly Bennett auf einem Supermarktparkplatz vor Rowdys, die sie überfallen wollen – und verschwindet sogleich in der Dunkelheit. Es scheint, als würden sich beide nicht mehr wiedersehen. Kelly, die gerade erst nach Miami gezogen und noch immer auf Jobsuche ist, macht sich keine großen Hoffnungen. Da erhält sie plötzlich eine Einladung für ein Vorstellungsgespräch ...

Ruth Gogoll: Nachts, wenn du schläfst

Liebesroman

Braungebrannt auf einem Segelschiff – Jachtunternehmerin Val scheint die Personifizierung ihres Berufes zu sein. Als Kira die große, dunkle Frau in einer Bar kennenlernt, fühlt sie sich sofort von ihr angezogen. Kiras Liebe ist jedoch für eine andere Frau reserviert.

Als Kira bei Val einzieht, stellt sie fest, dass Val nachts oft abwesend ist. Warum, bleibt ihr Geheimnis. Schließlich sind sie beide ja kein Liebespaar ... Statt dessen gehen sie getrennte Wege – Kira versucht ihre Jugendliebe Melanie zurückzuerobern, Val scheint hundert Geliebte zu haben.

Aber sind es wirklich nur andere Frauen, die Val nachts so oft von Kira fernhalten? Und ist Liebe zwischen Kira und Val tatsächlich kein Thema?

Jenny Green: Milchkaffee in New York

Liebesroman

Von Liebeskummer geplagt erhält Sophia die Chance, ein Praktikum in New York zu absolvieren. Begeistert stürzt sie sich ins Abenteuer: als Co-Trainerin einer aufstrebenden Frauenfußballmannschaft. Doch das Chaos läßt nicht lange auf sich warten. Fußballerin Nina verliebt sich in Sophia, während Sophia Gefühle für Flo entwickelt ... Wird Nina tatenlos zusehen, wie die Beziehung zwischen Sophia und Flo immer leidenschaftlicher wird?

Heike Fremmer: Herz verschenkt

Liebesroman

Verliebt in eine verheiratete Frau – aber Sarahs Hoffnung, Isabel würde Doris für sie verlassen, erfüllt sich nicht. Ein paar Liebesnächte, dann beendet Isabel die Affäre. Mit gebrochenem Herzen bleibt Sarah am Boden zerstört zurück. Doch eines Tages erreicht sie ein Anruf aus dem Krankenhaus, Isabel ist etwas Furchtbares zugestoßen. Sarah ist sofort zur Stelle, um Isabel zu pflegen und zu hoffen, daß ihre Gefühle diesmal erwidert werden – aber wird Isabel jemals *Ich liebe dich* zu Sarah sagen?

Verena Schall: Scherben bringen Liebesglück

Liebesroman

Nelly wird jäh aus ihrem idyllischen Leben gerissen, als ein Schuß sie nur knapp verfehlt. Ihre Retterin Sascha bietet sich als Leibwächterin an, denn Nellys treusorgender Vater hat krumme Geschäfte gemacht und damit ihr Leben in Gefahr gebracht. Die Nähe zu Sascha entfacht in Nelly ganz neue Gefühle. Immer stärker fühlt sie sich von Sascha angezogen, und als sie sich endlich ihren Gefühlen stellt, kommt Sascha in Schwierigkeiten: Das Rätsel um den Mordanschlag auf Nelly ist noch immer ungeklärt, und wie ist Sascha eigentlich in die ganze Sache verwickelt?